新潮文庫

抱く女

桐野夏生著

新潮社版

10978

目次

抱く女

第一章　一九七二年九月

1

　九月も半ば近くになり、後期の授業は概《おおむ》ね始まっているはずだった。三浦直子《みうらなおこ》は「授業に出る」と嘘《うそ》を吐《つ》いて家を出た。中央線に乗り、吉祥寺《きちじょうじ》駅で降りる。

　駅前のバス通りを渡って、不二家の横からハモニカ横丁の薄暗い路地に入った。魚屋の店先を擦り抜ける時は、コンバースのバスケットシューズが濡《ぬ》れないように爪先《つまさき》立ちで歩かねばならない。始終、ホースで水を撒《ま》いているから、コンクリートの通路が水浸しなのだ。

　それでも魚屋の横を通ってしまうのは、一本前の路地から入ると、観賞魚の店があるからだった。店の前には、布袋草《ほていそう》がぷかぷか浮いたポリバケツやクサガメの入ったタライなんかが置いてあって、いつも子供がたむろしている。直子が苦手なのは、赤い糸屑《いとくず》のようなミミズがわんさと蠢《うごめ》いている水槽だった。

魚屋の男が直子に何か叫んでサンマの皿を指差した。あんたのようにイキがいいよ、と言ったように聞こえた。続けて誰かが性的な冗談を言い、男たちがどっと笑った。顔を背けたまま通り過ぎたのは、死んだ魚の生臭さのせいではない。若い女をからかわずにはおれない男たちが嫌だった。もうここは通るまい、と思う。

魚屋の少し先には、カウンターだけの一杯飲み屋が数軒並んでいた。どこも葦簀《よしず》で入り口を覆《おお》い、その上から鎖を巻き付けて頑丈な南京錠《なんきんじょう》を掛けている。

真っ昼間から開いている店もあったが、白髪頭のオヤジが忙しそうに肉や野菜に串《くし》を刺しているところを見ると、営業はしていないのだろう。

このどれかの店に来る常連に気を付けろ、と直子に教えてくれたのは、去年の10・21デモで会った他大学の女子学生だった。

『へー、吉祥寺？　あそこの駅前に闇市《やみいち》みたいな横丁があるじゃない。そこの立ち飲み屋で飲んでた時に、常連らしい中年男が共同便所に付いて来てさ。危うく強姦《ごうかん》されそうになったのよ。質《たち》が悪いのいるから、気を付けてね』

その女子学生の話は本当だろう。男に混じって酒を飲む女なんて、男が欲しいに決まってるんだ、と平気で口にする男たちがいる。強姦されたって女はきっと感じているんだから、と女でもないのに訳知り顔で語る男だって大勢いるではないか。

直子は、そんなことを思い出して腹を立てながら、間口の狭い雑多な店の前を通り過ぎる。味噌《みそ》屋、漬物屋、揚げ物屋、肉屋、餃子《ぎょうざ》屋、和菓子屋、手芸用品屋、おでん種屋。

その先のさらに細い路地には小さな花屋まである。だが、色とりどりのコスモスの花束は、どれも白い紙にくるまれていて不吉な感じがした。

そして、どん詰まりにはパチンコ店がある。パチンコ屋の前を通る時は、必ず中を覗《のぞ》くことにしていた。知った顔がいるかもしれないからだ。ガラスの自動ドアを透かして奥を見たが、どの列にも知り合いはいなかった。

一度も入ったことのない寂れた映画館、スカラ座の横を曲がる。映画館の前は小さな広場になっていて、蕎麦《そば》屋や、中華そば屋の「上海《シャンハイ》」、ジャズ喫茶の「ＣＯＯＬ」などが広場を囲むようにしてある。

映画館の二階に「スカラ」という白い看板が出ていて、脇《わき》に目立たない階段がある。映画館の経営する雀荘《ジャンそう》だ。この店がどのクラブにも所属していない直子や、田島吾《ご》郎《ろう》たち現代史研究会、略してゲンケンの連中の溜《た》まり場になっていた。

直子は「スカラ」に行く前に、向かい側の「上海」も必ず覗く。時折、仲間がここでラーメンを食べていることがあるのだ。

だが、今日は店主が一人、放心したような表情で小さなテレビを眺めているだけだった。俳優にでもしたいような立派な顔立ちをしている老店主は、中国の人だという噂《うわさ》があった。

「スカラ」の階段を音を立てて上り、店内の時計で時間を確かめた。午後二時半。フランス語の授業が始まる時間だ。留年はしなかったものの、教養課程をずいぶん落とした。だから、三年になってもフランス語の授業を取っている。

今年に入ってから、授業に出たのは数えるほどしかなかった。学期初めとはいえ、滅多に休まない講師の授業だから、休講にはならないはずだ。こんなことをしていて、どうする、とむず痒《がゆ》い気持ちもなくはなかった。だが、取れないのなら取れないで、その時考えるしかない。ともかく、今は成績も、大学も、どうでもよいのだった。

直子は、毎日をただ無為に過ごすことに力を注いでいる。どうせ、この先、世の中に出て一生働き続けねばならないならば、今はこうして怠惰に過ごしてやれ、という自棄《やけ》な気分だけがある。

「スカラ」は、うなぎの寝床のような細長い部屋に、雀卓が互い違いに五卓置いてあるだけの小さな雀荘だ。昔は喫茶店だったのか、ドアだけは、ガラスを塡《は》め込んだ洒落《しゃれ》た作りだ。

そのドアを開けると、一番奥の卓に客がいた。そこだけもうもうとタバコの煙が上がり、四人とも自分の牌《ハイ》を見詰めているので、顔がよくわからない。

中の一人が顔を上げて、入って来た直子の方を見た。文学部の中本祐司《ゆうじ》だ。髪をオールバック風に撫《な》で付けて、口髭《くちひげ》を生やしている。中本は元ブントで、高校野球で有名な関西の高校の出身だった。いつだったか、皆で飲んだ時、野球部に伝わるという猥歌《わいか》を聞かされたことがある。

中本の上家《カミチャ》は、名前は知らないが顔を知っている程度。他の二人は見たことのない顔だった。中本が牌に目を置いたまま、声をかけてきた。

「直子、どうした」

さほど親しくはないのに、「直子」と名前を呼ばれたことに違和感があった。その戸惑いをうまく隠せずに苦笑いする。

中本は、横にガールフレンドを侍《はべ》らせていた。何度か見かけたことがある中本の女は、色白で美しい顔をしている。百七十数センチはある中本と同じくらい背が高く、骨格も立派だ。男たちの中には、プロレスラーかよ、と揶揄《やゆ》する者もいたが、直子は嫌いではない。

　今日はベージュと白のクレージュ風ドレスを着て、綺麗《きれい》に化粧していた。横分けにした髪も染めているのか、柔らかな茶色だ。年は二十歳《はたち》の直子と同じくらいかもしれないが、はるかに大人びて見える。

「誰かいないかな、と思ったんだけど」

　中本は直子の呟《つぶや》きを無視して、自摸《ツモ》った牌を女に見せて笑った。

「来た来た」

　女は麻雀《マージャン》を知らないらしく、曖昧《あいまい》に首を傾《かし》げている。中本は愛《いと》おしそうに女の白い頬をひと撫でしてから、油断ならない目つきで河《ホウ》を眺めた。女が心地よさげに笑って、身を寄せる。中本が仲のよいところを仲間に見せ付けているから、女も協力しているかのようだ。

　やがて、対面《トイメン》の捨てた牌を中本が指差し、牌を倒した。直子は興味を感じて、中本の手を覗き込んだ。デキ三色。しかも雀頭《ジャントウ》がドラだ。

「タンピン三色ドラドラ、ハネマン」

　中本が節の目立つ男らしい指を折って数えた。下家《シモチャ》の男がドラを引っ繰り返して騒ぐ。

「裏ドラ乗ってる。リーチかけてたらバイマンだよ」

「バカ、リーチかけたら、こんなの出るかよ。ダマで充分だよ」

中本が一喝し、振り込んだ男から受け取った点棒を乱暴に引き出しに入れた。

満足そうに顔を上げてから、直子に向き直る。釣られて顔を上げた女と初めて目が合った。目礼したが、女はさりげなく顔を背けた。

「直子、タカシが『ＣＯＯＬ』で待ってるって」

ようやく教えてくれた。

「あ、そう。ありがとう」

ジャラジャラと牌を掻《か》き回す音を聞きながら、直子はドアを開けて階段を下りた。

どこから漂ってくるのか、初秋の澄んだ空気に混じって、ニンニクの匂《にお》いがする。よほど暇と見えて、蕎麦屋の出前持ちが、セイロのすだれを洗って窓辺に並べて干していた。

直子は、すぐ隣の「ＣＯＯＬ」に向かいながら、中本のことを考えている。中本は決して女とは麻雀を打たない。そして、麻雀など男の遊びをしない女が好きで、そんな女を可愛《かわい》がる様を友人たちにひけらかす。

自分も中本のように振る舞ったらどうだろうか。女たちとしか麻雀をせず、好きな男を横に侍らせて、女たちにひけらかす。しかし、卓を囲めるほど、麻雀をする女が集まるはずもなかった。馬鹿馬鹿《ばかばか》しくなって肩を竦《すく》める。

「ＣＯＯＬ」に近寄っただけで、ジャズの音が聞こえてきて、自然に肩に力が入ってしまう。同じクラスの宮脇泉《みやわきいずみ》が、駅の東側にある「ＣＨＥＴ」というジャズ喫茶でバイトしているので、時折、泉に会いがてら、「ＣＨＥＴ」に行くこともある。

ジャズは嫌いではないのだが、ジャズ喫茶で聞くと、強烈な音に身を委《ゆだ》ねるしかないので、暴力的に感じられることがある。泉は、「それがいいのよ」と笑う。

「ＣＯＯＬ」の黒くて分厚いガラスドアに、全身が映っていた。代わり映えのしない自分の姿を眺める。赤と紺の横縞《よこじま》Ｔシャツに、スリムのジーパンはラングラーだ。黒いコンバースのハイカットを履き、長い髪は真ん中分け。アーミーグリーンのキャンバス地のバッグを斜め掛けにしている。

中本の女が洒落たドレスを着ていたことを思い出す。彼女は学生だろうか。それとも働いているのか。中本とどこでどうやって知り合ったのだろう。

今日はなぜか中本のことが気になって仕方がない。惹《ひ》かれているわけではないが、中本は自分を遊び仲間に入れないだろうし、付き合うこともしないだろうと思うと、苛立《いらだ》った。

中本の男っぽさが嫌いじゃない癖に癇《かん》に障《さわ》るのはどういうわけか。中本は、吾郎たちにはない性的な魅力がある。ということは、中本の女も自分にないものを持っているということか。敗北感のようなネガティブな感情が湧《わ》いてきて、今日の直子は自分を持て余す。

「ＣＯＯＬ」のドアを開けた途端、大音量に押し潰《つぶ》されそうになってたじろいだ。いつものことだから、落ち着いて態勢を立て直した。

入り口右側のブース前に立っている、ウエイターの若い男が奥を指差した。黒縁の眼鏡を掛け、細身で店の黒いエプロンがよく似合う。美大の学生らしいと吾郎から聞いた。「ＣＯＯＬ」は、モノトーンの内装も店員も何もかもがカッコいいのだった。

数人の客が腕組みし、顎《あご》を胸に埋《うず》めるようにしてジャズに聞き入っていた。この雰囲気が苦手なんだ、と思いながら、演奏中のジャケットを振り返って見る。Donald Byrd。知らない名前だった。

ジャズ好きの泉がいたら、ハードバップだの何だのと説明してくれるだろうが、興味を持てない直子は、ノリがよくて、いい曲ならばそれで充分だ。修行僧のようにジャズを聞き込み、蘊蓄《うんちく》を語る男は嫌いだ。

タカシは、ＪＢＬの大きなスピーカーの前で、大音量にも負けずに平然と本を読んでいた。背も横幅も大きな太った男で色黒、天然パーマの黒髪が耳を覆っている。常に茶色のサングラスを掛けているせいで、ハワイかどこかの南方の男のようだった。だが、喋《しゃべ》り方は横柄《おうへい》で、子供っぽい。

ブルーのボタンダウンシャツはいかにも育ちがよさそうに、きちんとプレスされている。タカシの父親はテレビ局の重役とかで、御殿山《ごてんやま》の邸宅に住んでいた。まったくタカシに似ない美しい姉がいると聞いたこともあるが、すべて噂だった。

「タカシ」

横に座って、耳許《みみもと》で怒鳴らないと聞こえない。剝《む》き出しになったスピーカーが、びりびりと震えている。

タカシが振り向いて直子を認めた後、本を閉じた。殊更《ことさら》に表紙を見せるのは、小難しい本を読んでいるというアピールだろうか。『構造人類学』というタイトルが見えた。直子は鼻先で笑ったが、タカシは気付かない。

ウエイターが水とメニューを持って来て、目の前で広げて見せた。「アイスコーヒー」を指差す。頷《うなず》いてウエイターが去った後、タカシに話しかける。

「『スカラ』に中本がいたね、女の子連れて」

「ああ、美容師の」

タカシが怒鳴った。

「美容師さんか。どうりでお洒落だと思った」

「年増《としま》じゃねえか」

「女の年なんかどうでもいいじゃん」

怒鳴り返して、直子はバッグからセブンスターを取り出した。タカシのハイライトに乗っかっている店のマッチを借りて、タバコに火を点《つ》ける。ひと吸いしたところで、アイスコーヒーが運ばれて来た。伝票に、リクエストカードが付いているが、リクエストするほど曲を知らない。

「マイルスをリクエストしろよ」

タカシの高飛車な言い方が嫌で、聞こえないふりをする。

「何で『ＣＯＯＬ』で待っているのよ。麻雀する前に散財しちゃうじゃん」

タカシを責める。ジャズ喫茶のコーヒー代は普通の喫茶店の二倍はする。直子は小遣いが足りなくなると、母親の財布から掠《かす》め取っていたが、それもばれてしまって、今朝叱責《しっせき》されたばかりだった。

「お前は麻雀下手だから、カモにされてんだよ」

「そんなことないよ」

「気付かねえのかよ。だから、お前を面子《メンツ》に入れるんだ」と、タカシが嘲笑《あざわら》った。不当な言われように、腹が立つ。悔しさを押し殺して言う。

「ああ、お金欲しい。バイトでもしようかな」

「女なんか簡単じゃん」

「何で」

「売ればいいじゃん」

「最低」

「何だよ、聞こえねえよ」

ジャズ喫茶で話していると、他の客に嫌われる。案の定、白いワイシャツ姿の真面目《まじめ》そうな男に睨《にら》まれて、直子は黙ってジャズに聞き入るふりをした。演奏は、オスカー・ピーターソンに変わっている。タカシも再び本を開いた。

薄暗い店で、大音量に包まれていると、実際の演奏の数倍の音に翻弄《ほんろう》されている気がして、直子は無理やり屈服させられているような気がして辛《つら》くなる。それは何かに似ている。何だろう、と考え始めた時、力強い手でどんと肩を叩《たた》かれた。

「おい、行こうぜ」

いつの間にか、横に丈次《じょうじ》が立っていた。ジーンズに、ラテンバンドのような白いシャツを着ている。件《くだん》のウエイターが丈次のために水とメニューを持ってやって来たが、要らない、と大きな手で払い除《の》ける。

「揃《そろ》ったか？」

丈次に気付いたタカシが尋ねたが、丈次はタカシの問いかけにも応ぜず、さっさと入り口に向かって一人で行ってしまった。迎えに来ただけらしい。

勘定を払うために財布を出していると、丈次がウエイターの男に謝っているのが聞こえた。

「お兄さん、ごめんね。面子探しに来ただけなんだ」

いかにも、早くから世間に出て、大人の真似《まね》をしている感があった。それにしても、丈次がこんな時間に吉祥寺にいるなんて、どういうことだろうか。直子は続いて出て来たタカシの顔を見たが、タカシは気付かない。

丈次は、吾郎の友達だ。二人は地元の三鷹《みたか》の中学の同級生で、税理士の息子の吾郎は大学付属の高校を受験したのに、丈次は中卒で旋盤工になった。

背が百八十センチ以上もある美丈夫で、着ている物も金がかかっていた。麻雀が強くて金払いもよく、誰よりも大人びて頭もいいから、たちまちゲンケンや全共闘崩れの大学生の間で人気者になった。中本もよく丈次と卓を囲んでいる。一緒に遊ぶようになって一年以上経《た》つが、近頃は頻繁に日中に姿を現すようになった。もしかすると、「どうでもいい」直子たちの気分が伝染して、仕事を辞めてしまったのかもしれない。金に困っている、という噂もある。心配だが、本人が言わない以上、聞くわけにもいかない。

三人で連れ立って「スカラ」に戻った。中本たちはゲームに熱中していた。白熱しているらしく、誰も顔を上げようとしなかった。タバコの煙だけが、靄《もや》のように卓を覆っている。中本の女はまだ横に座っていたが、退屈そうにあくびを嚙《か》み殺していた。

「あと一人だね。どうする、ゴロちゃんに電話してみる？」

直子が言うと、丈次が自信ありげに言った。

「待ってりゃ来るだろう」

丈次は、空いている卓の伏せられた牌をめくりながら盲牌《モーパイ》を始める。旋盤であちこちに傷のある大きな手が器用に動いて、一枚一枚牌をめくっては、また積んでいく。四萬《スーワン》、東《トン》、六萬《ローワン》、九萬《キューワン》、直子には当てられそうにない牌をすべて当てていく。

埒《らち》が明かねえなあ、三人麻雀でもしようか、とタカシが言いだした時だった。ドアが開いて、吾郎と新堀《しんぼり》がぬっと現れた。丈次の顔を見て、吾郎が複雑な表情をしたのを直子は見逃さない。

「部室に行ったら、誰もいなかった」

吾郎がタカシに言った。吾郎は、黒いシャツに黒いジーパン。痩《や》せ形で目が鋭い。ブルースが好きで、麻雀が好きで、自分が好き。いつも手が濡れているから、吾郎の握る牌はぬるぬるして気持ちが悪い。

「部室なんか行かねえで、直接『スカラ』に来いよ」

本人は普通に喋っているのに、怒ったように聞こえるのはタカシの特徴だった。

「はい、二抜け」

丈次がさっさと場所決めの準備をしたので、皆でジャンケンをした。ものの見事に負けた直子は、中本の女よろしく、吾郎の後ろに座って麻雀を見ることになった。

新堀が親になり、皆にレートを確かめる。無口で、茫洋《ぼうよう》とした印象があるが、麻雀は丈次に次いでうまい。

「千点いくらにする？」

丈次は不機嫌そうに黙って、牌を掻き混ぜている。手持ちがないのかもしれないと思ったが、もちろん口にはしない。金がない人間は打ってはいけないのだから。

「五十円でいいじゃない」と、タカシ。

二万五千点返しだから、ハコテンで千二百五十円程度の勝負だ。十円から始まったレートは、近頃急に高くなった。場代《ばだい》を含めれば学生にしては大金が動く。

直子は吾郎に言った。

「あたし、一時間くらいで戻って来る」

「どこへ行くの」と、吾郎。

「今日は火曜だから、『ＣＨＥＴ』にでも行って、泉ちゃんの顔見てくる」

宮脇泉は、月曜から水曜までの三日間、「ＣＨＥＴ」でバイトしている。忙しくないようなら、店の外でタバコの数本でも吸いながら話せそうだった。

「早く戻って来いよ」

吾郎はフェアだ。タイミングが悪いとゲームに入れなくなるのを心配してくれているのだろう。

「わかってる」

直子は吾郎の肩をぽんと叩いて立ち上がった。ふと振り返ると、いつの間にか中本の女がいなくなっていた。中本はくわえタバコで立ち上る煙に眉《まゆ》を顰《ひそ》めている。負けが込んでいるのか、不機嫌そうで、直子がいることにも気付かない様子だった。

階段を下りかけると、中本の女がちょうど階段を上ろうとしているところに出くわした。紙袋を提げている。退屈して買い物に行ってたのだろう。

狭い階段で直子の姿を見たので、遠慮して下で待っている。

「ありがとう」直子は先に駆け下りて、女に礼を言った。

女はにっこりと笑った。雀荘に戻りたくないのか、ぐずぐずと周囲を見回し、すぐには階段を上ろうとしない。

「麻雀、自分がやらないと見てるのって退屈じゃない？」

直子の問いに、素直に頷いた。

「確かに。長くなるとちょっとねえ。ずっと座っているからお尻《しり》が痛くなった」

「自分でやる気はないの？」

「ないなあ、祐司さん、嫌がるし」

後ろ手に袋を持って長い首を傾げる。それが癖なのだろう。

「今日はお休みなの？」

「そう。いい天気なのに、こんなことしてるのって勿体《もったい》ない感じ」

おずおずと笑う。背が高いのが恥ずかしいのか、猫背だった。

「あれ、話すの初めてだよね？」

「そうね」と、照れ臭そうに答える。

「あたし、三浦直子」

自己紹介すると、髪を触りながらお辞儀する。

「あたしは川原旬子《じゅんこ》です。美容師してます」

火曜だから休みなのだろう。

「へえ、美容師さん。その頭も自分でしたの？」

旬子は髪に手をやった。

「いえ、これは後輩にやって貰《もら》った」

「わあ、いいなあ」

「いや、実験台だから、時々失敗したりするし」

自然と立ち話になった。旬子が雀荘に戻りたくなさそうに後ろを振り返ってばかりいるので、直子は誘ってみた。

「少し散歩しない？　これから駅の東側のジャズ喫茶でバイトしている友達のところに行くんだけど」

「いいですよ」

二人でバス通りに出ると、旬子は写真館に展示された写真を楽しそうに眺めて、ぶつぶつ文句を言った。

「あたし、今日ね、井の頭公園とか行くのかなと楽しみに来たのに、祐司さんたら麻雀するって言うから、がっかりしちゃったわ」

「そう。美容院はどこなの」

「大久保」

「中本さんとどこで知り合ったの？」

「新宿で、お茶飲まないって話しかけられた」

「へえ、ナンパされたんだ。中本さんと付き合ってどのくらい？」

まるで尋問だと思いながらも、聞かずにおれなかった。丈次もそうだが、同年配の学生ではない若者が珍しいのだった。

「まだ三カ月くらいかな」と首を傾げた後、急に親しげな口調になる。「あの、あたし、三浦さんが堂々と雀荘に入って来たんで驚いちゃった」

「どうして？」

「だって、女の人で麻雀するなんてびっくり」

「家でやる人もいるわよ」

「でも、家ででしょう。雀荘でやるなんてすごいなと思って」旬子は言葉を選びつつも、喋るのをやめない。「あとびっくりしたのは、学生さんて皆さん、暇でお金持ってるんですね。あたしそれもびっくりした。雀荘でお金賭《か》けて麻雀して、勝ったり負けたり、何千円もかかるでしょう。誰も働いていないってことは、仕送りとか親のお金でしょう。いいご身分だな、とちょっと思った」

少し躊躇《ためら》った後に、正直に答える。

「そうかもね。でも、あたしは、学生時代くらいしか暇がないから、今こそ遊んでやれと思ってるんだけど」

「それは恵まれているからで、あたしはみんな甘い人たちなんだなと思ってる」

母の叱責を思い出して黙る。引け目を感じた。

「あ、ごめんね。余計なこと言って」

旬子が慌《あわ》てて手を振った。ヘアスプレーの匂いがした。

「いいのよ、本当のことだもの」

「だから、祐司さんなんかも、ちょっと甘いなと思うことがある。あたしの休みなのに、呼び出されて、来てみれば麻雀でしょう。もう帰っちゃおうかなと迷っていたら、あなたに会ったの」

旬子がいたずらっぽい目で直子を見遣《みや》った。

「だったら、帰っちゃえば。あなたの休みなんだから、麻雀見てることないよ。映画でも行けばいいじゃない」

「そうねえ、そうしようかな」

ちょうど駅前に差しかかった。旬子は迷っている風にしばらく体を揺らしていたが、やがて決断したのか、駅を振り返って言った。

「じゃ、あたし新宿に行く。悪いけど、祐司さんに言っておいてくれる？」

「何て？」

「用事があるので帰るって」

断る間もなく、旬子は、駅に走って行ってしまった。

自分が伝えたら、中本はどうするだろう。あるいは、伝えなかったら？

思いがけず、重い荷物を受け取った気がして、直子は小さな溜息《ためいき》を吐いた。

2

直子は、駅北口から延びるバス通りを東側へ渡った。吉祥寺駅と五日市街道を結ぶバス通りから東側に広がる一帯は、キャバレーやトルコ、ラブホテル、怪しげなバー、一杯飲み屋、焼肉屋、定食屋などが広がる大歓楽街だ。

そこは男たちが垂れ流すありとあらゆる液体の臭《にお》いが漂っているようで、主婦も学生も滅多に近付かない。

すでに路地の角には呼び込みが立って、道行く男たちを鵜《う》の目鷹《たか》の目で吟味し始めている。直子は路地に入るのを嫌って、中央線沿いに出来た新しい道を、西荻《にしおぎ》方向に向かって脇目もふらずに歩いた。

「ケツでけえ」

いつの間にか男が二人、聞こえよがしに直子の後ろ姿を評しながら付いて来た。無視して歩き続けたが、下卑た視線がジーンズの尻にへばり付いているようで不快だった。

「顔はどうかな」

「お姉さん、こっち向いて」

からかいながら、男たちが急ぎ足で追い抜いて行く。案の定、少し先で立ち止まり、大袈裟《おおげさ》に振り向いて直子の顔を覗き込んだ。二人とも、昼間から飲んでいるのか顔が赤い。

糊《のり》の利《き》いていない白い半袖《はんそで》ワイシャツに、捩《ねじ》れた安物のネクタイ。二十代か三十代か。一人はくたびれた茶色の革鞄《かわかばん》を持っているから、勤め人なのだろう。二人とも、アルコールというより、この街の空気に酔い痴《し》れているかのようだ。

鞄を持っていない方が、直子の顔を見ながら言い放った。

「何だ、ブスじゃんか」

もう一人は黙ってにやついている。

「ブスの癖に気取りやがって、返事もしねえって」

素知らぬ顔で歩き続けたが、心中は怒りに震えていた。

「ねえねえ、お姉さんってば」

ブス、ブスと言った男が、側《そば》ににじり寄って来る。ポマードの安っぽい臭いが鼻に付いた。無視していると、横に並んでなおも話しかけてきた。

「ねえねえ、どこ行くの？」

もう一人がさすがに男の腕を押さえた。

「行こうよ。忙しいってさ」

「忙しくないよ、暇そうじゃん。ねえ、どこ行くの？　キャバレーでバイト？　どの店？　俺たち行ってあげるよ。そこまで言ってるのに、気取って返事もしねえんだからさ」

いきなり腕を摑《つか》まれたので、直子は振り切って「ＣＨＥＴ」のある路地に駆け込んだ。「ＣＨＥＴ」の入っている建物は、歓楽街の東の外れに位置している。ラブホテルや小さな飲み屋が寄り集まった地域だ。

このあたりの店は夜は夜でも、深夜から始めて朝方まで営業する店がほとんどだから、まだ眠っているようなたるんだ雰囲気だった。男たちが路地まで追って来たら、誰も助けてはくれないだろう。

直子は、純喫茶「麓《ふもと》」の隣、三階建ての小さな雑居ビルの階段を駆け上った。踊り場から身を乗り出して下の路地を覗く。諦《あきら》めたのか、男たちの姿が見えなかった。ほっとしつつも、酔っぱらい相手に動揺した自分が癪《しゃく》だ。

「ＣＨＥＴ」は、二階の奥まった場所にある。紫色の分厚いガラスドアの前に、「ＣＨＥＴ」と手書き文字の小さな看板が控えめに出ている。

ドアの隙間《すきま》から、タバコの煙で汚れた空気とジャズが洩《も》れ出ているのは「ＣＯＯＬ」と同じだが、あちらは洒落た黒いガラスドア。「ＣＨＥＴ」はあたかも場末のバーのような濃い紫色を選んだところが、まったく雰囲気を異《こと》にしていた。

泉がいなかったらどうしよう、と入るのを躊躇っていると、ドアが内側からそっと開けられた。途端に喧《けたたま》しい音がどっと流れ出てくる。

「直子」

宮脇泉が現れて、直子に笑いかけた。ドア越しに中から見ていて、客が直子と知って出て来てくれたのだろう。おかげで、店主や男性従業員と会わずに済んだ。

「ジャズ聞きに来たの？」

泉は素早くガラスドアを擦り抜けて尋ねた。

「ううん、泉に会いに来たの。そろそろ交代時間かなと思って」

「今日は遅番の子が遅れて来るから、あと二時間くらいいなきゃダメなのよ。でも、ちょっとだけならいいかな、十分程度」

腕時計を持っていない泉は物憂《ものう》げに店を振り返った。直子も曖昧にそちらに目を遣る。

今日の泉は、ROPÉの黒いミニスカートに、紫の長袖Tシャツを着ている。「CHET」の店主に、バイトの時はスカートをはくように言われたとかで、わざわざ買ったのだ。ROPÉのスカートは、ヒップハンガーで三十三センチの長さしかない。一緒に買いに行ったからよく覚えている。

泉は胸が大きく、メリハリのある体をしているから、ミニスカートやぴったりしたTシャツは肉感的過ぎて、あまり似合わなかった。しかも、エラの張った四角い顔は愛嬌《あいきょう》があるのに、目許に険がある。何となく全体にちぐはぐな印象があるので、泉に凝視されると怖く感じる時があった。

「どうしたの、何かあった？」

泉はスカートのポケットからロングピースの箱を出して、一本くわえた。店のマッチで火を点け、マッチの軸木をコンクリートの床に捨てた。

「後で拾うから」

直子も自分のバッグからセブンスターを出し、マッチを借りて火を点けた。二人してタバコを吸い込み、煙を路地に向かって吐き出す。

「ああ、うまい」と、泉。

「今さ、そこでサラリーマンみたいなヤツらに絡《から》まれた」

煙を吐きながら打ち明ける。

「ああ、それでか」

泉が得心したように頷いた。

「何で。あたし変だった？」

「うん、顔色悪かった」

泉は静岡市出身で一浪。だから、直子よりも一歳上だ。地方から出て来て一人暮らしをしているせいか、それとも一歳上だからか、直子よりも遥《はる》かにおとなびて落ち着いている。

「腕こうやって摑まれてさあ」大袈裟なジェスチャーで示し、怒って言う。「しかも、ブスって言われたんだよ」

「ひっどいねえ。自分たちは何を言っても許されると思っているんだよ」

「酔っぱらってたけどね」

「酔ってるから許されるなんて甘い社会だよ」

「ほんと。どんなに冴《さ》えない男だって、自分の下に女が属していると思ってるから、威張ってるんだよ。あたしたちより劣ってるヤツは死ぬほどいるのに」

直子の上げた気炎に泉が頷く。

「ほんとだよね。あたしも、ここから帰る時、結構声かけられる」

「怖くない？」

「最初怖かったけど、もう慣れた」泉はさばさば言う。「それより、直子。皿回しのヤツ知ってる？　曽根さんっていうんだけどさ」

皿回しとは、ブースに入ってレコードをかけるバイトの人間を称して言うらしい。ジャズの知識も必要だし、レコードを扱うから丁寧さも必要で、結構難しい仕事なのだとか。そんな風に呼ぶなんて、泉から聞くまで知らなかった。

「覚えてない、どんな人だっけ？」

「髪が長くて、ちょっと陰気なの」

泉が男の髪の長さを手で示した時、ＰＰ＆Ｍのマリーのような髪型をした泉の髪から、一瞬、店の臭いがした。タバコと湿ったカーペットのような黴《かび》臭さ。店にいると臭いが髪に染《し》み付く。このことを告げたら、さぞかし泉は嫌がることだろう。

ふと、川原旬子のヘアスプレーの美容院臭さ、しつこく絡んできた男のポマード臭を思い出した。自分の髪からはどんなにおいがするのだろう。「スカラ」の空調の臭いか。それとも、実家の古家の臭いか。直子は長い髪をひと房摑んでにおいを嗅《か》いでみる。意に反して、シャンプーの香りしかしなかった。

「その曽根がさ、あたしに気があるみたいでちょっと面倒臭い」

泉は顔を顰《しか》める。泉に嫌われたら、どれほど峻烈《しゅんれつ》にやり込められるのだろうと想像すると、曽根という男が気の毒になるほどだ。

「ちょっと見に行こうかな」

店の方を見遣ると、泉が手で止めた。

「やめなよ。どうせ出て来るわよ」

いろいろな男と同時進行で付き合っている泉の交友関係は広く深いから、泉に惚《ほ》れると痛い目に遭うのに。どうしてそれがわからないんだろう。曽根という男の胸倉を摑んで忠告したくなる。

泉の予告通り、ガラスドアがそろそろと開いて、痩せ形の男が顔を出した。白シャツにジーンズ。黒いエプロンをしている。恥ずかしそうに顔を背けながら泉に言う。

「泉ちゃん、そろそろお願いします」

長髪が顔半分を覆って、表情がよくわからない。だが、泉に手で合図する時に、その僅《わず》かに髪の隙間から覗く小さな目には、怯《おび》えと喜びの両方が感じられた。泉に懸想《けそう》しているのは、どうやら本当らしい。

「あ、はい。すみません。すぐ行きます」

高い声で謝りつつも、泉は素早く二本目のタバコに火を点けた。まだ戻る気はないようだ。

「あの人、ゲゲゲの鬼太郎みたい」

直子の言葉に、泉が噴き出した。

「そうか、あいつのこと、これからキタローって言おう」

「キタロー、キタロー」

直子が目玉おやじの真似をすると、泉は笑い転げた。そして、目尻の涙を手の甲で拭《ふ》きながら聞く。

「直子は、今日何してたの」

「『スカラ』に顔出して、面子から外れたから時間潰してた。後ろで見ててもつまらないし」

「ふうん」麻雀に興味のない泉は、気のない相槌《あいづち》を打つ。

直子は思いきって泉に聞いた。

「あのさ、泉は嫌なことを言われたらどうする？」

「嫌なことって例えば？」

直子を見る泉の目からは険が消えて、優しい表情になる。

「今日さ、タカシにこう言われたのよ。『お前は麻雀下手だから、カモにされてんだよ』って。『気付かねえのかよ。だから、お前を面子に入れるんだ』だって、そこまで言われたんだよ。でもね、あたしは違うと思うんだ。タカシだってしょっちゅうやられてるし、お互い下手だから五十歩百歩なんだよ。あたしがタカシから三千円勝ったことだってある。でも、そう思ったのに、その場ですぐに言い返せないんだよね。それが悔しい」

「直子は、どうしてそこで言い返さないの？」

直子は数秒考えてから、注意深く言葉にした。

「何かね、あたしは他人の悪意にめげるんだよ。ああ、こいつあたしを傷付けようとしてこういうことを言ってるんだな、と感じる。そうすると、その悪意を持たれたことにへなへなしちゃって、言えなくなる。一緒の土俵に上がって言い合いたくないと思うんだけど、後で悔しくなるの。こういう時どうすればいいんだろう」

「わかるよ、それ」

泉が厚底のサンダルで、タバコを潰した。コンクリートの床に、黒い灰が擦《こす》り付けられる。マッチの燃えさしとタバコの残骸《ざんがい》。

「わかってくれる？　よかった」

「うん、あたしもそういうところはなくはないもの。でもさ、やはりその場で言って戦わなきゃいけないんだと思うけどね」

「でも、言えないんだよ。だって、違和感とか頭に来ることって、たくさんあるから、いちいち気にしてたら身が保《も》たないじゃない」

「それもわかる」

「それに、最近あることに気付いた」

「何？」

「あたしが女だから、あっちは言いたい放題、言えるんでしょう。男同士だったら、そんな失礼なこと言わないと思うんだけど」

　直子は時折、自分たち女は、男たちと戦争しているんじゃないか、と思う瞬間があった。そのことを言おうかと迷っていると、泉にあっさり否定される。

「でも、女だってそういう失礼なタイプいるじゃない」

「そうか」

「男でも女でも、悪意さえも持たないヤツっているじゃん。全然他人のことなんか気にしてない無神経なヤツ。だからさあ、やっぱ無神経には無神経なんだよ」

「でも、あたしはそういうことをすると、自分が嫌な気持ちになるんだよね。汚れた感じになる」

「わかるけどさ、何て言ったらいいんだろうなあ」

　焦《じ》れったそうに、泉が唾《つば》を呑み込んだ時、階段を下りて来る足音がした。はっと泉が硬直するのがわかった。

「さぼっちゃダメじゃないか」

　白地に茶のストライプが入った半袖シャツにグレイのズボン。黒の革ベルト。茶の革靴。まるで初老のサラリーマンのような格好をした、まだそう年は食っていない男が階段の途中で怒鳴った。サラリーマンと違うのは、金色に鈍く光る大きな楽器を手にしていることだった。

「すみません、休憩取ってなかったんで」

泉がぺこりとお辞儀すると、男は語調を変えずに厳しく言った。

「吸い殻片付けておけよ」

「はい、すみません」

男はじろりと直子を睨んで一階に下りて行った。

「今のがオーナー？」

「そう、あれがセイメイだよ、桑原清明」

「手に持ってたの、アルトサックス？」

「屋上で練習してたんだよ、アート・ペッパーの真似してさ。へったくそなサックスを」

泉が笑いながら言う。

「桑原さんてどんな人？」

「差別主義者」

泉はきっぱり言い捨てて、大きく嘆息した。目許にはまた険が戻ってきている。この分では、キタローも機嫌の悪い泉を持て余すだろう。

「じゃ、バイトに戻る。また会おうね」

もっと話していたかったが、踵《きびす》を返した泉は振り返らずに紫のドアの中に消えて行った。

直子は泉を見送った後、二人の吸い殻やマッチの軸をティッシュペイパーにくるんで、バッグに仕舞った。だが、よほど力を入れて踏んだのか、泉が潰したタバコの痕《あと》は、コンクリートの床を黒く染めて消えない。

日暮れて、歓楽街は一気に赤やピンクの灯りが点き始めた。路地の様相も一変して、男のそぞろ歩きが多くなっている。気を付けて帰ろうと階段を下りきった時、声がかかった。

「おい、あんた」

「CHET」のオーナーがまだアルトサックスを手にしたまま、暗がりに立っていた。並ぶと、そう背は高くない。

「あ、はい」

吸い殻か休憩時間のことで叱責されるのかと身構える。

「あんた、泉の友達？」

頷くと、西の方向を指差して尋ねる。

「S大の学生か？」

「そうです」

桑原の顔に浮かんだ嘲笑《ちょうしょう》のようなものを感じて不快になった。これが泉が吐き捨てた言葉の原因かとも思うが、泉はそう単純でもないはずだ。

「うちでバイトしないか？」

意外な申し出に驚いた。

「バイト？　時給はいくらですか？」

「時給三百円。早番なら十時から五時。遅番なら五時から十一時。今ね、月曜と火曜、人が足りなくて困ってるんだよ」

親から貰う小遣いにも限度がある。本音を言えばバイトしたいのだが、歓楽街にある店の立地と、ジャズの大音量の中で仕事するのが憂鬱《ゆううつ》だった。

「してもいいけど、どうしようかな」

「ほんと？　助かるな」

迷って言ったのに、それまで不機嫌そうだった桑原は、急ににやりと笑った。

「助かるよ。うちは可愛い女の子しか雇わないからさ。じゃ、来週の月曜、十時に来てよ。ミニスカートはいて来て。持ってなかったらいいけどさ。なるべくなら買ってよ。あ、もちろん自費でね」

あっという間にバタバタと決められて、呆然《ぼうぜん》とした。サックスを手にしたまま、ビルの階段を上り始めた桑原が戻って来た。

「名前聞くの忘れた。何て名前」

「三浦直子です」

「三浦さん、じゃ、よろしくね」

泉に相談する暇もなかった。が、どうせ桑原が喋るだろう。

その足で「スカラ」に戻った。一時間半ほど留守にしていただけで、五卓が全部埋まっていた。地元の商店主たちらしいグループと、サラリーマンのグループ。あとはみんな男子学生である。

丈次、タカシ、吾郎、新堀の卓に人数が増えて、二人がスツールに座って後ろから覗《のぞ》いている。長瀬という顔立ちの整った男と、その彼女のヒロコだ。ヒロコは新宿の食堂の娘で、長瀬はそこに婿《むこ》入りする、という噂があった。

「直子、遅かったな。お前いなかったから、そのままタカシがやってるぞ」

丈次が目だけ上げて言う。

「タカシが二位だったんだね」

先ほどの発言を思い出し、恨みがましく睨んでみる。だが、タカシは自分の理牌《リーパイ》に夢中で、直子の方を見もしない。タカシに悪意があったら、何を言ったか覚えているはずだし、相手へのダメージを確かめたいだろう。

泉の言うように、悪意もなく、相手が何を思おうと関係なく喋り散らす人間は、言ったことも覚えていないのだ。やはり、タカシのようなヤツとは、その場で言い合った方がいいのかと思い直す。だが、その後の自己嫌悪はいかんともしがたい。

「泉、元気だった？」

タバコの煙が目に沁《し》みたのか、目を細めながら吾郎が聞いた。

「うん、元気だったよ。ゴロちゃん、どう。勝ってる？」

何も言わずに、吾郎が引き出しを開けて見せた。点棒でぎっしりと埋まっていた。

「トップ？」

「うん、どトップ」

吾郎は言い直して、牌を自摸《ツモ》って来た。盲牌したまま、河《ホウ》に捨てる。後ろに回って覗き込むと、白《ハク》ドラ三を聴牌《テンパイ》していた。待ちは三面だ。「タカシ振り込め、タカシ振り込め」と念じる。

扉が開いて、「上海」の店主自ら岡持ちを運んで来た。サラリーマンたちのグループのサイドテーブルに、チャーハンやもやしそばを乱暴に置いて行く。

「俺も腹減った。何か食う？」

タカシが皆に聞いたが、誰も何も答えない。チャーハンをかっ込む男を見ながら、無造作に一索《イーソー》を捨てたタカシに、吾郎が牌を倒した。

「満貫、満貫。白、ドラ三」

何だよー、とぼやくタカシがバラバラとだらしなく点棒を差し出すと、丈次が「二本場、八千六百」と、ドスの利いた声で注意した。

「ゴロちゃん、よくやった」

吾郎の肩をぽんぽん叩くと、対面《トイメン》の新堀と目が合った。新堀はいつも黙々と麻雀を打つ。

今日の新堀はあまりツイていないのか、首を捻《ひね》っている。新堀に目で尋ねた。

「今日、どうする？」と。

新堀はさり気なく視線を落とした。実は、直子は新堀のアパートに何度か泊まっていた。今日も新堀が泊めてくれるのなら、このまま雀荘で遊んでいるし、新堀にその気がないなら、二抜けを待っていても仕方がない。どうしようかと一番奥の卓を眺める。

まだ、中本たちのグループが打っていた。白熱している様子は相変わらずで、皆の顔に脂《あぶら》が浮いている。

川原旬子が中本に伝えてくれと言っていた伝言を思い出し、直子は近くに行った。中本が顔を上げた。

「直子か、どうした」

体を屈《かが》めて耳許で囁《ささや》く。

「川原さん、用事があるんで帰るって。さっき駅で会ったら言ってた」

中本が何度も頷《うなず》いた。

「帰って来ないからさ。そんなこったと思ってた」

「旬子さん、明日仕事でしょう？」

中本と親しい男が言い、中本は無言になった。いちゃつくところを見せ付けていたのに、面目が潰《つぶ》れたのだろうか。だから、嫌なんだよ、男は。

直子が吾郎たちの卓に戻ろうとすると、中本が直子の腕を摑んだ。男に腕を摑まれるのは今日これで二度目だった。そう思いながら顔を上げて目で尋ねる。

「ちょっと代わりに打っててくれないか。俺、電話してすぐ戻って来るから」

旬子に謝りの電話をするのだろう。

「でも、あたし下手だよ」

「振り込んでいいよ」

中本と交代して、椅子《いす》に腰掛ける。どきどきしながら手牌を見た。平和《ピンフ》でいけそうだった。動悸《どうき》を抑えるためにタバコに火を点け、吸い殻でいっぱいになった灰皿にマッチの軸を押し込む。

「何だ、そっちで打ってるのかよ」

吾郎が振り向いて笑った。

「代打ち。振り込んでもいいんだって」

「じゃ、振り込め」とタカシ。

中本の面子は突然直子が入ったので、緊張した面持ちで理牌している。七巡目で聴牌した。ダマでそのまま親から当たった。

「平和、千点」

あーあ、と振り込んだ相手がぼやき、皆でジャラジャラ洗牌《シーパイ》しているところに、中本が戻って来た。

「直子、ごめん」

「平和で上がっておいた」

「おお、よくやった、おおきに」

中本の手が直子の髪を撫《な》でた。

あたしを可愛《かわい》いと思っていないか？

川原旬子よりも可愛いと思っていないか？

今、あたしはあなたを可愛いと思っているのに。

そんな気持ちがどくどくと湧《わ》いてきて戸惑った。卓を離れて目を上げると、新堀がこちらを見ている。

「あとで」

声に出さずに言い、新堀が微《かす》かに頷くのを確認する。今夜はずっと「スカラ」にいようと決心した。

再び、吾郎の後ろに戻って配牌《ハイパイ》を覗き込む。

「ここが伸びないかな」

吾郎が三元牌を指差した。白と發《ハツ》が対子《トイツ》で中《チュン》が一枚だけある。

「ほんとだ、いいね」

「ね、次、あたしも打っていい？」

ヒロコのはしゃいだ声がした。

「次はあたしよ。タカシに一回抜かされたんだから」

ヒロコに言うと、黙って長瀬の横顔を見上げているが、知ったことではない。

「抜かしたって言うけどさ。いなかったんだから、しょうがないじゃん」

タカシが憮然《ぶぜん》としたので、言い返した。

「あんたはカモだから、ずっと入ってるといいよ」

丈次が抑えきれずに肩を揺らして笑っている。

3

ガーッガーッ、ゴツンと繰り返す、耳障《みみざわ》りな音が次第に近付いてくる。直子は半分眠りながら、騒音の正体を思い出そうとしていた。

あれは電気掃除機だ。階段を一段ずつ、ゴミを吸い込みながら上がって来る音に違いない。機械が階段にぶつかる音。スリッパ履きのパタパタ軽い足取り。

だが、母親が掃除しているにしては、がさつ過ぎる。直子の母親は口うるさいが、騒音を嫌う。きっと夢だ。直子は、両耳を手で塞《ふさ》いでもう一度寝ようとした。昨夜遅くまで飲んでいたせいでアルコールが残っていた。

どのくらい時間が経《た》ったのだろうか。いきなり、耳許《みみもと》で女の声がした。

「あら、まあ。驚いた」

直子は反射的に目を開けた。見知らぬ中年女性が、直子を見下ろしていた。

不自然に真っ黒な髪のせいで、生え際《はえぎわ》にひと房固まっている白髪がやけに目立つ。銀色の地味なメタルフレームの眼鏡。室内だというのに、真っ赤な口紅を付けている。

彼女が憤激していることは、その鋭い眼差しからも充分に伝わってきた。

おや、自分の部屋で寝ていたのではなかったのか。それとも、まだ夢の中か。何が何だかわからず、直子は必死に思い出そうとした。

「あなた、誰ですか。いつの間に入り込んだの？」

詰問《きつもん》にうろたえて、直子は完全に覚醒《かくせい》した。両肘《りょうひじ》を突いて起き上がろうとするが、混乱していて、どうしたらいいかわからない。

「断りなしに入って来んなよ」

横から男の怒鳴り声がしたので、直子は瞬時に思い出した。昨夜は、酔って吾郎の家に泊めて貰ったのだ。眼前の中年女性は、吾郎の母親に違いない。

家族に見付からないように靴だけは持って上がってと言われ、コンバースをこっそり吾郎の部屋に持ち込んだのに、これでは何の意味もない。

直子は身を竦《すく》めて、掛け布団《ぶとん》を胸の上まで引っ張り上げた。Tシャツ一枚で、下はショーツしか穿《は》いていない。裸でなかったのは、不幸中の幸いだった。

「何言ってるの。いつも掃除機かける時はあなたの部屋に入るじゃない。断ったって、寝てるでしょう」

母親がぷりぷりしながら言い返した。

「うるさいな。出てけよ」

吾郎が子供っぽく目をこすりながら、母親に抗議した。

「吾郎、女の子連れ込むなんて最低ね。お父さんに言うからね」

「勝手に言えば」

母親は、直子をひと睨《にら》みしてから大きく嘆息した。

「どこの人だか知らないけど、あなた、結婚前でしょう。よくこんなことができるわね。恥を知りなさい。私、ほんとにあなたの親の顔が見たいわ」

騒々しく部屋のドアを開けて出て行く際にも、厭味《いやみ》を言うのを忘れない。

「うちはラブホテルじゃないのよ。早く帰ってください」

「あーあ、参ったな」

吾郎がうんざりした声を上げた。そのまま、大きな欠伸《あくび》をする。

「あなたのお母さん、凄《すご》いね。いつもああなの？」

吾郎は寝癖の付いた髪を撫でながら、不機嫌そうに答える。

「女を連れ込んだことなんかないから知らねえよ。あっちも驚いただけだろう」

優しい吾郎は、母親にも気を遣っている。

「やれやれ」

直子はベッドの上で上半身を起こして、胡座《あぐら》をかいた。吾郎の母親に叱《しか》られたことが、衝撃だった。確かに、男の部屋に泊まりに来て親に見付かるなんてカッコ悪い。しかし、そんなに悪いことをしたのだろうか。二十歳を過ぎているのに、「親の顔が見たい」と言われるなんて。

「ごめん。気にすんなよ」

悄気《しょげ》た直子を気にして、さすがに吾郎は詫《わ》びを入れた。そして、上半身を捻って、枕元《まくらもと》にあるトランジスタラジオのスイッチを入れる。ＦＥＮ。ちょうど「I Feel Free」が終わるところだった。

「クリームじゃん」嬉《うれ》しそうに吾郎が呟《つぶや》く。「たまたま点《つ》けたラジオでさ、気に入りの曲やってると嬉《うれ》しいね」

もう今の出来事など忘れている。

「そうね」直子は気のない返事をして、肩を揉《も》みながら物憂く言った。「ああ、何か冴えないな。頭痛いし、いやになっちゃう」

吾郎の返事がないのでふて腐れて、バッグからセブンスターの箱を出して一本くわえた。吾郎もくしゃくしゃに潰れたハイライトの箱の中を覗いて、一本引っ張り出したが、大きく曲がっていた。曲がったタバコをくわえると間抜けに見える。

直子は思わず笑って尋ねる。

「ゴロちゃん、二日酔いじゃないの？」

「少し気持ち悪い」

「あたしは最悪な気分だな」

吾郎がタバコに火を点けながら文句を言う。

「直子はさ、飲み過ぎなんだよ。正体なくして、サンロードに駐車している車、次々に蹴飛《けと》ばしたの覚えてる？　俺、ヤクザでも来るんじゃないかと思って気が気じゃなかった。まったく、酔うと質《たち》悪いんだよ、おまえ」

「ごめん、覚えてない」

謝りはしたが、胸の中にはなおもわだかまりがあって、昨夜の酔態などどうでもよかった。そのわだかまりは、昨夜から続いている何かだ。

「だけどさ、ゴロちゃんも飲んでたよ。相当に酔っぱらってたもん」

小さな声で抗議する。

「まあな。でも、俺って陽気な酒でしょう？」

「まあね」渋々同意する。「つまり、あたしは違うってことね」

吾郎は聞いていない。

「タカシんとこでブランデー飲んでから、一気に来たよな。それにしても、タカシのオヤジ、タカシにそっくりだったな。同じようにデブでさ、同じように偉そうで、あぁ親子なんだな、と思った」

吾郎は仰向けにごろりと横になって曲がったタバコを吹かした。天井を眺めながら思い出し笑いをしている。

「昨日はタカシのお父さんに怒られたし、今日はあんたのお母さんにも怒られたし、頭に来る」

酔って帰宅したタカシの父親があんなに不機嫌になったのは、直子とヒロコという二人の女子大生が一緒になって騒いでいたからに違いなかった。あれが男子学生だけの飲み会だったら、違う反応をしたと思う。

『あんたら、いつまでうちにいるんだ。非常識だな。うちは飲み屋じゃないんだから、早く帰りなさい』

うちはラブホテルじゃない。

うちは飲み屋じゃない。

共通点を見出《みいだ》したら、笑えてきた。少し気が楽になった。すべてを笑いのめして生きていきたいが、なかなかそうはいかない。男と比べて、女は何かひとつ余計に叱られるようにできているのはどうしてだろう。同じ学生の身分で同じ学費を払っているのに、損をしているような気がしてならない。

昨夜は、「スカラ」で麻雀《マージャン》をした後、長瀬とヒロコのカップル、そしてタカシと吾郎とで、沖縄そば屋の「甚平」に行った。餃子《ぎょうざ》でビールを飲んで、仕上げに沖縄そばを食べた。

それでは飲み足りなくて、タカシの新築間もない豪邸に上がり込んで、応接間のガラス棚に飾ってある、父親のレミー・マルタンやジョニ黒を空にしたのだ。

タカシの五歳上の姉が歓迎してくれて、カニサラダやちくわ胡瓜《きゅうり》などのつまみを作ってくれたのも、調子に乗る原因だった。

夜中に帰って来たタカシの父親に怒鳴られて、タカシの家を出たのが午前一時過ぎ。泥酔した四人は、人気《ひとけ》のないサンロードを何か叫びながら走り回った。直子が車を蹴ったのは、タカシの父親の言い草が癪に障ったからに他ならなかった。

長瀬とヒロコは、東伏見の長瀬のアパートに徒歩で帰り、酔ってまともに歩くこともできない直子は、吾郎に肩を借りながら、三鷹の吾郎の家に泊めて貰ったのだ。


どうして、あまり仲のよくないヒロコたちと痛飲することになったのか。直子はタバコをくゆらせながら、「スカラ」での出来事を思い出す。

九時過ぎまで、二抜けで交代しながら麻雀を打っていたが、そろそろ飽きて帰ろうということになった。いつもはスムースで何の問題もない精算時に、丈次と新堀の間でひと悶着《もんちゃく》起きた。

昨夜は、吾郎が調子を落として、新堀の一人勝ちだった。全員が負けて、新堀に何枚かの千円札を払った。しかも、一番負けたのは、珍しいことに丈次だった。丈次は負けた金、四千数百円を払おうとしないばかりか、場代《ばだい》も出さずに帰ろうとした。

「丈次、ちょっと待て」

札を数えていた新堀が呼び止めた。新堀はジーンズの尻《しり》ポケットに勝ち分を突っ込むと、丈次の前につかつか進み出た。新堀も背が高いので、二人は睨み合う形になる。

「借り」

丈次が怒った顔で目を背けた。

「えっ、丈次、場代もないの？　じゃ、誰が丈次の場代払うの？」

無邪気に口にしたのはヒロコだ。長瀬が、「黙ってろ」と、ヒロコのブラウスの裾《すそ》を引っ張った。長瀬はとかく、男同士の体面を気にする。

「だったら、最初に言えばいいじゃないか。今日は場代も持ってないって。もし負けたら、場代も借りるぞって」

新堀の言うのはもっともだ。最近の丈次は、ほとんど金を持たないで現れることが多かった。だが、滅多に負けないから、それでよかった。今日も、下手くそな学生相手に勝つ気で来たに違いない。

勝てば、場代もラーメン代も払える。それに、最初から金がないと申告することなど、プライドの高い丈次にできるはずもない。

「だから、借りだ」

丈次が、なぜわからないという顔で怒鳴った。

「俺が貸さないって言ったらどうすんだよ？」

直子は、新堀のしつこさに辟易《へきえき》する。

新堀はほとんど学校に来ない学生の一人で、学外の連中とロックバンドをやっていた。音楽方面で食べていきたいらしく、直子が遊びに行っても、何も喋《しゃべ》らずにずっとヘッドフォンで音楽を聴いていることがある。普段は無口なのに、今日に限ってキレたのは理由がありそうだ。

新堀がリッケンバッカーという輸入ギターを買うためにバイトをしているのは知っていた。新品は手が出ないから、中古を買いたいと言う。直子は楽器に興味がないから、そんな話をベッドでされてもほとんど覚えていなかったが。

丈次は謝りもせずに、眉《まゆ》を顰《ひそ》めたまま負けん気の強い顔をして突っ立っていた。ラテンバンドが着るような、袖口《そでぐち》の広がった白いシャツは、よく見ると袖のあたりに汚れが目立った。

「この間もそうだった」

新堀がうんざりしたように言う。

「いつだ」と丈次。

「忘れた。二週間ほど前かな。あの時も俺は勝った。丈次は払えなかった。そして、その前の週も踏み倒したよ。その時勝ったのは、吾郎だったな。吾郎は丈次の友達だから何も言わないかもしれないが、俺は言うぞ。だって、ルール違反だろ」

「必ず払うって言ってんだろ」

丈次の言葉はいつも短い。下唇を嚙《か》んで、悔しそうに視線を落としている。

「必ずじゃねえだろ、丈次」

新堀がやや猫背気味の肩を右手で掻《か》きながら言った。灰色のTシャツの肩に、高校を卒業してから一度も切ったことがないという長髪がかかっている。

「俺は金が惜しくて言ってんじゃねえよ。謝れって言ってるんでもない。金がねえなら、麻雀する権利がねえだろってことだ。建前を言ってるんじゃないよ。俺ならしねえって思ってるだけだ」

そこに、「まあまあ」と舌打ちしながら割り込んで来たのは、とうにゲームを終えて仲間とビールを飲みながら雑談していた中本だった。

「新堀、今日は丈次は勝つ気で来たんだからさ。許してやれよ。いいじゃねえか、そういうことだってあるよ」

中本が口髭《くちひげ》のあたりをこすりながら言う。

「わかってるよ。いつも丈次が勝つんだよ。強いんだからさ。だけど、勝てない日だってあるだろう。そういう時は何か方策考えろってことだ」

「わかってる」

中本が新堀の固い胸板を手でぽんぽん叩《たた》いた。そして、丈次の方に向き直る。

「丈次だってわかってるさ」

丈次は何も言わずに頷いた。そして、「ごめん」とひと言謝って、出て行ってしまった。バタンとドアが閉められる。

収まらないのは、文句を言った新堀だ。

「何が『麻雀放浪記』だよ。元禄《げんろく》積み大失敗した坊や哲、気取ってるんじゃねえよ。素寒貧《すかんぴん》で一発勝負って、小説の中の話だろうが。丈次はさ、麻雀やる資格ねえよ」

丈次が、阿佐田哲也の「麻雀放浪記」をバイブルのようにして、何度も読み返しているのは有名な話だ。今日も、丈次の尻ポケットには、手擦れで表紙の反った本が入っているはずだ。

「俺も帰るよ」

新堀は場代の千円札を二枚置くと、後ろも見ずに出て行ってしまった。

あっという間の出来事で、新堀の部屋に一緒に行こうと思っていた直子は、置き去りにされてしまった。中途半端な気分を誰にもぶつけられずに、ぶっつりとして立っている。

「直子、旬子がよろしくって」

　中本が出て行きざま、直子の肩を叩いて囁いた。慰めが混じっていると感じたのは、直子と新堀が密《ひそ》かに付き合っているのを知っているのかもしれない。

「ビールでも飲みに行く？」

白けた直子は、吾郎と顔を見合わせた。帰りそこねたタカシやヒロコたちも、一緒に「甚平」に繰り出すことになった。

「甚平」は、カウンターだけの沖縄そば屋だ。そこでも、自然と丈次の話題になったが、吾郎は黙っている。

「そもそもさ。お金がないのに麻雀に来るって神経が、あたしにはわからない」

ヒロコが鼻にかかった声でべちゃりと喋る。

「最近多いよな」と、タカシ。「麻雀も弱くなったし。こないだも直子に振り込んでたじゃん。リーチ一発で。直子、あの手何だっけ」

「リーチ、イーペイコウ」

「それだけかよ」

「裏ドラ乗ったかな」

吾郎と長瀬は、何も言わずに黙々と餃子を食べていた。きっと二人とも、何度も丈次に金を用立てているのだろうと直子は思った。

「昨夜さ、セックスした？ あたしたち」

直子の質問に、「えっ？」とFENのモノラルな音に聞き入っていた吾郎が、驚いたように振り向いた。

「あたしたち、あんな酔っぱらっていたのにセックスしたのって聞いたの」

「覚えてないの？」

吾郎が口を窄《すぼ》めて、煙をドーナツ型に吹き出して見せる。

「全然、覚えてない」

直子はまったく記憶がなかった。真似《まね》をして口を窄めて煙を吐くが、肺活量が違うのか綺麗《きれい》なドーナツができなかった。直子の作ったドーナツは、輪が切れていて、すぐに曖昧《あいまい》なただの煙になった。

「へえ、じゃ、もう一回やる？」

吾郎は意気込んで言う。

「この部屋、鍵《かぎ》かからないんでしょ？ じゃ、いやだな。あんたのお母さんが入って来るかもしれない」

吾郎はベッドを下りて、勉強机からキャスター付きの椅子を引っ張って来て、ドアの前に置いた。

「ドアを開けると転ぶ仕掛け」

「バカみたい」と、その子供っぽさを笑う。

「俺、直子とセックスするの三回目かな」

「そんなにしたっけ？」

「これで四回目か」

吾郎が唇にキスした。下手くそなキスで、ちっとも燃えない。直子はそのまま体を投げ出して、吾郎がデスクの引き出しからコンドームを出して装着し、それからやっと覆《おお》い被《かぶ》さるのを待った。挿入されても、一緒に体を動かしただけで吾郎が果てるのを待った。

「俺、直子好きだよ」

「あたしも好きだよ」

礼儀で言い合ってるような感じで、二人ともあまり気がない。互いに熱烈に恋する相手が出てくれば、見向きもしなくなりそうだった。

しかし、新堀はカッコいいけど、自分勝手で、どこか根本で合わない気がする。音楽をやりたい男なんて、ろくでなしばかりだ。

麻雀の後、新堀に誘われて、西荻のアパートに行ったのが付き合いの始めだった。しかし、セックスが終われば、早く帰ってほしいような素振りを露骨にする。むかついて帰っても、また時間が経つと新堀と寝たいと思うのはなぜだろう。新堀と寝れば、違う世界が開けるかもしれないという幻想があるのか。

吾郎と一緒にいれば気は張らない。ときめくものはなくても、女友達と同じく遠慮もせずにだらだらと永遠に話すことができる。

「喉《のど》が渇いたな。おしっこもしたいし」

こんなことは気軽に新堀には言えなかった。見栄《みえ》を張って昨日のタカシのように小難しい本を鞄《かばん》に入れ、こっそりとビューラーで睫《まつげ》を上げてから行く。入念に髪を洗って可愛い下着を付ける。

「待って。俺も腹減ったから様子見てくる」

吾郎がベッドから下りて、素早くジーパンを穿き、Tシャツを頭から被った。ドアの前に置いた椅子をごろごろと動かしてドアを開け、階下を覗いている。

直子は、吾郎の部屋を見るとはなしに眺めた。天井まである作りつけの本棚はきちんと整理されて乱れていない。三島由紀夫、吉本隆明、埴谷雄高《はにやゆたか》、大江健三郎、ドストエフスキー、澁澤龍彥《しぶさわたつひこ》、写真集、句集、マンガ。ずらりと背表紙を並べていた。

「ゴロちゃん、これ全部読んだの？」

「うん、読んだ」

「誰が好き？」

「三島かな」

三島由紀夫は、二年前の十一月、市ヶ谷の自衛隊で自決していた。衝撃的な出来事だったが、直子にとっては、この春露《あら》わになった連合赤軍事件の方が萎《な》えた。女が敗北した気がする。以来、何ごとにも力が入らず、無気力になった。

「直子は？」

「うん、三島も好きだけど」

「だけど？」

「男だもんね」

「男だと駄目なの？」呆《あき》れた風に笑う。「いい作家は、みんな男じゃん」

「そうだけど、何か違うんだよ。ピンと来ない」

ふうん、と吾郎が肩を竦めて部屋を出て行った。

直子は机の上に置いてあった「漫画アクション」を取って、ページを開いた。上村一夫の「同棲時代《どうせい》」の次郎と今日子。どうして二人はいつも涙を流しているのだろう。雑誌を閉じる。

「オフクロ、出掛けたみたい」

吾郎が麦茶の入った容器と握り飯の載った皿を運んで来た。吾郎の母親は、わざわざ握り飯を作って、席を外したとみえる。直子と会うのを避けたのだろう。

「へえ、よくできたお母さん」

吾郎が少し嫌な顔をしたが、何も言わない。

「じゃ、トイレ貸してね」

二階のトイレに案内された。父親の税理士事務所に勤めて税理士を狙《ねら》っているという四歳違いの兄の部屋と、中学三年の弟の部屋が並んでいる。兄はとうに父親と一緒に出勤して、弟は近所の公立中学に行ったらしい。家の中は、出し汁を取っているような匂《にお》いが漂っている。

直子は吾郎と一緒に握り飯を食べた。中身は全部酸《す》っぱい梅干しだ。三個しかないのは、直子のためではないと宣言されているような気がするが、口にはしない。

「半分ずつにしよう」

吾郎が公平に残った一個を割ろうとするのを押しとどめ、直子は一個だけ食べた。

塩気がきつかった。

顔だけ洗って、吾郎と一緒に家を出る。晴れているが、今日は少し肌寒い。Tシャツ一枚では寒いから、家に帰ろうと思う。

「今日はどうすんの？」

吾郎が両手をポケットに入れたまま、直子に尋ねた。吾郎は濃紺のシャツに黒いジーンズだ。ロンドンのバンドみたいな細身のパンツに、黒いブーツを合わせている。

「うちに帰って、着替える」

「それから？」

「夕方になったら考える」

「『スカラ』に来る？　直子が来るなら行くよ」

「多分行くけどわかんない」

真剣に答えない直子にがっかりしたらしいが、吾郎は喫茶店にでも寄るつもりらしく、手にした文庫本を丸めて手を振った。

吉祥寺駅に着いて、ロンロンの二階にある本屋に入った。立ち読みしてから帰ろうと思う。ふと気配を感じて顔を上げる。

ギターケースを持った新堀が通路を歩いて来るのが見えた。声をかけようと思ったが、隣に女がいるのに気付いて息を呑《の》む。

ストレートの髪を真ん中分けにした痩《や》せた女だ。ジーンズにひらひらした黄色いブラウスを着ている。馬の蹄《ひづめ》のようなプラットホーム型のサンダル。不機嫌そうに分厚い唇を引き結び、暗い目で遠くを眺めている。カルメン・マキみたい。バンド関係の女はカッコいい。直子は、開いていた雑誌で顔を隠した。

第二章　一九七二年十月

1

三浦直子が「CHET」の遅番に入った時、客はたった一人しかいなかった。

何度か見かけたことがある中年男だ。灰色のジャンパーの下は白いシャツで、黒い蝶《ちょう》ネクタイを締めているのが見える。くたびれた黒いズボンに黒靴。この界隈《かいわい》の水商売関係の男らしかった。

いつもスピーカーの前の席で腕を組み、苦行僧のごとく眉根《まゆね》を寄せて音に聞き入っている。時折、タバコをくわえては、虚《うつ》ろな眼差しで水を少しだけ飲むことを繰り返している。

曽根によると、男は近くのおさわりバーの支配人だという。店が始まる少し前に

「CHET」に寄り、ジャズを聞いてから出勤するのだそうだ。

直子は、男のリクエストが気に入っている。大概がマイルス・デイヴィスなのだ。今日は、『カインド・オブ・ブルー』のA面だ。

「いいね、これ」

ドリップコーヒーのネルを洗っている曽根に、浮き浮きと囁《ささや》く。

「だけどさ、マスターは嫌いなんだよ、マイルスもコルトレーンも。前もさあ」

曽根が顔を上げずに気安く答えた。声は面白そうに弾んでいるが、口許《くちもと》は歪《ゆが》んでいた。曽根と桑原はあまり仲がよくないのだ。

店中に轟《とどろ》く、コルトレーンの甲高いテナーサックスに遮られて、曽根の言葉の後半が聞き取れなかった。

「前も、何なの？」

直子はカウンターの中に身を乗り出して尋ねた。

「いや、マイルスとかのリクエストが来るとさ。わざとリクエストの順番を後ろにして、なかなかかけないんだ」

リクエストは一曲だけではなく、そのLPレコードのA面やB面が対象になる。片面を全部聞かせるのだから、後回しにされたら果たしていつになるか、わからない。

そのうち、客は疲れて帰ってしまう。

「それで、ようやく、この店は自分のリクエストが気に入らないんだ、と悟るわけだよ」

「へえ、マスター意地悪ね。そういうことして客に悟らせるなんて」

曽根は同意するかのように、にやりと笑った。

前髪がはらりと目の上にかかっているので、どんな顔立ちをしているのか、よくわからない。だが、目つきは鋭く、怜悧《れいり》そうにも見える。

宮脇泉とは、曽根のことを陰でこっそり、「キタロー」と呼んでいるのだが、本人はもちろんそんなことは知らない。

「どうしてマイルスとかコルトレーンが嫌いなのかしら。カッコいいじゃんねえ」

ジャズの素人《しろうと》である直子は首を傾《かし》げる。蘊蓄《うんちく》など語れない。いや、語りたくもない。ただ好悪《こうお》しかなかった。

「だからさ、あの人はマスターがいない時を見計らって来るんだよ」

曽根は、まるで共犯者のように声を潜めて男の方を見遣《みや》った。

男は没我の境地らしく、目を閉じたまま細かく両足を揺らし、首を振っている。

「直子ちゃんも何か聞く？」

曽根はレコード棚を指差した。数千枚はあるレコードがぎっしりと背を並べている。この半分は、店を開く前から桑原が持っていたコレクションなのだそうだ。

「じゃ、マル・ウォルドロンの『レフト・アローン』」

好きなピアノの曲を頼んだ。マスターの桑原が来て曽根と交代するまで、まだ時間がある。客が少なければ、勝手に好きな曲が聞けた。

曽根がレコード棚からマルのレコードを出して、ターンテーブルに載せた。

マイルスが終わり、マルがかかったのと同時に男が席を立った。無表情に金を払って出て行く。

「ありがとうございました」

直子が大きな声で礼を言ったが、男は無言で釣り銭をひっつかむようにして、紫色のガラスドアを押し開けて出て行く。

店には誰もいなくなった。直子は、吸い殻でいっぱいになった灰皿と、コーヒーの碗皿《わんざら》を下げて、カウンターの上に置いた。

「ねえ、直子ちゃんはさ、泉ちゃんと仲いいの？　同じ大学なんだろう？」

いきなり曽根が尋ねた。照れ臭いあまりか、怒っているかのような口ぶりだった。

「うん、仲いいよ。友達の中では一番好き。そもそもここに来たのも、泉が縁だもの」

そうだよな、と曽根が大きく頷《うなず》いた。

「泉は頭いいし、はっきりしてるし、凄《すご》くカッコいいと思うよ」

「うん、彼女、もてそうだね」

「実際、もてるわよ」

「付き合っている人いるのかな」

曽根が恐る恐る尋ねる。

「それはわかんないな」と誤魔化した。余計なことをうっかり喋《しゃべ》って、トラブルの種になるのは嫌だ。

しかし、こんなに素直にその魅力を肯定できるのも、女友達では泉だけかもしれない。また、自分の違和感が通じるのも泉だけだった。泉と会って、またいろいろなことを話したかった。

「おい、誰だ。こんなのかけてるの」

いきなりドアが開いて、桑原がマル・ウォルドロンのレコードジャケットを指差して怒鳴った。不機嫌そうに眉根を寄せている。

「あたしです。すみません」

直子が手を挙げると、顔を顰《しか》めながら、口の中で「何だよ、仕方ねえなあ」と呟《つぶや》いて、緊張した様子で桑原を待つ。

カウンターの中で、曽根が黒いエプロンを外して丁寧に畳んだ。長い髪を掻《か》き上げたように聞こえた。

「今日は何人来た？」

桑原は挨拶《あいさつ》もせずに、素早く店の中を確かめながら曽根に訊《き》いた。

直子は夕方五時からの出勤なので、客はおさわりバーの支配人しか会っていない。だから、昼間はいったい何人の客が「ＣＨＥＴ」に来たのかは知らない。

「十五人ですかね」

曽根が伝票を数え上げて答える。白いシャツの下に、首にかけた銀色の鎖が光った。

「少ねえなあ。それからさ、泉は、ちゃんと時間通りに来たのかよ？」

泉の勤務態度を、直子の前で平気でチェックする。当然のように、直子の顔もじろりと睨《にら》んだ。

「ちゃんと来てましたよ。俺が来たら、もう店の前で待ってましたから」

曽根がうんざりしたように答えた。

「なら、いいけどさ」

「あの、あたしもちゃんと来ましたから」

余計なことだと知りつつ、直子も付け加える。

桑原という大人の男に苛《いら》ついていた。自分のリクエストを貶《けな》されたことだけではなく、誰よりもジャズを知っている、という自信が鼻に付く。この場を統《す》べている、という態度が気に入らない。

しかし、ジャズとは、そういう世界らしかった。大量のレコードを聞いて、大勢のミュージシャンを知っていて、誰といつ、どこで行われたセッションなのかを知悉《ちしつ》し、名盤を雄弁に語り、それらの知識を豊富に持っている者がまず勝つのだった。

桑原は、その世界ではジャズ喫茶を堂々と開けるほどの勝者なのだ。彼がどんな趣味を持って、どのように店を運営しようと、ここが桑原の店である以上、誰も文句は言えない。それが直子の息を詰まらせる原因なのかもしれない。

「あんたは真面目《まじめ》そうだから、ちゃんと来てんだろうな」

桑原はどうでもよさそうに言い、茶色のカーディガンの袖《そで》をまくった。下はウールのチェックシャツ。灰色のスラックスに先の尖《とが》った茶の紐靴《ひもぐつ》。相変わらず中年男の趣味だ。

「おまえはもういいよ」

店に置いてある自分のエプロンを腰に巻いて、傍らに立つ曽根に言う。

「じゃ、お先に失礼します」と、曽根が一礼した。

曽根が出て行く前に、ドアが開いて、桑原と趣味を同じくする客が続々と入って来る。話の合う桑原が来る時間帯を狙《ねら》ってやって来るのだ。

そして皆、同じことを大きな声で言う。

「誰だよ、マルなんかかけてるの？」

桑原は苦笑して答えない。直子は居たたまれなくなって、思わず曽根の方を見遣った。曽根も困った顔をしている。

どうやら、おさわりバーの支配人が突然出て行ったのも、直子のリクエストのせいらしい。

それほど嫌いなレコードなら置かなければいいのに、と思うが、それでも揃《そろ》えて見せるのがジャズ喫茶というものなのだろう。それにしても、特定のミュージシャンをそこまで軽侮したり、毛嫌いしたり、崇《あが》めたり。何と不思議な世界なのだろうか。

直子が「ＣＨＥＴ」でバイトを始めて一カ月。何となくジャズ喫茶の文化が見えてきたような気がする。

「じゃ、俺はこれで」

曽根が出て行った途端、勤め帰りらしい客が現れて、小さな店はあっという間に満席になった。直子は腰掛ける暇もなく、コーヒーを運んだり、水を注ぎ足したり、灰皿を変えたりしてくるくると働いた。

文学部の中本祐司がふらりと入って来たのは、午後十時少し前だった。いつも取り巻きに囲まれているのに珍しく一人で、しかも少し酔っていた。

直子は中本がジャズを聞くとは予想もしていなかったので、意外な思いで水を差しだした。

「ビールください」

中本は、黒いビニール張りのシートに倒れるように座り込んだまま、直子の顔を見ずに注文した。どうやら、直子の存在に気付いていないようだ。

「こんばんは」

大きな声で話しかけると、驚いた風に顔を上げる。

「直子か。ここでバイトしてんの？」

「うん」と、銀盆を胸の前に抱えて頷く。中本が何か言ったが、喧《けたた》ましいエルヴィン・ジョーンズのドラムソロに邪魔されて聞こえなかった。

「今、何て言ったの？」

耳許に手を当てて尋ねると、リクエスト用紙の裏に何か書いて寄越した。

「何時に終わる？」とある。

「十一時」と、壁の時計を示す。中本は、わかった、という風に手を挙げた。私を誘う気なのか。密《ひそ》かに胸が騒ぐ。

カウンターに戻って、桑原に中本の注文を告げた。

「ビールだそうです」

桑原は、冷蔵庫から中瓶を出して勢いよく栓を抜いた。直子の顔を真っ向から見て、尋ねる。

「あいつ、知り合いかい？」

「同じ大学の友達です」

「初めての顔だな」呟いて、不審そうに直子を見る。「ここで待ち合わせでもしたのか？」

「まさか。偶然ですよ」

直子は笑って否定したが、偶然にしても、なぜ中本がここに現れたのだろうと不思議に思う。

中本と二人きりで話したり、飲みに行ったことは一度もなかった。もし、店の終了後、自分とどこかに行くつもりなら、彼は何を話すというのだろう。公然の彼女がいるのに。

時折、中本を盗み見るが、相変わらず沈んだ様子で店の暗がりを見つめながら、ビールを飲んでいる。

閉店時間になり、客は金を払ってさっさと帰って行った。直子が他の客と話している間に、中本は姿を消した。外で待っているのかどうか、気になる。

「もう帰っていいよ」

閉店後の店の片付けと掃除は、桑原がすることになっている。バイトの女の子は、客と同様、閉店と同時に帰ることができる。

「お先に失礼します」

直子が頭を下げると、桑原が紙片を振って笑った。

「おい、帰り、気を付けろよ」

見ると、中本が「何時に終わる？」と書いたリクエスト用紙だった。

ガラスドアを開けて、雑居ビルの踊り場に出る。目の前に、吉祥寺ピンク街の色とりどりのネオンが雨に滲《にじ》んで広がっている。中本の姿はなかった。

落胆している自分がいるのを認めたくなくて独りごちる。

「雨か、まいったな」

すると、階段の下から声がした。

「直子」

中本が軒下でタバコを吸っていた。オールバックに撫《な》で付けた髪が、はらりと額にかかって子供っぽく見えた。

「あ、いたんだ。待った？」

声を弾ませて、階段を駆け下りた。

「いや」と、笑いながら首を振る。

中本は、直子に雨がかからないように、コーデュロイのジャケットを脱いで、頭上に掲げてくれる。タバコとポマードの臭《にお》いがした。

「ありがとう」

「ちょっと飲まないか？」

二人して、路地奥にある赤提灯《あかちょうちん》に駆け込んだ。昔ながらの曇りガラスの戸に囲まれたカウンターだけの店は、誰もいない。

頬をピンク色に塗った老女が、意外に可愛《かわい》い声を出した。「いらっしゃい」

そして、直子の顔をじろじろ観察している。『何も知らない癖にこの街に来るんじゃないよ、この女学生風情《ふぜい》が』と、腹を立てているのかもしれない。風俗街に来ると、そんな女の視線によく出会って戸惑うことが多い。

雨足が強くなって、急激に気温が下がってきていた。ブラウスの上に薄手のカーディガンを羽織っただけの直子は、寒くて震えている。

「熱燗《あつかん》二合」素早く直子の震えを感じた中本が注文して、優しく直子に囁いた。「熱燗でええか？」

「ええよ」と、調子を合わせる。

中本が向き直って機嫌よさそうに直子の顔を眺めた。

「直子が『ＣＨＥＴ』でバイトしてるなんて知らんかったな」

「ひと月前からなのよ。あたしも、中本さんがジャズ好きだなんて知らなかった」

タバコをくわえると、中本がマッチを擦って火を点《つ》けてくれた。タバコに火が点くと、指先で弾《はじ》くようにしてマッチを消す。燐《りん》の燃える臭いがいつまでも鼻腔《びこう》に残った。

「どうりで近頃『スカラ』に来ないと思った」

「そうだっけ？　そうでもないんじゃない？　だって、バイトは週に二回だもの」直子は湯気の立った大きなヤカンを見ながら思い出している。「でも、確かにここんとこあまり行ってないね」

ここ数週間は、「スカラ」の面々とも会っていない。

吾郎と寝たからではなかった。新堀が女と歩いていたのを見たせいでもない。案外、丈次の困窮ぶりを見たくないだけなのかもしれない。

「みんな相変わらず麻雀《マージャン》やってるんでしょ？」

「ああ、でも、丈次はしばらく姿見てないな」

中本が、大ぶりの猪口《ちょこ》に熱い酒を注いでくれたので、軽く乾杯の真似《まね》をする。

「直子とサシで飲むの初めてやな」と、中本。

「ほんまやね」

関西弁を真似ると中本が笑った。

「発音ちゃう」

「丈次、どうしたのかしら。昼間っから吉祥寺うろうろしてるし、お金ないみたいだし、仕事辞めちゃったのかな」

「学生と遊んでるから、どっかネジが飛んだんだろ」

「ネジが飛ぶって？」

中本の横顔を見上げる。

「あいつ、中学出てからずっと働いてきただろ。俺たちと一緒にいて、何か真面目に働くのがあほくさくなったんちゃうか。吾郎も同じこと言ってたわ」

「ゴロちゃん、丈次のこと心配してるもんね」

「同級生だから、自分が引き込んだっていう責任感もあるんだろう」

客が来ないので退屈したのか、女主人が棚の上にあるポータブルテレビを点けた。

スポーツニュースをじっと見つめてから、がっかりした様子で中本の方を見た。

「何だ、今日はやってないんだね」

「何がですか？」

「日本シリーズ。あたし、巨人ファンだから」と、女主人。

巨人嫌いらしい中本が、不快そうにちらりとテレビに目を遣った。

「今日は、移動日だからね」

プロ野球に興味のない直子はどちらにともなく聞いた。

「今年は巨人とどこなの？」

「阪急。もうあかんけどね」と、関西出身の中本は肩を竦《すく》めて酒を注いだ。

「そうか、火曜日だからね」

女主人が言って、つまらなそうにテレビを消した。火曜日という連想で思い出した
直子は、中本に尋ねた。

「そうそう、川原旬子さん、元気？　最近見ないね」

　中本はなかなか答えずに、黙ってテレビの辺りを眺めている。よく見ると、ポータブルテレビは下のコンロに炙《あぶ》られてか、煤《すす》けて油染《じ》みていた。

「お店が忙しいのかな」

「さあ、わからん」

　いきなり、中本が弱々しく呟くので驚いた。ぎょっとして聞き返す。

「わからんって、どういうこと？」

「突然消えた。電話しても出ないから、旬子の部屋に行ったら違う名前になってた。店に電話したら、もう辞めたって言われた」

「あなたに連絡しないでいなくなったってこと？」

「そう」

「何で」

「だからさ、直子」中本が直子の肩を叩《たた》いて苦笑いした。「旬子に逃げられたんだよ。カッコ悪いこと言わせんなよ」

　吉祥寺駅で川原旬子と別れた時のことを思い出した。

『祐司さんなんかも、ちょっと甘いなと思うことがある。あたしの休みなのに、呼び出されて、来てみれば麻雀でしょう』

直子はこう返したのだ、『だったら、帰っちゃえば』と。

「それって、あの日以来？　あなたが麻雀していて、彼女をほったらかした日から？」

「うん、あの時電話したら、何でもなかったんやけどなあ。俺、そんなに酷《ひど》いことしたかな」

「さあ。でも、川原さんはせっかくの休みなのに損したようなことを言ってた」

直子は正直に言った。

「仕事してるから、俺が甘く見えんだろ」

気が付けば、二人してずいぶん飲んでいた。二合徳利はとうに空になり、さらに一本追加して、それもほとんどなくなっていた。頬が熱い。

「もう行こか」

中本が立ち上がったので、直子はぐらぐら揺れる高い椅子《いす》から降りた。足元がふらつくと、中本が支えてくれた。

勘定は熱燗を四合飲んだのに、千円もしなかった。中本が払ってくれた。

「直子、雨宿りしよ」

中本がすぐ目の前にあるラブホテルを指差す。

ああ、「CHET」で中本を見た時から、こんなことになりそうな予感がしていたんだ。六時間も騒音に晒《さら》されて、熱燗を飲んで、頭がおかしくなっている。正気に戻れ。

「だってさ、あなたは川原さんと別れたばっかりなんでしょう」

「嫌か？　直子は俺のこと好きじゃないのか？」

自信ありげに頭を固い胸に抱き寄せられると、抗《あらが》えなかった。新しい料理の味を知りたくなるように、中本を知りたくてたまらなくなる。きっと男も同様なのだろう。新堀。吾郎。中本。今に、丈次やタカシとも寝るかもしれない自分。いったい男に何を求めているのだろう。自分が不思議で怖かった。

直子はシャワーだけ浴びて、中本の待つベッドに向かった。中本は暗い顔付きでタバコを吸っていた。

「ここおいで」

中本の横に滑り込むと、吾郎とは比べものにならない巧《うま》さで抱きすくめられて、キスされた。直子の髪に顔を埋《うず》めた中本が笑った。

「直子、髪がタバコ臭いぞ」

泉と同じく、自分の髪もタバコと湿気の臭いを放つようになってしまったのか。ジャズ喫茶の臭い。好きじゃないのに。

「旬子さんはヘアスプレーの匂《にお》いをさせていたね」

無神経なことを言っている。だが、中本は平然と直子の髪を摑《つか》んで仰向けにした。

「俺はタバコの臭いの方が好きだよ」

中本となら溺《おぼ》れてもいい、と思った。セックスもうまいし、女を甘えさせる術《すべ》も知っている。

身支度をしていると、シャワーを浴びて戻って来た中本が背後から抱き締めて耳許で囁いた。

「直子、今日のことは誰にも言わんようにしよな」

「わかってるけど、どうして？」

中本は両手で直子の胸を揉《も》みながら言う。

「おまえ、新堀と付き合ってるんやろ？　俺、新堀とは友達やから」

いや、新堀とは付き合っているというほどではないよ、と言おうとしたが、その前に疑問が生じた。誰も知らないはずなのに、中本はどうして確信があるのだろう。

「それ、新堀が言ったの？」

「そうだよ」と、悪びれずに中本が頷いた。「俺、直子と付き合ってるんだって言ってた」

男同士がそんなことを喋り合っているとは知らなかった。特に、新堀は無口な男だと思っていただけに衝撃だった。

「新堀って、イメージが違うのね」

ラブホテルの薄っぺらなバスタオルを通して、中本がまた昂奮《こうふん》しているのがわかった。中本の手が直子の服を脱がそうとする。されるがままになっていると、ベッドに俯《うつぶ》せにされて貫かれた。

「直子、男は結構お喋りだから気を付けろよ」

「あなたも喋るの？」と、振り向いて尋ねる。

「まさか。だから、直子に言うなって言ってるんだ」

いつの間にか、蜘蛛《くも》の糸に引っかかった昆虫のような気がしてきた。何も知らず、ふかふかのベッドだと思って寝ていると、そこから抜けられず、やがて食べられる哀れな虫。絶対にそうはなるまい、と歯を食いしばる。

宮脇泉のアパートは、三鷹台《みたかだい》駅から歩いて五分の高台、高圧線の鉄塔のほぼ真下に建っている。古い上にたった四部屋しかないし、頭上に覆《おお》い被《かぶ》さる高圧線が鬱陶《うっとう》しい。だが、アパートの周囲には樹木や花がたくさん植わっているから、泉は気に入っていると言っていた。

2

直子は手土産の紙袋をぶら提げて、二階の泉の部屋を見上げた。午後八時過ぎ。突然やって来たので留守を心配したが、マリメッコ風柄のカーテンの隙間《すきま》から、蛍光灯の光が漏れ出ているのを見て安堵《あんど》した。

鉄製の外階段を上ろうと足を掛けた時、泉の部屋から若い男が出て来るところに出くわした。男は、肩に届くほど長い髪をして、黒いセーターにシャツの襟を覗《のぞ》かせ、ジーンズを穿《は》いている。白い顔をして顎鬚《あごひげ》を生やしている。風貌《ふうぼう》には清潔感があるが、スニーカーの踵《かかと》を潰《つぶ》して履いているのは頂けない。

「じゃ、行くから」

男が手を挙げた。

「ちょっと待ってよ」

泉の慌《あわ》てた声が聞こえ、腕だけがにゅっと見えた。引き留めようとしている。だが、男は身を捩《よじ》って出て来た。

「元気でしっかりな」

「何、気取ってんのよ」

泉が怒鳴ってセーターを掴んだが、男は身を翻《ひるがえ》して振り切り、階段を駆け下りて来た。直子は咄嗟《とっさ》に階段の陰に身を隠した。男は直子に気付かず、走り去ってしまった。一瞬だけ、顎鬚を生やした横顔を見たが、知らない男だった。その横顔は笑っていた。

「タカオ、待って」

泉が男を追って部屋から飛び出した。バタンとドアが閉まる。泉が激しい足音を立てて、外階段を駆け下りて来る。男は駅と反対の方角に走って行ったので、急に姿が見えなくなった。

泉は諦《あきら》めたのか、階段の手すりにもたれて小さく嘆息した。その後、収まらないらしく、「バカッ」と、呪詛《じゅそ》を吐いた。

それでも追って行くような仕種《しぐさ》をしたので、直子は思わず声をかけてしまった。

「泉」

泉ははっとしたように胸を押さえた。

「ああ、びっくりした、直子か。いきなり現れるから驚いたよ」

「ごめん。あたしが来た時、ちょうどあの人が階段を下りて来たもんだから、こっちも慌てちゃった。喧嘩《けんか》でもしたの？」

ふふふ、と泉は俯《うつむ》いて笑ったようだった。釣られて目を遣ると裸足《はだし》だ。

「嫌になっちゃう。ほんとにまいったよ」

「何があったの」

「まあ、上がって。話すから」

泉が一緒に来るよう合図した。直子は、さっきとは打って変わって忍び足になった泉の後を付いて階段を上る。

いきなり泉の真下の部屋のドアが開いて、学生風の若い男が顔を出した。

「あのさ、あんた、男と喧嘩するなら外でやってくんない？」

怒った口調で言う。

「すみません」

泉が階段の隙間から下を覗いて、頭を下げた。

「近所迷惑なんだよ。前にも同じこと注意したよね」

男にはだんだんと激昂してゆく気配があった。

「ごめんなさい」

「俺さ、警察に電話してやろうかと思ったんだから。そのくらいでかい声だったよ」

「はい、二度としませんから。すみません。ほんと、すみませんでした」

低姿勢で謝り続けながら、泉は部屋のドアを開けて、直子を押し込んだ。

狭い部屋の中は、タバコの煙が充満していた。小さな座卓の上に、吸い殻がてんこ盛りになった灰皿と、酒屋で貰《もら》えるグラスがふたつ。横に一升瓶が置いてあった。その中身はほとんどない。

「空気悪いね」

泉はタオルで足裏を拭《ふ》いた後、カーテンと色違いのカバーが掛かったベッドの上に乗って、窓を大きく開けた。部屋のドアも思い切り開け放す。

金木犀《きんもくせい》の香りを含んだ十月の澄んだ夜気が入って来て気持ちがよかった。すぐ近くで電車の音がする。

空気を入れ換えている間、二人は口を利《き》かずに目を合わせた。やっちゃった、という風に、泉が肩を竦めて笑って見せた。

いいんじゃない、と直子も笑った後、紙袋からサントリーオールドの瓶を取り出して、泉の目の前に突き出す。

「すごい、オールドじゃん」

泉が黒くて丸っこいボトルを手にして、驚いた顔をした。

「うちにあったから盗んで来た」

「よくやった」

学生が飲むウィスキーはホワイトかブラックニッカで、良くて角瓶だから、オールドやリザーブなんて数えるほどしか飲んだことがない。

「ほらよ」

泉が砲丸投げの真似をして、オールドの瓶を投げて寄越した。直子は両手で受け取り、黒い瓶に付いた指紋をパーカーの裾《すそ》で丁寧に拭《ぬぐ》う。

「ところで、もういいよね」

直子は薄っぺらい合板の玄関ドアを閉めて鍵《かぎ》を掛けた。さっきの男のことを聞きたくて気が急《せ》いている。

泉が再びベッドに上がって窓を閉めた。

「飲も飲も」

泉が日本酒の入っていたらしいグラスを洗って拭き、玩具《おもちゃ》のような赤い色の冷蔵庫から製氷皿を出した。角の丸くなった小さな氷を出して、ふたつのグラスに等分に入れる。柿ピーの袋を破り、ざらざらと皿に盛った。宴会の始まりだ。

「さっきびっくりしたでしょう」

「うん、あの人、誰」

貧相な氷を入れたオンザロックで乾杯した。

「タカオはね、高橋隆雄っていうの。国立大の学生」

泉がちびちび飲みながら言った。

「タカハシタカオ？　変な名前。あなた、付き合ってたの？」

泉が頷いた後、つるりとした化粧気のない顔をしかめた。化粧をしていないと、子供っぽく見える。

「うん、付き合っていたって言っても、大学一年の頃ね。予備校で知り合ったのよ。今年は全然会ってなかった。だから、別れたも同然。だって、あいつ、変になっちゃったんだもん」

「何で変になったの」

泉には常に付き合っている男がいるのに、深刻な恋愛話は聞いたことがない。秘密主義というより、さほど好きな相手がいないのだろう。

「政治ごっこに決まってるじゃない」と、冷静な口ぶりで答える。

「どこのセクト?」

「ブント。赤軍シンパ」

「じゃ、連合赤軍のこと?」

二月にあさま山荘事件があり、以後、山岳アジトから仲間の死体が発見されている。

「いや、あれは革命左派との連合体じゃない。隆雄がほんとに壊れたのはテルアビブなんだって」

泉が暗い眼差しで、畳を見つめながら言う。畳は陽に焼けて、家具の足が深く食い込んだ跡が付いていた。

今年の五月三十日、テルアビブのリッダ国際空港ターミナル内で、日本赤軍の奥平剛士《つよし》、安田安之、岡本公三の三人が銃を無差別乱射し、二十六人を殺した。奥平と安田はその場で死に、岡本公三だけが取り押さえられた事件だ。

「隆雄は安田と知り合いだったんだって。安田が死を賭《か》けて闘ったのに、自分はどうしてこんなところにいて、のんべんだらりと生きているんだろうと思うと、恥ずかしくてならないんだってさ」

泉がタバコに火を点けて、物憂《ものう》げに煙を吐いた。

「それでパレスチナに行くってかい」

直子は肩を竦める。男たちの必死さは、常にこの世の王道を行っていて、自分の違和感はそんな男たちからもたらされているような気がした。

「違う違う」泉は苦笑いして、直子の目を見た。「もう死ぬからお別れに来たって言うの。生きていることが負い目に感じられて仕方がないって。しょうがないから、酒飲んで乾杯したよ。『あなた本気なの？』って聞いたら、『本気に決まってるだろ』って怒るから、困ったなあと思って。それでお酒を二杯ずつ飲んだ。そしたら、『特に話もないから帰るよ』ってあいつが言ったの。あたしもむっとして、『ああ、死ね死ね、勝手に死ね』と言ってやったんだ」

直子は思わず苦笑する。「ああ、死ね死ね、勝手に死ね」か。

「だから、追いかけたのね」

「そう。さすがに後悔しちゃってね。でも、もう駄目だね。間に合わないよ」

泉がおどけた風に目を見開いた。

「何で駄目ってわかるの」

「何となくね。あたしの言葉でこいつ生への未練を断ち切ったな、と思ったんだよ。だって、これまで世話になった人を一人ずつ回って、別れの盃《さかずき》を交わしているって言うからさ。そうやって回っているうちに、決心も揺らぐでしょう。それで、あたし聞いたの。『じゃ、あたしには何番目に会いに来てくれたの』って。そしたら、『きみが一番最後だ』って言うじゃない。それで『あなた本気なの？』と聞いたわけよ」

「その場面にあたしが出くわしたんだ」

直子は、男の横顔を思い出している。さばさばと笑っていた。「特に話もないから帰るよ」と言った時は、泉に引き留めて貰いたかったのだろうか。

「うん、直子が来てくれてよかったよ。じゃないとさ、何か嫌な感じじゃない。ほんとにこういうのってやり切れない」

泉はその後、何も言わずにウィスキーを呷《あお》った。直子は柿ピーを摑んだ。柿の種の表面が湿っている。

「泉、あの人、本当に死ぬと思う？」

「思う」

目を合わせずに答える。

「死にたい人を止めることなんかできないものね。あたしの前を通った時、あの人笑ってたよ」

「笑ってたの？」

泉が衝撃を受けたようだった。見る見る顔色が悪くなる。

「うん、笑っていた。さばさばして見えた」

「ああ、じゃ、覚悟した方がいいね」

泉が低い声で言って、グラスを空にした。

「でもさ、あの人が今死ななくて生き延びてさ。何十年か後に、この夜のこと思い出して、ああ俺って、あの時バカなこと考えていたな、泉に迷惑かけたなって思うのかね？」

直子の言葉に、泉がようやく笑った。タバコに火を点けて、天井に向けて煙を吐き出した。白い煙がひと筋上っていく。

「直子は変なこと考えるね。誰もそんな先のことなんか考えてないよ。みんな今しかないじゃん」

「そうか。だから、あたしも流されて生きてるんだね」

泉は直子の顔をじろりと見た。

「あなた、流されてるの？　どういうところが？」

「あたしさ、いろんな男と寝ちゃったのよ。どうしてだろう。自分でも理由がわからないのよ。新堀と何度も泊まったでしょう。それから吾郎とも部屋に泊めて貰ってやっちゃった。昨日は『CHET』に中本が来たので、中本に誘われてホテルに行った。じゃ、彼らが好きかと言えば、嫌いじゃない、という程度なんだよね。特に、ゴロちゃんとは、完全に友達だから、自分でも変な感じがする」

自分が泉の部屋にやって来て話したかったのはこのことだった、と思う。ようやく核心に辿《たど》り着いた気がした。

「変な感じって？」

「何か損する感じかな。でも、何を損しているのかはわからない」

「磨《す》り減るとか？」

「レコードじゃないんだから」

直子の冗談で思い出したのか、泉が立ち上がって、一枚のレコードをターンテーブルの上に載せた。

レコードジャケットには、黒髪の女の顔が大きく写っている。「BALLADS&BURTON」と読めた。そっと針を落として、急いで音量を絞る。低い声の女が淡々と歌いだした。

「損するってのは、男と寝たことでなの？」と泉が続ける。

「そう。だって、そんなに好きじゃなくて、気持ちもよくなかったら、つまらないことをしてしまったと後悔するじゃない。なのに、次々と声をかけられたら寝てしまうあたしって、何なの」

「あたしもそうだよ」と、泉。「何かさ、女って男に欲せられていること自体に酔うんだよね」

「わかる。男が欲しているのって、好きというのとは違うのに、どうして勘違いするんだろうか」

直子が大きな声で同意すると、泉が「しっ」と唇を押さえて階下を指差した。

「ごめん」

我に返って、指先でオンザロックを掻き回す。製氷皿で作った小さな氷は、ほとんど溶けて形を失っていた。

「男が自分を欲していることで、自分という女が成り立っているような錯覚を起こすんだよね。アイデンティティの確認でもしてるのかしら」

直子の言葉に、泉が頷いた。

「そうなのよ。本当に恋愛しているわけじゃないから、いくらでも遊びで寝れるのよね。あたしも田舎の高校生時代から数えたら、ざっと十人くらいとは寝てる。じゃ、楽しいかっていうと、そうでもないんだよね。セックスって緊張するしさ。下手な相手だと疲れるし、うまい相手だと何か傷付くじゃない。あれって何だろう」

「愛がないからだよ。ラブレスなんだ。ラブレス泉なんだよ」

直子は早くも酔い始めている。それが証拠に、ウィスキーを生《き》で飲んでも平気になっている。どぼどぼとグラスに注ぎ、ベッドに腰かける。

「あーあ、オールドをこんな風に飲んじゃって。少し残してよ」

泉が苦笑しながら立ち上がった。小さな流しの前で、水道の水を飲んでいる。口許《くちもと》を手の甲で拭った。

「水が冷たくなったね」

「十月だもの」

レコードは終わって、とうに針は外れていた。B面に裏返してから、いきなり泉がベッドの上に飛び乗って来た。

「あたしさ、あなたに言ってなかったかもしれないけど」

直子の体が勢いでバウンドした。

「何よ」と笑う。

「隆雄がさ。去年だったか一昨年《おととし》だったか、『お前、赤軍の女房にならないか』って言ったことがあるの」

「何それ」直子は呆《あき》れて叫んだ。「女房って何だよ」

「赤軍の連中が女を探しているから、興味があるなら紹介するって言われた。隆雄にだよ。あいつはあたしと付き合っていたのに、組織のためにはそういう女衒《ぜげん》みたいなこともする男なのよ。あいつら、こういう、どうでもいい末端の女を集めて幹部に捧《ささ》げているんだよ。男尊女卑もいいところ」

「世界同時革命だの階級闘争だの言ったって、どうせ女を差別しているんじゃない。男女差別をどう総括しているのか聞きたいよね」

酔いも手伝って、怒った直子は大声を上げた。

「そうなのよ。隆雄との仲が変になったのは、そのせいもあるの」

「当然だよ、そんなヤツ」

「だから、『ああ、死ね死ね、勝手に死ね』、なんて冷たく言っちゃったんだよね、あたし」

突然、ドアがどんどんと叩かれた。どきりとして振り返る。

「うるさいんだよ、おまえら」

下の学生のようだ。泉が慌ててドアの前に行き、開けずに謝る。

「すみません、気を付けますから」

「いい加減にしろよ。警察呼ぶぞ、こら」

ドスッとドアを蹴《け》る音が響いた。足音高く外階段を下りて行く。

「何だ、お前の方がよほどうるさいじゃん」

直子がベッドの上から吼《ほ》えると、泉が悔しそうに呟《つぶや》いた。

「ああいうのもさ、相手が女だから高飛車に文句言ってるんだと思わない？　だって、隆雄がいる時だって、結構大声で喋《しゃべ》っていたし、ちょっと怒鳴り合ったりもしたのに、全然来なかった。隆雄がいなくなった途端に文句言ったでしょう。それで、女二人になったら、こうやって脅すんだよ」

「ああ、嫌になるね」

「直子も実家から出て、一人暮らししてみるといいよ。女の一人暮らしって、こんなことの連続だよ」

泉が憮然《ぶぜん》として言う。一人暮らし。自活。そんなこともできない自分が情けなくなる。

「そうね、考えておく」

直子はそのままベッドに俯せになった。泉の髪の匂いがした。「ＣＨＥＴ」の黴臭《かびくさ》さやタバコの煙の臭いではなく、シャンプーのいい香りだった。

そのまま寝てしまったらしい。夜中に何度か目を覚ますと、泉は横で熟睡していた。部屋の電話の音が鳴っているので目覚めた。泉が起き上がって電話を取っている。

「はい、そうですか。もしよろしければ、そちらで処分して頂けますか。ああ、そうですか。行けたら行きます」

メモを取っている気配がする。起き上がって腕時計を見ると、午前九時過ぎだ。部屋は、アルコールとタバコの臭いが染み付いたような饐《す》えた臭いが漂っていた。

「ありがとうございました」

電話を切った後、泉はしばらく薄暗いところでメモを眺めているようだ。

「カーテン開けようか？」

直子が声をかけると、泉がはっとしたようにこちらを見た。

「起こしちゃった？」

「いいよ、どうしたの」

直子はカーテンを開けた。肌寒い曇った日で、送電線の上にカラスが止まっているのが見える。

「隆雄、やっぱ死んだんだって」

泉が掠《かす》れた声で答えた。ロングピースの箱を懸命に探っている。もう残っていないのだろう。直子はなぜか慌てた。

「タバコ、そこにある。あたしのバッグの中」

「ありがとう」

　これまでになくゆったりと喋る泉が、直子のセブンスターから一本抜き去って、口にくわえた。その箱を直子に投げて寄越したので、直子もタバコを抜いた。泉がマッチを擦って、まず自分のタバコに火を点けて、その燃えさしを直子に回してくれた。直子のタバコに火が点いた後も、軸木が燃えるのをじっと見つめている。

「火傷《やけど》するよ」

　直子が吹き消した。マッチは、「CHET」のだった。チェット・ベイカーらしき、トランペットを吹く男のシルエットが描いてある。

「サンキュー」

　脱力した様子でタバコを吸っているので、直子は話しかけられずに外を見ている。井の頭線の踏切がカンカンと音を立てていた。

「今の電話は、隆雄の父親からだった。隆雄が西武池袋線の始発に飛び込んだんだってさ。早朝に警察から電話があって、駆け付けたんだけど、隆雄が私宛《あて》の遺書を持っていたんだって。それで、取りに来てくれないかと言われたの。親も読みたいけど、私信だから開きたくない。それで来てほしいんだって。ね、行きたくないよね？　直子だって嫌だよね？」

「それって警察に来いってことなの？」

「うん」

「じゃ、警察は読んだんだね」

「でしょ？　親は知らないよ。で、検視が終わったら連れて帰るからって。彼の実家は横浜の田舎だからさ。あたしは行かない。行ったって、あたしが最後に会ったってわかったら、いろんなこと聞かれるだけじゃない。そんなこと喋りたくないよ」

「そらそうだ」

「『ああ、死ね死ね、勝手に死ね』って言ったんだよ、あたし」

泉が苦笑して、くわえタバコで立ち上がった。直子が寝入ってから着替えたのか、見たことのないコットンのパジャマ姿だった。赤いドット模様が可愛らしい。

「だから遺書をそっちで処分して欲しいと言ったらさ、隆雄の遺志だからって嫌そうだった。きっと開けて読むよ。嫌だな。取りに行くのも嫌だし、読まれるのも嫌だし。どうしたらいいんだろう」

「じゃ、あたし取って来てあげようか？　あなた、読みたいでしょう？」

「読みたくない」泉が首を振った。「絶対に読みたくない。だって、一度さよならした相手だし、あたしに特に話もない、と言ったのはあっちだよ」

うん、と直子は頷いた。

「じゃ、どうしたらいい？」

「今日、『CHET』の早番頼まれたんだけど、あなた代わりに行ってくれない？」

「いいよ。泉はどうするの」

「うちで酒でも飲んでる」

泉は、タバコを潰して、ベッドに潜り込んだ。

「付き合うよ」

「じゃ、後で来て」

わかった、と口の中で呟く。泉はきっと、外階段の下で追って行こうかどうしようか躊躇《ためら》った瞬間のことを考えているんだ、と直子は思った。自分があそこで話しかけなかったら、泉は裸足で追って行っただろうか。そして、隆雄は外の暗がりで待っていたのだろうか。

「あたし、いったん帰るけど大丈夫？」

「大丈夫だよ」

泉が目を瞑《つぶ》って答えた。

3

「ＣＨＥＴ」の早番は、午前十時からだ。泉の代わりを引き受けたはいいが、顔も洗わずに、泉のアパートを出て来てしまったことに気が付く。酔ってそのまま寝たので、服も皺《しわ》だらけだ。いくら何でも、このままではバイトに行けない。やむを得ず、いったん家に戻ることにした。

直子の実家は、五日市街道沿いにある、祖父の代から営む酒屋だ。酒の他に味噌《みそ》や醬油《しょうゆ》、調味料なども売っているので、家には味噌と醬油の臭《にお》いが染み付いている。

中学生の頃は、その臭いが自分の体にも染み込んでいるのではないか、と劣等感に苛《さいな》まれたこともあった。直子が家を出たい理由は、こんなところにもある。

もうひとつの理由は、家業であるために、祖母や両親が常に家にいて、口うるさいことだ。祖父は五年前に亡《な》くなったが、しっかり者の祖母がレジに立ち、父親は配達、母は家事全般を引き受けている。

だから、どんなに寂しい思いをしようとも、階下の男に「うるさい」と文句を言われようとも、一人暮らしというものをしてみたいのだった。

直子は、父親が軽トラで配達に行くのを電柱の陰で見送った。それから、裏口に回って、こっそり中に入る。

この時間、祖母は店を掃除しているから、見付かる心配はなかった。母親は家のどこで何をしているかわからないが、顔さえ合わさなければ小言は避けられるだろう。足音を忍ばせて薄暗い階段を上り、二階の自室に入る。タータンチェックのミニスカートと、黒のタートルネックセーターに着替えた。

どうやら、母親は一階の風呂《ふろ》掃除をしている様子だ。二階のトイレの手洗いで急ぎ顔を洗った。それからこっそり階下に行き、家の電話から「CHET」に連絡する。ちょうど午前十時。律儀《りちぎ》な曽根は来ているはずだ。

「はい、『CHET』です」

曽根がぶっきらぼうな声で電話に出た。普段なら、大音量でジャズがかかっているのに、しんと静かだ。

「あの、三浦ですが、おはようございます」と、声を潜めて話す。

「あれ、直子ちゃん？　どうも、おはようございます」

よほど意外だったのか、曽根が少し慌てた風に答える。

「さっき泉から連絡があったんですけど、彼女、風邪を引いたらしいので、私に代わってほしいそうなんです。でも、今聞いたばっかなんで急いで行くけど、一時間くらい遅刻しそうです。すみません」

考えてあった嘘《うそ》を告げる。

曽根は少し考えた後に、さも嫌そうに言った。

「仕方ないと思うけどさ。当日言われると、いろいろ困るんだよね」

「すみません。でも、熱があるらしいので」

言い訳したが、それに対する返答もなく、いきなり電話は切られた。直子は面食らって、受話器に向かって文句を言う。

「何だ、失礼だな」

「おい、直子」

背後から声がかかった。振り向かなくても、相手はわかった。次兄の和樹だ。

長兄は、大学から大阪に行き、そのままメーカーに就職してしまった。直子は三歳上の和樹と仲がいい。

「うわ、珍しいじゃん」

痩《や》せた体をカーキ色のコンバットジャケットに包んだ和樹は、直子同様、裏口から入って来て、薄ら寒そうに身を縮めた。

「よう、久しぶり」

「和ちゃん、今までどこに行ってたの？」

和樹は、早稲田《わせだ》の革マル派で、逮捕歴もある。本来ならとっくに卒業している年齢だが、活動家として大学に在籍していた。そんな和樹は、両親の悩みの種だ。

いったいどこで何をしているのか、ほとんど家には帰って来ないし、帰って来ても、すぐにまた出掛けてしまう。

直子が会ったのも、二カ月ぶりだった。髪は胸まで届きそうなほどに長くなっているし、痩せ細って目付きが前より格段に鋭くなっていた。明らかに異様な風体だ。

「あちこち。友達のアパートに転がり込んだり、伝《つて》を頼って居候《いそうろう》したり、大学の学館とかに泊まったり、いろんなところだよ」

「お母さんに会うかもよ。風呂場で掃除してるから」

母親が次兄を見たら、叱責《しっせき》するに決まっていた。修羅場を心配した直子が風呂場の方を指差すと、和樹は平然と首を振る。

「いや、オフクロは今、外で近所の人と立ち話してる」

どうりで、風呂場からは物音がしないはずだ。

「ああ、腹減ったな。何かないか」

和樹はいきなり冷蔵庫を開けた。コカ・コーラの瓶を摑んで、手早く栓抜きで開ける。立ち飲みしながら、手を差し出した。

「ねえ、直ちゃん、金貸してよ」

「あまり持ってないけど」

「千円でいいからさ。頼むよ」と、拝む真似《まね》をする。

直子は、財布から千円札を二枚出して渡した。「CHET」でバイトするようになってから「スカラ」にも行かなくなったし、余裕はある。

「助かった。サンキュー」

和樹は薄汚いジーンズのポケットに、大事そうに紙幣を仕舞い込んだ。

「和ちゃん、無事に生きてたんだね。よかった」

直子は本気で言う。早稲田大学は内ゲバが激しくなって、和樹は家にもアジトにも帰れず、逃げ回っているらしいのだ。

和樹はそれには答えず、コーラを飲み干してから、保温状態になっている電気炊飯器の蓋《ふた》をかぱっと開けた。

「直ちゃん、これで握り飯作ってよ」

「あたし、バイト行かなきゃならないから、時間ないんだ。ごめん」

「わかった。じゃ、自分でやる」

和樹は、食器戸棚から高校時代に使っていたアルマイト製の弁当箱を見付けてきて、洗いもせずに、いきなり白飯をぎゅうぎゅう詰め始めた。

「おかずはどうするの？」

さすがに見かねて冷蔵庫を開けて探してやる。海苔《のり》の佃煮《つくだに》と梅干しを見付けて、白飯の上に載せてやった。

「あーあ、プチブル的だけどさ、豚カツ食いてえな。畜生、動物性蛋白質《たんぱくしつ》の類《たぐい》が何もないってのはおかしい。老人世帯は枯れてるからな」

和樹はそんなことをぶつぶつ言いながら、未練がましく冷蔵庫の中を検分している。引き出しから大きなハムを一本見付けて、丸ごとコンバットジャケットの懐《ふところ》に入れた。

「直子、おまえさあ、『わらの犬』見た？」

余裕ができたのか、唐突にそんなことを言う。

「見てない」

「おまえ、ほんとに文化的には遅れたヤツだな。見てみ、凄《すご》いから。スーザン・ジョージよかったぞ」

そう言い捨てて、早くも裏口の三和土《たたき》でコンバースのハイカットを履いている。オフホワイトのバスケットシューズは汚れて、泥がいくつも跳ねていた。

和樹もいつかは中核派のリンチに遭って、無惨《むざん》な死体となるのかもしれない。七〇年安保が自動継続され、連合赤軍事件が起き、学生に吹き荒れた政治の嵐《あらし》が過ぎ去ってからは、憎悪《ぞうお》と虚脱だけが漂っていた。

「今朝さ、知り合いの人が自殺しちゃったんだよ。飛び込みだって」

高橋隆雄は、知り合いなどではなかったが、直子はなぜか和樹にだけは告げたくなった。その薄い背中に向かって言葉を投げ付ける。

弁当箱を抱えて出て行こうとした和樹が、振り向いた。

「そんなヤツ、腐るほどいるよ。おまえも気を付けろよ」

「文化度低いから大丈夫だよ」

「あれは文化度関係ないんだ。突然、虚《むな》しくなるんだよ」

和樹は痩せこけた顔をこちらに向けて笑った。欠乏が感じられて痛々しかった。和樹は何が欠乏しているのだろう。

まさか、兄弟について、こんなことを考えるとは思ってもいなかった。

「和ちゃんも殺されないでよ」

殺し、殺される。思わず物騒な言葉が出るほど、やられたら、やり返す、という暴力の連鎖がどうにも止まらないのは、目的を失ったからだろう。

学生は全面的に敗北したのだ。六〇年安保然《しか》り、七〇年安保然り。変えようと思っても、アメリカに追随し、服従している事態は何も変わらない。無力感だけが、身を苛む。潰されて嗤《わら》われた悔しさは、大人には決してわかるまい、と直子は思う。じゃ、今おまえは何ができる。そう問われれば、高橋隆雄のように、不甲斐《ふがい》ない自分に絶望して、簡単に自死してしまうのかもしれない。

店の方から、祖母と母親の話し声が聞こえてきた。サントリーオールドが一本足りないと言っているのかもしれない。

直子も慌てて裏口から外に飛び出た。十月終わりの午前中の空気は冷えている。羽織る物が一枚欲しかったが、取りに戻る時間はない。また、母親に小言を言われるのも嫌だった。直子は剝《む》き出しになった素足に鳥肌を立てながら、吉祥寺に向かった。

「おはようございます。遅くなりました」

十一時を七分過ぎて、「CHET」の紫色のガラスドアを押して中に入った。

ジャズに疎《うと》い直子でさえもすぐにわかる、ジョン・コルトレーンのテナーサックスが耳に突き刺さった。至上の愛。

オーナーの桑原が嫌いなコルトレーンを堂々とかけているところを見ると、曽根の虫の居所は相当に悪そうだった。

曽根は、次にかけるレコードをターンテーブルに載せているところだった。だが、直子が遅れて来たのが気に入らないらしく、直子の方を見ずに、ちらっと会釈《えしゃく》して寄越しただけだった。

その感じの悪さは、桑原を見習ったかのようだ。だが、桑原は大人の男で、しかもオーナーなのに、曽根は直子と同じ年頃、同じバイトの身の上に過ぎない。直子も腹立たしくなって、次第に口数が少なくなる。

店内には、三人の男の客がいた。その全員が、薄暗い店内にも拘《かか》わらず文庫本を開いている。顔見知りはいなかった。全員、学生風だ。リクエストもなく、曽根が好き勝手にかけるレコードに、皆おとなしく耳を傾けている。

昼前に三人の客が帰ると、一人入って来てはまた一人、という具合に、客足が途絶えることはなかった。暇を持て余すことはなかったが、直子は少しも改善されない曽根の冷たい態度に音を上げた。

どうしてそんなに不機嫌なのか。理由を聞くこともなく、早番から解放されたのが午後五時だ。

心配だったので、公衆電話から泉に電話をしてみた。数回のコールの後、すぐに本人が出た。寝ていたのか、物憂い様子だ。

「泉、大丈夫？　飲んでるの？」

「酒は飲んでない」

ということは、クスリをやっているのだろう。

「お酒と一緒に飲んじゃ駄目だよ」

「わかってる、大丈夫だよ。ごめんね、バイト代わって貰ったりして」

「それはいいよ。少しは元気になった？」

低い笑い声が聞こえた。

「ああ、どうかな。やっぱ元気じゃないな。何かね、時間が経《た》てば経つほど、落ち込んできちゃって。とても嫌な気分だよ」

「わかるよ。あたしもそうだもん」

高橋の笑った横顔が目に焼き付いていた。そして、その後を裸足で追って来た泉の焦《あせ》った表情も。

「ねえ、直子。あたし、遺書を受け取りに行った方がいいかな」

泉が起き上がったような気配があった。

「後悔するかもしれないから、行ったら？　あたしが付いて行ってあげようか」

そうねえ、と泉は逡巡《しゅんじゅん》している。決めかねているらしく、しばらく無言だった。

「やっぱやめる。あたしには重過ぎるよ。だってさ、その遺書に、『きみに、ああ、死ね死ね、勝手に死ね、と言われて』とか書いてあったら、立場ないじゃない」

「そうだけど、それは書く方が悪いよ。もし、書いてあっても、事実だから受け止める他ないじゃん」

「わかってるよ。わかってるけど、直子もはっきり言うね」

「ごめん。ちょっと思っただけ」泉が沈黙したので、続けて直子が喋った。「今日さ、一度家に帰ったんで、一時間遅刻したのよ。そのせいか知らないけど、キタローがえらく機嫌悪くて参った」

あーあ、と泉が物憂げな声をあげる。もう一個屈託があった、と言わんばかりだ。

「あいつさ、昨日帰る時に、あたしに告白したのよ。好きだから付き合ってくれないかって。あたし、断ったのよ」

それで機嫌が悪かったのか。直子は愕然《がくぜん》とした。曽根は、直子もそのことを知っていて、自分が虚仮《こけ》にされていると誤解したのかもしれない。

「あたし、関係ないじゃないね。キタロー、嫌なヤツ。心が狭いな」

「うん、狭いね」そう答えたきり、またも泉は沈黙してから、急に笑いこけた。「ははは、あたしも狭いよ」

「あたし、行こうか？」

「いいよ、直子。心配かけてごめんね。あたしは一人で大丈夫だから、来なくていいよ」

和樹の『突然、虚しくなるんだよ』という言葉が蘇《よみがえ》る。泉が死んだらどうしよう、と不安になった。

「あなたも死なないでよ」と、思わず懇願する。

「あたしは死なないよ。だって、そんな勇気ないもん」

泉がきっぱり言うので、直子は電話を切るしかなかった。


十月終わりの午後五時過ぎ。秋の夕暮れはあっという間に終わって、冷たい夜になった。

直子は、紅灯が点《とも》り始めたピンク街を歩いた。呼び込みが路地に立って、必死にカモを探している。

猥雑《わいざつ》な街から逃げるように小走りになって、吉祥寺駅北口まで来た。これから、「スカラ」に行けば、吾郎たちが麻雀《マージャン》を打っているかもしれない。あるいは、中本たちが。

混ぜて貰おうかどうしようか、迷いながら歩いた。しかし、和樹に二千円も渡してしまったことを思い出した。財布の中は、千円札が一枚しかない。これでは遊べまい。

高架になった中央線が轟音《ごうおん》を立てて、頭上を通り過ぎて行く。その音を聞く度に、高橋隆雄はどんな風にして死んだのだろう、と気になった。

轢死《れきし》というのは、失血死か。それとも、頭が砕けて一瞬にして死ぬのか。胸に車輪が乗って、重さに喘《あえ》いで死ぬのか。

高橋隆雄の笑う横顔が砕ける様を想像すると、寒気がした。それは、内ゲバで骨を砕かれ、死んでいく次兄をも想像させて気分が悪くなる。

自分は、何でこんなどうしようもない時代に生きているんだろう、と思う。

街を彷徨《さまよ》っているうちに、直子は自分の行き場所がどこにもないことに気付いた。酒屋の実家には、確かに自分の部屋がある。が、その部屋は、自分が選んだ場所にあるのではないのだった。家族は優しい。しかし、自分をまったく理解していない。家族でもなければ男でもなく、高校時代の女友達でもない。自分が今会って話したいのは、宮脇泉しかいないのだった。

でも、泉が一人でいたいのなら、自分も一人でいなければならない。孤独に耐えられるほどの場所があるのならば。

平和通りの地下にある「ロコ」に行って、ジンライムでも飲んで帰ろうと自分を宥《なだ》める。「ロコ」は、R&Bの店だ。ジャズなんか聞きたくもないから、カウンターに座ってウィルソン・ピケットでも聞きながら一杯飲もうと心を決める。

「おい、三浦さん。直子。おい、何してんだ」

声をかけられて振り向いた直子は驚いた。遅番で入っているはずの、「CHET」のオーナー、桑原が立っていた。茶系のチェックのシャツに、灰色のスラックス、茶色のカーディガンという、いつもの格好。平和通りの街灯に、先の尖《とが》った茶色い靴が光った。

「マスター、曽根さんと交代しないんですか？」

桑原がにやりと笑った。

「あいつさ、昨日の夜、店に来て吐いたんだよ。俺に始末させやがってさ。頭に来たから、今日は一日ずっと店番してろと言ってやったんだ」

そのこともあって、直子に当たっていたのかと得心する。そう言えば、直子が帰る時、珍しく桑原が現れないのが不思議だった。

「吐いたんですか？」

「そうだよ。泉ちゃんにふられたとか言っちゃって、泥酔して店に現れてさ。早番終わってから、その辺で飲んで、またやって来やがったんだよ。俺、ヤバいぞと思ってたんだけど、やっぱ吐きやがってね。あいつも行くとこがないんだよ」

平和通りの卵屋の前で、桑原は延々と曽根の悪口を言う。卵屋はちょうど店仕舞いらしく、年配の女性が籾殻《もみがら》の中に入った卵に、布の覆《おお》いをかけていた。それからシャッターを下ろすのだろう。

「そうだったんですか。どうりで今日は変だと思った」

「変だって、店に行ったの？」

外で見る桑原は狷介《けんかい》な様子もなく、親しげだった。

「はい、泉が風邪引いて熱があるので代わってくれ、と言うんで、あたしが行ったんです。突然だったんで、一時間遅刻しましたけど」

「泉が？」桑原はぎろりと空を睨《にら》んだ。「しょうがないな。それ、曽根のせいじゃないか。あんなこと言われたら、誰だって来たくないよ。営業妨害だな、あいつ」

桑原は息巻いた後、ふと気が付いたように直子を見遣《みや》った。

「おい、時間あるなら飲みに行くか？」

思いがけない展開に、直子は戸惑って返答できないでいる。桑原と飲みに行くなんて、「行くとこがない」曽根と同じではないか。桑原が嫌なのではなく、自分自身が嫌なのだった。

「でも、お金ないから」

「いいよ、おごってやるよ」桑原が直子の肩の辺りを小突いた。「たまには、マスターと付き合えよ」

正直、心を決めた後だっただけに、ありがた迷惑だった。だが、はっきり断る勇気もなかった。

桑原が案内した店は小料理屋で、中央線沿いに三鷹方向に向かう路地にあった。直子は、あまり足を踏み入れない場所だ。

「ここでいいか？」

桑原はそう言いつつも、直子の意見を聞くでもなく、さっさと店に入って行く。カウンターに常連らしき男たちが数人で飲んでいて、桑原と直子が入って行くと、ちらりと横目で見た。

桑原は奥の席に陣取って、「ビールでいいか」と聞きながら、勝手にビールを頼んだ。直子がセブンスターに火を点《つ》けようとすると、ライターを差し出してくれた。意外だったので、驚いて礼を言う。

「ありがとうございます。こんな小娘に」

「いいんだよ、立派な女なんだからさ」

桑原は年配の男のような服装をしているが、まだ三十五歳だ。二十歳の自分から見たら大人の男だが、さすがに五十歳近い自分の父親と比べるのは不当な気がした。

「立派な女かな」と、首を傾《かし》げる。

「立派なもんだよ、男から見たら」

昨夜、泉と話した、男に欲せられることに酔うのはどうしてだろう、という話を思い出す。桑原に誘われたら、自分はどうするのだろう。思ってもいなかった想像に、自分で驚いた。バイト先の店主で遠い存在だと思っていた男が、急に近くまで降りて来た気がして、居心地が悪かった。

「ところで、泉のことだけど、何かあったのか？」

桑原はいつも単刀直入だ。話したものかどうか、直子は迷った。

「泉はね、浪人の時からうちに来てジャズ聞いてたんだよ。俺、昔から知ってるから、気にかかっているんだ。あいつはね、ジャズボーカル志望で、俺が一蹴《いっしゅう》したことあるんだよ。女のボーカルなんか邪道だってね。それで恨んでるんだ」

なるほど。泉が桑原のことを「差別主義者」だと怒っていたことがあったが、それはジャズに関することでもあったのだと思う。

「知りませんでした」

直子はビールに口を付けた。秋のビールはそんなに美味《おい》しいとは思えない。苦みと冷たさが口の中を痺《しび》れさせる。

「他の物にするか？」さり気なく観察していたらしい桑原がメニューを広げる。「熱《あつ》燗《かん》でも飲むか？」

「はい、すみません」

苦手意識が先に立つのか、自然と口数が少なくなる。

「直子は感じやすいから、生きづらいだろう」

いきなり言われて絶句する。

「どういうことですか」

「どういうことって、考えればわかるよ。あんた、いつも何もかもが気に入らないって顔してるよ。今もそんな顔して歩いていた」

「三十五歳になると、そういうことがわかるようになるんですか？」

直子の問いに、桑原は真剣な面持ちになった。

「なる」自信たっぷりに答える。

「生きるのが楽になるってこと？」

「それはならない。そんなうまくはいかないよ」

桑原はそう言って笑った。

「泉の男友達が、今朝自殺したんです。それで泉はちょっと参って、今日来られなかった」

とうとう言ってしまった。でも、泉と桑原がそれほど長い付き合いなら、言ってもよかろうと思った。

「あーあ、そんなこったろうと思った。泉のことだから、自分のせいだとか思って責めてるんだろうな。あいつ、意外にナーバスだからな。その点、直子の方がクールかもしれないね」

「何で比較するんですか？」

自分の声が固い、と感じながらも、やめられなかった。

「比較、嫌かい？　どうして？　そんなの普通やっちゃうじゃないか。傑出したのが二人いて、二人のタイプが違っていたらやるだろう、普通。面白いもん」

桑原はまたも単刀直入に言った。

「ついていけない」

直子の目から涙がこぼれた。自分でもその理由はわからなかった。桑原が笑い、運ばれてきた熱燗を、大きな猪口《ちょこ》に注ぎながら言った。

「何で泣くの。飲みなさいよ。人間、死んだら終わりだよ」

桑原は直子を誘っておきながら、早くも持て余したらしい。二合徳利を空にしたところで、「もう帰ろうか」と言いだした。

確かに、カウンター席に居並ぶ中年男たちが好奇心丸出しで、始終こちらを窺《うかが》っているのが鬱陶《うっとう》しかった。それも自分が泣いてしまったせいだろう。

「すみませんでした」

直子が謝ると、桑原は逆に苦い顔をした。

「謝らなくてもいいよ」

「だけど、こういう時、何て言ったらいいのかわからないし」

「理屈っぽいんだよね、直子は」

桑原は苛立《いらだ》った様子で遮った。そして、ハイライトに火を点けながら呟く。

「人間死んだら終わりだって。これさ、泉にも言っとけよ」

「言っとけ、なんて偉そうだな。自分で言えばいいんじゃないですか」

　思わず文句を言うと、桑原は直子の目を見て苦笑した。

「偉そうってか。言うね、直子も」

「すみません」と、口にしてから気付き、「ああ、また謝っちゃった」と小さな声で呟く。

　すると、何もかもが腹立たしくなってきた。年長で物を知っているというだけで文配的な桑原にも、自分たちを巻き込んで死んでいった高橋隆雄にも、腹が立った。そんなに死にたいのなら、誰にも告げずにひっそり死ねばいいじゃないか。泉も自分も、隆雄の死の迫力に負けて、いつ浮き上がれるかわからないほど、気持ちが沈み込んでいる。死んでしまった隆雄には怒りのぶつけようがないから、直子はさらに桑原を攻撃する。

「偉そうです。年上だからって、そんな高みから物を言うのは不公平だと思います」

「面倒臭いねえ。今度は不公平ときたか。ああ言えば、こう言う。直子はうるさいんだよ」

　桑原が懐から長財布を取り出して独りごちた。指に唾《つば》を付けて千円札を数える姿はじじむさい。

店を出ると、桑原は寒風にぶるっと震えたように見えた。

「ご馳走様《ちそうさま》でした」と直子が頭を下げると、「いいんだ、俺が誘ったんだから」と手を振って吉祥寺の繁華街の方を振り返る。

「また飲みに行くんですか?」

ただの好奇心から尋ねると、さも面白くなさそうに肩を竦《すく》めた。

「帰る。俺んち、近いからさ」

桑原は、吉祥寺と三鷹の間にある小さな建売住宅に、同年の妻と幼い娘二人と住んでいる、と泉から聞いたことがあった。桑原が娘を膝《ひざ》に乗せている姿など、想像もできない。

「お店に行かなくていいんですか? 片付けとかトイレ掃除とか、どうするんですか?」

最後の仕舞いは、いつも桑原自身がやることになっていたから意外だった。

「曽根にやらせるよ。明日、一番で行って点検してやる」

桑原は怒りを抑えられない強い調子で言った。最後は自分でやらなければ気が済まない人間だと思っていたから、少し驚く。

「みんな怒ってるんだ」

思わず呟くと、桑原は不機嫌そうに夜空を仰いだ。

「俺？　怒ってないよ。他人《ひと》のことなんか、どうでもいいんだ」

「どうでもいいって、どうやったら、そんな風に思えるようになるんですか？」

「たまには、自分で考えたら」

嘲《あざけ》るように言われて、直子はまたしても桑原に怒りを覚える。

「マスター、あたし、バイト辞めますから」

「おお、いいよ、いいよ。今週で終わりね。はい。じゃ」

桑原は驚いた様子もなく、さばさば言って踵《きびす》を返した。これも桑原にとってはどうでもいいことなのか。

直子は、捨て鉢とも言える切り札が、少しも相手に衝撃を与えないことに落胆した。自分もあらゆることがどうでもいい、と思えるようになりたかった。

直子は酒で火照《ほて》った頰を両手で押さえながら、駅に向かって歩いた。風は冷たく、より強くなっていた。暗い夜空の遥《はる》か上の方で、ごうごうと風の唸《うな》る音がした。帰り道を急ぐ中年の男女が、「寒いね」「これ木枯らし一号じゃない？」などと話しているのが聞こえた。

上背のある痩せた男が、風に押されるようにして足早に歩いて来る。街灯の光量が少ないのでよくわからないが、人差し指と親指でタバコを持つ吸い方に見覚えがあるような気がした。

近付くと、果たして新堀だ。長髪をなびかせ、黒い長袖《ながそで》Tシャツにベルボトムジーンズ。やはり寒そうに身を縮めている。

新堀のアパートは西荻にあるから方向が違うはずだ。だが、直子は詮索《せんさく》する気も起きなかった。中本から、新堀が自分とのことを喋《しゃべ》ったと聞いて以来、心が冷めている。

「あれ、直子じゃない。久しぶりだな。こんなところで何してるの」

新堀は驚いた顔で立ち止まった。一瞬、長髪から、新堀の体臭がにおった。強い風が吹いてきて、それはすぐに消えてしまったが急に懐《なつ》かしくなる。

「ちょっと知り合いと飲んでたの」

北風が、薄いセーターを通して膚《はだ》を刺す。直子は両腕で胸を抱くようにして立ち話をした。まるで自分で自分を守っているような気がした。

「知り合いと？　へえ、どこで飲んでたの」

新堀は、学生たちが行くような店があったか、という風に直子が来た方向に目をやった。誰と飲んでいたかというより、店の方に興味があるような口振りだった。

「この近く」と曖昧《あいまい》に答えて説明はしなかった。逆に新堀に問い返す。「あなたはどこに行くところなの」

アパートと方角が違う、と言いたいのだが、そこまで追及するつもりもない。ただ、桑原にうら寂しい気分にさせられた状態を、自分ではどうにもできなくて立ち竦んでいる。

新堀は笑っただけで答えなかった。タバコを道に投げ捨てて、スニーカーの足裏で潰《つぶ》す。ベルボトムの裾《すそ》がほつれて汚れていた。

「どこに行くか、言えないんだ」

ああ、余計なことを言ってしまった。直子は、自分の負けを意識したが、どうにも止められなかった。

「友達んち」と、新堀は言葉を濁した後、話を変えた。「直子、最近『スカラ』に来ないね。どうしたの」

「うん、バイトが忙しいし、面子《メンツ》にもちょっと飽きてるかな」

飽きたのは麻雀ではなく、新堀や仲間の男たちだ、と聞こえるように言う。新堀がはっとしたように直子の目を見遣った後、背後の空気をぼんやりと眺めた。お互いに傷付け合っていると感じる。

「今日、寒いね」

足踏みしながら言うと、新堀も慌《あわ》てて頷《うなず》いた。

「うん、寒いな」

「じゃ、またね」

「またな」

駅へと歩きだす。「待って」と、新堀が止めるかもしれない。そしたら、どうしようか。何と答えよう、と心の中で考えている。だが、新堀は何も言わなかった。思い切って振り返ると、去って行く後ろ姿があった。

駅前にある電話ボックスから泉に電話すると、意外に素早く受話器が取られた。しかも、電話を待っていたのか、意気込んでいる様子だ。

「もしもし、宮脇です」

よかった、元気になったんだ。もしかすると、死んでいるんじゃないかという不安があっただけに、思わず声が弾んだ。

「あたし、直子。心配して電話したのよ。少しは元気になった?」

ふっと空気の緩む気配が伝わってきた。

「直子か。元気じゃないけど、もう大丈夫だと思う。直子、電話くれてよかったわ。

これから、うちに来てくれないかな？　もう帰っちゃう？」

「いいよ。あたしも話したいことがあるから行くよ。でも、どうして？」

「これから人が来ることになったの。一人じゃ嫌だから来てよ」

泉にしては気弱な声を出す。直子は怪訝《けげん》に思って訊《き》いた。

「誰が来るの」

こんな時間に、と腕時計を覗《のぞ》いた。午後九時を回っている。

「何かよくわからないんだよね。あたしに話があるっていう女の人。多分、隆雄関係だと思う」

「お母さんかなんか？」

「まさか。親なんか取り乱してるだろうから、それどこじゃないでしょう。いやに落ち着いた女の人。でも、嫌な感じでもないの」

「何だか、不気味だね」

「そうなんだよ。で、直子の話って何よ」

「会ってから話す」

桑原と酒を飲んで、バイトを辞めると言ってしまったことを報告するつもりだった。泉の関係で始めた仕事だし、泉は桑原と長い付き合いらしい、という遠慮がある。

「わかった。後でね」

来客のせいで慌てているらしい泉は、ガチャッと激しい音を立てて電話を切った。

4

泉の部屋の前に立った頃には、直子の体は冷え切って酔いも醒《さ》めていた。薄いベニヤ合板のドアを通して、ぼそぼそと女の話し声が聞こえたかと思うと、すぐ途切れる。沈黙が重苦しそうだった。

「こんばんは。直子です」

ノックをせずに、外から声をかける。「直子？　ちょっと待ってね」とほっとしたような泉の声がして、ドアが開けられた。

デコラ貼《ば》りの小さな卓袱《ちゃぶ》台《だい》の前に、膝を揃《そろ》えて正座した若い女が真っ先に目に入った。女は固い表情で直子にお辞儀した。ワカメちゃんのようなおかっぱ頭で、揃えた前髪の下に光る目が鋭かった。ジーンズに芥子《からし》色《いろ》のバルキーセーター。セーターの粗い編み目から、肌色の下着が透けて見えた。

「こちら、青野さん。青野さん、この人は友達の三浦さん」

泉は簡単に紹介してから、直子のお茶を淹《い》れるために立ち上がった。黒いタートルネックセーターに、黒いカーディガンを重ねているのを見て、青野を意識してのことかと思う。

「すみません、こんな時にお邪魔して。泉の友達の三浦直子です」

「青野です。Y女子大の四年です」

青野は、お嬢さん学校で有名な女子大の名前を告げた。

「青野さん、直子が一緒にいてもいいかな？　この人、隆雄さんが帰るところにばったり出くわしたから、この人も最期《さいご》に会った人なのよ」

小さなポットを傾け、急須《きゅうす》に湯を注ぎながら、泉が青野に訊《たず》ねた。

だが、青野は固い表情を崩さない。直子と目を合わそうとせずに、畳を見つめながら低い声で言う。

「あの、三浦さんの同席についてですけど、あたしもこの状況を一人で耐えているんだから、宮脇さんも耐えるべきじゃないですか？」

屁理屈《へりくつ》とも言えるような攻撃に、泉があからさまに眉《まゆ》を顰《ひそ》めたのがわかった。

「それはどうかしら。耐えるかどうかなんて個人の問題だから、あなたの耐え方を強要される覚えはないよ」

青野は無言でしばらく俯《うつむ》いていたが、やがて軽く頷いた。

「わかりました」

「あたしがいない方がいいのなら、席を外すけど」

直子が気を利《き》かせると、泉が激しく頭を振った。

「いいよ、いてよ。だって、突然知らない人に来られたら、誰だって警戒するじゃない。それも、隆雄のことで話があるって言われたら、動揺しない方がおかしいよ。ね、いてよ。いいでしょ？　青野さん」

青野が初めて顔を上げて、正面から直子を見据えた。顔色が青白く澄んでいる。反対に目許《めもと》は赤らんで潤《うる》んでいた。

「今日は突然来てすみませんでした。さぞかし、ご迷惑だろうなと思います」

いきなり頭を深く下げた。おかっぱにした真っ黒な髪が、蛍光灯の下でつやつやと光った。

「迷惑ってことはないけど、あたしも心の準備があるんだからさ。そうでしょう？」

泉が強気に言ってのける。青野は顔を上げると、厚めの唇をちょっと舐《な》めた。

「そうですよね、すみません」

「で、あなたは隆雄とどういう関係なんですか？」

泉に訊かれ、青野は一気に喋り始めた。

「ご存じなかったかもしれませんが、あたしは去年の終わり頃から隆雄と付き合っていました。暮れに、友達の紹介で会って意気投合したんです。隆雄があたしの部屋に転がり込んでいた時期もあったし、あたしが隆雄の実家に泊まったこともあります。でも、隆雄は死にたいなんて、あたしにひと言も言わなかった。一昨日《おととい》会って別れた時もいつも通りだった。またね、とか軽く言って。それなのに、前に付き合っていたあなたには最期に会いに来て、しかも話もして、遺書まで残したんですよね。この差はいったい何だろうと思って、めちゃくちゃに混乱しているんです。だから、悲しいとか、苦しいとか、そういうところまではいってないのが正直なところです。むしろ、アイデンティティの崩壊っていうんですか。あたしはそっちの方が危ないですね。あたしはいったいあんたの何だったの、教えてよ、という感じ。でも、そんなの誰も正解を答えてくれないし、肝腎の隆雄は死んじゃったし、最後の最後に虚仮にされた感じですね。でも、死って最強じゃないですか？　この世で最強。だから、誰も文句も言えないし、この理不尽に耐えるしかないわけですよね。後でじわじわとショックを受けるんだろうなと思うと、してやられた感じがして、何かやり切れないんですよね」

「わかる。最期に会った人間だって、同じようなものよ。結局、死なれてしまって、無力感と罪悪感とで、あたしもめためたになっている」

泉が静かに同意した。だが、青野がきつい眼差しを泉に向けた。

「いや、ちょっと違うんじゃないですか。宮脇さんとはもう付き合っていないはずなのに、隆雄はわざわざ会いに来た。それは、あなたが一番好きだってことじゃないですか？　あたしは隆雄の恋人のはずなのに、避けて通られたんですよ。これって、あまりに不公平じゃないかと思ったんです。宮脇さんだって、内心では優越感持っているでしょう？　違いますか。あと、隆雄のお母さんに聞いたけど、あなたは遺書も要らないから、そっちで処分してくれって言ったんですってね。みんな困って怒ってますよ。処分してくれって言ったって、一応、隆雄の私信じゃないですか。あなた宛《あて》に住所と名前書いて、糊《のり》で封までしているんだから、それを、はいそうですかって、鋏《はさみ》で切って開けますか？　あなた宛の遺書なんだから。だから、あたしが今日手渡そうと思って持って来たんです。宮脇さんに今読んで貰《もら》って、要らないのなら、あたしが持って帰って、どうするかをお母さんと相談します。宮脇さんが読んだ後に手元に置いておきたいのなら、置いて帰りますし。どうせあなたは隆雄のお葬式にも来ないつもりなんでしょう？　だから、それが一番いいと思って電話したんです」

「わかったわ。じゃ、遺書を見せてください。読ませて頂きます」

泉が覚悟を決めたように手を差し出した。青野は傍らにあった鞄《かばん》の中から、ビニール袋を取りだした。ビニールでぐるぐると巻かれた封筒は、茶色く汚れて見える。

「血だらけだったので、開くのが大変かもしれないけど、もう乾いているでしょう」

泉がのけぞるようにして後退《あとずさ》った。

「悪いけど、あたしは読みたくない。このまま始末してください」

途端に、青野は血相を変えた。

「読みなさいよ。せっかく隆雄があなた宛に書いたんだから。弱虫ね」

弱虫と詰《なじ》られた泉は、怒鳴り返す。

「弱虫でも何でもいいよ。あなたがあたしの代わりに読めばいいわ。読んで勝手にあたしたちの仲を邪推すればいいよ」

「失礼な。邪推なんかしてないですよ。私信だから、みんな困ってるんです。何でわからないの」

「私信なんて言うけど、書いた人はもう死んだんですよ。もういいじゃない。投函《とうかん》しないで死んじゃったんだから。あなたたちも、本当は何が書いてあるか知りたいんでしょう。だから、わざわざあたしのところに持って来たのよ。勝手に読めばいいのに」

「じゃ、郵送すればよかったってことですか？」

「そうよ。青野さんはあたしの顔が見たくて、ここまで来たんでしょう？　そういうのって不快だわ」

「見に来て悪いんですか」

「悪いに決まってるわよ」

「だって、隆雄が最期に会いに行った人ですよ。見たくなるの当然でしょう」

「それはあなたの勝手でしょう。あたしは、隆雄となんか、とっくに別れているの」

二人は摑《つか》みかからんばかりに怒鳴り合った。その時、表からドアを蹴《け》る音がした。

「うるせんだよ、お前ら。静かにしろよ。何でいっつも喧嘩《けんか》してるんだよ。警察呼ぶぞ。わかったか」

階下の男だった。

「あいつ、何ですか」

青野の顔が怒りで朱に染まるのを認めて、泉が説明した。

「あのね、下に住んでいる人なの。いつも、うるさいって文句を言われるんです」

「最低なヤツですね。国家権力頼みですか」

青野が鼻先で嗤った。

「男なんてみんなそうじゃない？　権力打倒なんて言うけど、本当は自分だって権力が欲しくて仕方がないのよ」

泉が不快そうに言い捨てる。

「階級闘争なんて言いながら、女を下に見てる癖にね」

青野がさも嫌そうに顔を顰《しか》めて言ったので、急に雰囲気が和らいだ。

「お茶、飲まない？　きっと冷めてるわ」

泉の言葉で、湯飲みの存在に初めて気付いたかのように、青野が不器用な仕種《しぐさ》で口を付けた。直子もひと口飲んだが、とっくに冷めている。

「あのう、お節介かもしれないけど、あたしが開けるから、泉が読みなさいよ。それで誰にも内容を言いたくないなら、あなたの胸に仕舞っておけばいいし、青野さんに言ってもいいなら言えばいいじゃない。要するに、青野さんはこのままでは気が済まないんでしょうから」

直子の提案に青野は首を傾げて少し考えた後、やっと同意した。

「まあ、そうですね。気に入らないし、気が済まないです」

直子はビニール袋を手に取って、中身を透かした。封書は血だまりの中に漬かっていたのか、茶色く変色していた。気持ちが悪いのを我慢して思い切って取り出した。すでに乾いているが、血糊でごわごわした感触だ。

直子は泉が差し出した鋏で封を切り、中身を注意深く取り出した。便箋《びんせん》二枚に、ミミズのような読みにくい小さな文字がのたくっていた。

青野が緊張した面持ちで見詰める中、泉は直子から渡された便箋に、さっと目を走らせた。

「何て書いてあるんですか？　差し支えなかったら教えてください」

「いいわよ。どうぞ読んで」

泉が、青野の前に便箋を差し出した。卓袱台の上に置かれた便箋は、四つ折りにされた形を残したまま、蛍光灯の青白い光の下に晒《さら》されている。

青野が躊躇《ためら》いながら手に取り、声に出して読み始めた。

「宮脇泉様
さっきは失礼しました。きみが焦って追いかけて来たのは知ってたから、申し訳ないと思ったよ。だって、僕はもうじき本当に死んでしまうのだから。
きみはそのことをきっと気に病むだろうと思ったので、手紙を書いている。

でも、投函しないかもしれないし、捨ててしまうかもしれない。ただ、書いておきたいだけなんだ。

僕の死後に、きみがこれを読むことになったら、僕のことなど気にしないでくれれば嬉しいし、僕の気も休まるよ。

今日は最期の日だから、店をハシゴしたんだ。新宿の『ピットイン』や『DUG』、それから吉祥寺の『COOL』と『ぐゎらん堂』にも行った。

きみがバイトしている『CHET』だけは何だか疲れてしまって行けなかった。なぜだろうか。それで、きみの部屋が吉祥寺から近いことを思い出して寄ったんだ。

友達をみんな回ってきみが一番最後だ、と言ったのは嘘だ。

昔よく行った店をただ回っただけだった。誰にも別れを告げていないし、友達のことなんか何にも考えていない。

でも、最期にきみと会えてよかったと思った。だって、きみは死を怖がっていたから。そう思ったら、何だか哀れになったよ。きみを哀れに思って死んでいけるのは幸せだ。

死は生の対語じゃないよ。何もなくなることだから。

生の対語は、思考停止。

僕は完全に消滅して空無になる。万歳だ。

さようなら。高橋隆雄」

高橋隆雄はそれで笑っていたのか、と直子は思った。完全に自由になる喜びに満ちていたんだ。

「この遺書どうします?」

青野が落胆した様子を隠さずに、泉に訊いた。

「あたしは別に要らないわ。欲しいなら青野さんにあげるけど。どうする?」

「じゃ、持って帰ります」青野が力無く答えた。「でも、何だかがっかりしちゃいました。死のうと思う人って、残った人のことなんか何も考えてないんですね。これは、ご両親に預けてしまってもいいですか?」

いいわよ、と泉が口の中で答える。

「じゃ、あたしは帰ります。すみません、突然押しかけて」青野は隆雄の遺書を再びビニール袋に仕舞うと、大儀そうに胸に抱いた。「ちなみに、葬儀ですが、明日の夜がお通夜《つや》で、明後日《あさって》が葬儀です。お別れしませんか?」

「したからいいの」

泉が呆《ほう》けたように答えると、青野は敵意のある眼差しでちらりと見た後、「失礼します」と小声で言って、帰って行った。

青野の姿が消えた途端、泉が突然、涙を溢《あふ》れさせた。

「直子、何だか泣けてきちゃったよ。どうしてだろう。あんな冷たい遺書なのに」

「あの人、死ぬことなんてどうでもいいと思っていたんだろうね。どうでもいいって、マスターみたい」

泉がベッドの前に横座りになって、泣き始めた。

「やっぱ遺書って迫力あるよ。あたし、悲しいよ。どうしようか、直子」

「涙が涸《か》れるまで泣いてなよ。そしたら、すっきりするかもしれないよ」

「わかった」

直子は、ベッドカバーに顔を付けて啜《すす》り泣く泉の背中を撫《な》で続けた。

「あたしさ、話があるって言ったじゃない。今日、マスターと酒飲みに行ってね、何かすごく頭に来たからバイト辞めるって言っちゃったんだ」

泣いていた泉が顔を上げた。

「二人で飲みに行ったの？」

「そう。『ロコ』の前でばったり会って」

「直子は何で辞めちゃうの？」

「わかんない。あの人と一緒にいると、何か知らないけど苛々するの」

答えになっていないと思った。すると、泉が訝《いぶか》しげな視線を投げかけた。

「あの人って、マスターのこと？」

そう、と頷くと、呆《あき》れたのか大きな溜息《ためいき》を吐《つ》いた。

「どうだっていいじゃない、あんな人」

やはり、泉は自分なんかより遥かに強い人間なのだ、と直子は思った。

第三章　一九七二年十一月

1

十一月も半ばを過ぎようとしている。直子は久しぶりにゼミに出た。直子の取っているゼミは国際関係論。中国共産党史が主なテーマだ。

「長々とお顔を見ませんでしたね、三浦さん。何か質問はありませんか。あなたなら、きっとあるでしょう」

あからさまに単位を取るためだけに出席している直子は、中年の教授に厭味《いやみ》を言われた。男子学生たちが苦笑する。長い欠席には、怠惰以外の意味が生まれてしまうのだろう。

直子は仕方なく発言した。

「今の中国では、ジャズを聞いてはいけないんですか？」

学生たちが失笑したが、教授は大真面目《おおまじめ》に答える。

「ジャズは聞きません。ですが、代わりに美しい労働歌を合唱します」

どんなに美しくても、労働歌とジャズは違う。ML派の学生も、本気でそう思っているのか、聞いてみたいところだった。桑原の嘲笑《ちょうしょう》する顔が目に浮かぶような気がする。

休憩時間、雑談になっても、二十人ほどいるゼミ生たちは誰一人として、直子に話しかけてこようとはしなかった。

直子は、初冬の太陽が西の校舎の向こうに落ちるところを眺めている。セクトに入ってはいないものの、全共闘運動の周辺にいる小うるさい女、と思われているのだろう。

ゼミが終わった後、退屈しのぎに図書館に寄ってみることにした。開架をうろついた後、雑誌類を読み耽《ふけ》って、ようやく外に出る。とうに陽は落ちて、真っ暗になっていた。欅《けやき》の乾いた落葉が北風に飛ばされて、植え込みや、ベンチの下にうずたかく溜《た》まっている。

急に寒くなったのに、学園祭の準備のために、学生たちはまだ居残っていた。あちこちの教室に明かりが灯り、枯葉を踏む足音や、女子学生の甲高い笑い声が響く。

直子は、そのざわめきに背を向けて、キャンパスを足早に抜けた。

桑原と口喧嘩《くちげんか》のような別れ方をして、「CHET」のバイトを辞めてしまったから、時間はたくさんあった。だが、以前のように「スカラ」で麻雀《マージャン》をしたり、男たちと遊ぶ気にはならない。

高橋隆雄が泉を嘲《あざけ》るように自殺して以来、彼の死の毒が体の中に残っているような気がした。

笑いながら泉の部屋を去って行った隆雄の横顔を思い出すと、彼は女たちを憎んでいたような気すらしてくる。元の恋人には救いのない手紙を残し、今の恋人である青野には何も言わずに死んでいった男。

死は最強。

青野の言葉が、いつまでも消えない苦みのように舌に残っていた。血糊《ちのり》で固まった遺書を開いた指の感触。それらが、直子を憂鬱《ゆううつ》にしている。

五日市街道の脇《わき》には下水が流れている。その上に幅三十センチほどのコンクリート板を被《かぶ》せて暗渠《あんきょ》にしてあった。コンクリート板は多少歩きにくいが、歩道代わりになっている。

直子は、吉祥寺駅まで行く気がしなかったので、薄暗い五日市街道をずっと家まで歩くことにした。

ところどころ、コンクリート板がずれているので、その隙間《すきま》から暗渠に足を落とさないよう、注意深く歩かねばならない。狭い街道を車がひっきりなしに通るし、自転車の通行も多い。注意して歩いていると、神経が疲れた。

四十分ほどで、ようやく自宅の酒店に到着した。外からこっそり店を覗《のぞ》く。前掛け姿の父親が、ポーカーフェイスでレジに立っているのが見えた。

顔見知りの近所の客が、日本酒の棚の前で迷っている。だが、父親は口を挟まずに、黙って待っている。長く勤め人をしていたせいか、口が重くて気が利《き》かない。商売人には不向きだった。父親の不器用さは、自分に受け継がれたのかもしれないと思う。裏の狭い勝手口から家に入って、台所に行った。祖母と母が、夕食の支度をしているところだった。

祖母は、母の母親で、酒店はこの祖父母の代の創業である。直子の父親は養子ではなく、祖父が死んで後を継ぐことになるまで、メーカーのサラリーマンをしていた。だから、この家では、母と祖母に祭り上げられているような感じだ。

母と祖母は仲が良く、いつも二人で先に夕食を食べる。父親は八時に店仕舞いをしてから、一人でゆっくり晩酌をするのが習わしだった。子供の頃は、一人で食べる父親が哀れに思えたが、最近では、それが父親の楽しみだとわかっている。

「ただいま」

「お帰り」

青白い蛍光灯の下で、豚カツを揚げていた母が振り向いた。店にはほとんど出ないので、あまり化粧をしていない。

祖母は、ほうれん草のお浸しを小鉢に取り分けていた。背を丸めた後ろ姿は、おそらく二十年後の母親だろう。

「早かったね」

祖母が、老眼鏡をずらして直子の顔を覗き込んだ。自分の顔に何か表れているかもしれない。思わず、顔を背ける。

「ご飯食べるでしょ？」と母。

「うん、豚カツなんて珍しいね」

この間、帰って来た次兄の和樹が、老人世帯は動物性蛋白質《たんぱくしつ》がない、と文句を言ったのを思い出す。

「お父さんが、たまには食べたいって言うからね」

母は祖母と顔を見合わせて笑った。和樹が居合わせたら喜んだだろう、と思ったが、もちろん口にはしない。あの朝、和樹が帰って来たことは誰にも言っていなかった。

「じゃ、出来たら呼ぶから」

返事をせずに階段を上り、和樹の部屋に真っ先に行って、本棚から高橋和巳の『憂鬱なる党派』を抜き取った。

高橋和巳は、昨年、癌《がん》で亡《な》くなった。そのせいで、今年はたくさん新装本が出ている。和樹は好きだとみえて、かなりの数を揃《そろ》えていた。

直子は最近、集中的に高橋和巳の著作を読んでいた。昨夜、『邪宗門』を読了したばかりで、まだ昂奮《こうふん》が醒《さ》めやらない。これまで高橋和巳を読んだことはなかったから、この際、すべて読んでしまおうと思っているが、直子はむしろ、妻のたか子の方が好きだった。『彼方の水音』という短編集はすぐに買って何度も読んだ。

たか子は、京都大学に赴任した和巳に同行しなかった。その理由は、自分の故郷でもある京都が「女性蔑視《べっし》的な土地柄」だからだという。直子は、その逸話がたいそう気に入っていた。

夫の和巳は先に死んでしまったが、夫に付いて行かなかったたか子は、「死は最強」

であることを否定してくれないだろうか。小説で主張してほしいのだ、「生が最強」であると。

「直子、電話。宮脇さんから」

階下から母が呼ぶ。直子はすぐさま階段を駆け下りた。

家の電話は、勝手口のすぐ脇にある。冬は隙間風が入って来て、長電話をするには辛《つら》い。だが、会話が家族のいる居間にまでは聞こえないので、気楽に話すことができた。トイレがすぐ横にあるので、流水音がするのが難点ではある。

「もしもし」

意気込んで出ると、泉が笑った。

「珍しいね。直子、うちにいるんだ」

「そうなのよ。最近、あまり『スカラ』に行ってないの」

「知ってる。直子がいるかなと思って、さっき行ってみたんだよ。そしたら、近頃、全然来てないよって、ゴロちゃんが言ってた。タカシも、直子には学校でも会わないけど、どうしてるんだろうって心配してた」

タカシなんかに会いたくないから避けているのに。どうして気付かないのだろう、と可笑《おか》しかった。

「ゴロちゃんとタカシ、あと誰がいた？」

「丈次もいた。丈次、すごく痩《や》せてたよ。それといつもの人たち。名前は知らないけど、顔は知ってる連中。そういえば、中本がまた例の彼女といたよ」

「例の彼女って、美容師の子？」

「そう、体格のいい人。すごく仲良さそうで、いちゃいちゃしてた」

ヨリが戻ったのか。中本に騙《だま》されたような気がしたが、それも遥《はる》か昔のことのように遠い。

「新堀はいた？」

「うん、そういや、それらしき顔も見たね」と、泉は曖昧《あいまい》に言う。

「どうしたの」

「うん、何かさ、バンドの女の子と待ち合わせしてたみたいだったからね」

吉祥寺駅で見た「カルメン・マキ」か。新堀のことは、もう平気だ。

「泉、それで、あれからどうしてたの？　少し元気になった？」

高橋隆雄が自殺してから、ひと月近くが経《た》とうとしている。

「うん、元気だよ。ただね、あたしも先週『ＣＨＥＴ』辞めたのよ」

直子は驚いて素《す》っ頓狂《とんきょう》な声を上げた。

「初耳。どうして辞めたの？」

「キタローがしつこいから、冷たくしたら、今度はすごく意地悪くなってさ。あたしに挨拶《あいさつ》もしないし、口利かなかったり、注文をわざと聞き逃したり、すごい意地悪するのよ。だから、面倒になって辞めることにした。あいつ性格悪いよ。あんなの断って大正解だった。最低の男だよ」

「マスター、何か言ってた？」

「男一人くらい、どうってことないだろうって引き留められたけど、何言ってるんだって腹が立った。マスターは頭が固いから、男に付きまとわれる女の憂鬱がわからないんだよ。勝手に女を蔑視して生きていけばいい」

蔑視という語に頬が緩んだ。思わず高橋たか子を連想したのだった。偶然の一致だ。

「元気そうでよかった。心配してたんだよ」

「あたしだって、心配してたよ。直子、全然連絡くれないからさ」

「ごめん。家でずっと本読んだりしておとなしくしてた。何かね、高橋隆雄にやられた感じがする」

「わかる。あたしもそうよ。直子は関係ないのに悪かったよね。あんな血糊の付いた遺書に触ったりして気持ち悪かったでしょ」

「でも、あたしがいたから、あなたは後を追って行けなかったんだよ」

「それもあいつの運命だよ。そういう時は文化事業がいいよ。あたしもずっとジャズ聞きまくってる」

「文化事業ね、なるほど」

泉の言い方に感心する。

「それでね、あたし次のバイト見付けたのよ。それが『COOL』なの。だから、『スカラ』に寄ったんだよ。すぐそばだもん」

泉の行動の大胆さに息を呑《の》んだ。「CHET」を辞めてすぐに、ライバル店でバイトするなんて、自分は思い付きもしない。

「そしたら、常連のお客さんがこっちにも来ててさ、桑原さんに話しちゃったらしいの。マスター、すごく怒ってたって聞いた」

「当たり前よ。でも、いい気味」

一緒になって笑っていると、勝手口を外からノックする音が聞こえた。微《かす》かな音だったので、聞き逃しそうだ。

「ごめんください」

低い男の声がする。控えめでありながら、どこか高圧的な声音だ。嫌な予感がした。母も祖母も夕飯の支度に夢中で、来客には気付いていない。

「泉、ちょっと待ってくれる？　誰か来た」

黒い受話器を電話台の上に置いて、「はい？」と、勝手口のドアをそっと開けた。

裏口の狭いコンクリートの通路に、中年男が立っていた。半分白くなった髪は濃くて、額が狭く見える。灰色のコートに地味なネクタイをして、口をへの字に結んでいた。

「夜分、すみません。高井戸署の者ですが、三浦和樹さん、いらっしゃいますか？」

ポケットの中からちらりと黒い手帳を見せた。刑事だ。刑事がやって来た。和ちゃんは何をしたんだろう。

「今、いません」

声がうわずった。

「あなた、妹さん？」

「そうです」と、頷《うなず》く。

「お父さんはお店の方にいたね。商売の邪魔したら悪いんでこっちに来たけどさ。お母さん、呼んで」

額の狭い男が、直子を若い娘だと蔑《さげす》んで乱暴に命令する。ジャンパー姿の少し若い男が、額の狭い男の後ろから、うちの中を窺《うかが》っていた。

「ちょっと待ってください。今、電話中だったんで」

断ると、刑事が疑り深く受話器を見遣《みや》った。和樹と話していると思っているのだろうか。無性に腹が立った。

「ごめん。今、人が来たの。また電話するね」

「オマワリだって？　聞こえたよ。頑張って」

うん、と返事した後、何を頑張るのだろう、と内心思う。直子が電話を切ったのを確認した刑事が促した。

「早くお母さん、呼んで来て」

刑事の威圧的な態度が癪《しゃく》に障《さわ》ったので、心配する心の裡《うち》を隠して、わざとゆっくり台所に向かった。

「お母さん、高井戸署の人が来た」

「和樹は夏以来、一度も帰って来てません」

父親の声が聞こえる。直子は二階に引っ込んだふりをして、階段の中段に腰掛け、両親と刑事の話を盗み聞きしていた。

刑事たち二人は、裏口の狭い三和土《たたき》に窮屈そうに立っているらしい。

「夏って、いつ頃」

刑事の言い方は邪険だった。初めから、家族の言い分なんか信用していない様子がありありだ。

「七月の終わり頃に一回帰って来ましたよ」

今度は母親の声だ。少し取り乱している様子だった。「ね?」と父に同意を求めているようだ。

祖母は、父親の代わりに店番をしているのでいない。父親の返事は聞こえなかった。きっと、頷いているのだろう。

「それはいつ?」

「いつだったかしら? 確か七月二十五日くらいじゃなかったかな、と思います。土曜日だったわね。七月最後の土曜日って、何日かしら」と母親。

手帳を見ているような気配があって、刑事の少し若い方が答えている。

「二十二日か二十九日」

「あら、じゃ、二十九日かしら。あたしの記憶じゃ二十五日だったんだけど。どうだった?」

「わからない」と父親。

「その時は、どのくらいいたんですか?」

「泊まりもしませんでした。夏服を取りに帰っただけだ、と言ってました」

母親が答える。

「最近、ここの息子さんを見かけたっていう近所の人がいますよ。一カ月前くらいに、この辺りで見たって」

「何かの間違いだと思いますよ。夏以来、姿は見ていませんから。ねえ、帰って来てないよね?」

不安そうな母の声。再び、父親に同意を求めているようだ。

「帰って来てません。どこの誰が見たのか知らないけど、親が否定しているんだから信用してくださいよ」

刑事が笑ったようだった。

「あんたら、よくそんな息子に高い学費を払ってるね。悪いけど、そんなに儲《もう》かってないでしょう?」

厭味を言われた父親が、むっとした様子で言い返している。

「それはうちの勝手でしょ。人様にとやかく言われることじゃない」

「とやかくって言うけど、お父さん、あんたの息子さん、人殺しかもしれないんですよ。ただのノンポリ学生をね、ちょっとした言葉尻《ことばじり》捉《とら》えて、中核のシンパじゃないかって、どこかに連れ込んでさ。皆で殴り殺したんですよ。可哀相《かわいそう》に、その学生がどんな死に方したか知ってますか？　全身青アザだらけで、粉砕骨折数カ所。一部は骨が見えていたほどの重傷を負っていたんですよ。あんた、棒で殴られて死ぬって、どんなに辛いかわかりますか」

　母親の悲鳴が聞こえた。

「やめてください。まだ和樹だと決まったわけじゃないでしょう。あの子はそんな子じゃないですよ」

「もちろん、決まったわけじゃない。現場にいたかどうかもわからないですよ。でも、あんたの息子さんは、指導的立場なんですよ。その時どこにいて、どんなことをしていたか。手を下したのか、下してないのか。下してないのなら、命令したのは誰で、どこのどいつが実行部隊か。我々、あんたの息子さんが言うところの『国家権力』に説明する義務があるんですよ。もうちょっと聞き込みしたら、おそらく逮捕状出ますんで、わかってることは何でも正直に言ってください。よろしくお願いします」

もう一人の刑事らしい声がした。

「殺された学生はね、ただ批判的なこと言っただけなんだよ。完全なノンポリで、ケルンパでも何でもない。それだけでどこかに連れて行かれて、嬲《なぶ》り殺されて、東大病院前にポイ棄《す》てですよ。殺したり殺されたり、いい加減にしたらどうです」

「ですから、うちの息子が関与したという証拠はありません。あるなら、見せてください。私たちは息子を信じています」

父親が必死に言い返したが、泣いているような声だった。母親も衝撃を受けたように沈黙している。

ああ、あれか、と直子は思った。一週間ほど前、新聞に小さく内ゲバの犠牲者のことが載っていた。早稲田の学生が、革マル派に拉致《らち》されて殺されたと小さくあった。学生運動をしていたわけではなく、批判的なことを言っただけらしいと。和樹が関与してなきゃいいと密《ひそ》かに願っていたが、現実は甘くはない。

ハムを丸ごと一本、コンバットジャケットに隠して、アルマイトの弁当箱に白飯を詰めて行った兄は、そんな惨《むご》たらしいことが平気でできるようになったのだろうか。

死は最強。この命題がまた現れ出て、直子を苦しめる。

刑事が帰った後、早々に店を閉めて、食卓に着いた。豚カツは冷え切って、付け合わせのレタスが萎《しお》れている。祖母が盛り付けたほうれん草のお浸しも、蛍光灯の下では色が悪く見えた。

店をやっていると、両親が一緒に食事をすることはない。ましてや、そこに直子が加わることなどほとんどなかった。珍しく家にいる全員が揃った食卓だというのに、箸《はし》を取ろうとする者はいない。

「刑事にはああ言ったけど、和樹は関与してるかもしれないな。そしたら、俺はあいつと親子の縁を切るよ。勘当して二度とあいつの顔を見ないし、話さない。そうしないと、相手の親御さんに顔向けできない」

父親が重苦しい面持ちで口火を切った。ただ一人、ビールを呷《あお》る。

「まだ決まったわけじゃないでしょ。決めつけないで」

母がヒステリックに怒鳴った。

「そうだけどさ。関与してると言われても何の不思議もない。あいつの生活は異常だよ。家に寄り付かなくなったのはいつからだ。今年の始めからだろう。あいつらも、連合赤軍のリンチ事件みたいなことしてるんじゃないか。もし、そうだったら、俺たちは終わりだよ」

「終わりってどういうこと？」

直子が口を挟むと、父親がじろりと睨《にら》んだ。

前掛けを外して、黒縁の眼鏡を掛けた父親は、酒屋のオヤジではなく、真面目な教師に見える。

「文字通り、終わりだよ。人間として終わった息子とは縁を切って、世間に謝り続けて暮らすんだ。酒屋も閉めて、どこかへ行ってひっそり暮らす」

「だから、決まったわけじゃないでしょうって言ってるのよ」

母親が苛立《いらだ》った様子で叫んだ。祖母は黙って俯《うつむ》いている。

「決まったわけじゃないっておまえは言うけどさ。あいつは、そういう残酷なリンチを平気でする党派に属しているんだぞ。こんな事件、これまで何度あった？　死なないまでも、重傷負わせたことだってあっただろう。刑事が来るくらいなんだ。あいつは、組織の中じゃ偉そうにしてるんだよ」

「つまり、あの子も逆に殺されることがあるってことよね？」

母が怯《おび》えたように両手で頬を挟んだ。

「あるだろうさ。殺し殺され、何をバカなことやってんだか。それで学生だっていうんだから、笑わせるんじゃないよ。だったら稼いでみろっていうんだ。運動の果ては殺し合いか。世も末だよ」

　いつになく能弁になった父親が吐き捨てた。

「直子もそんなことしちゃ駄目だよ」

　祖母に言われて、直子はカッとした。

「あたし、党派なんかに属してないよ。変なこと言わないでよ。だいたい、学生運動のヤツらって女性差別的だから嫌いなんだよ」

「ヤツらって、そういう言葉遣いするのやめなさいよ」

　母親に叱《しか》られて黙る。

「さっき、この辺で和樹の姿を見た人がいるって言ってたでしょう。あれはどういうことなんだろうね」

　祖母が不思議そうに言った。祖母はタバコを吸うし、酒も飲む。父親と一緒にビールグラスを干し、「いこい」の茶色い箱から一本抜き取って火を点《つ》けた。いがらっぽい臭《にお》いがした。

「近所の連中も適当なことを言うな。これで本当に和樹が関与していたなんてことになったら、不買運動も起きるかもしれない」

「大袈裟《おおげさ》なこと言わないで」

母が眉根《まゆね》を寄せたが、祖母のタバコの煙が目に沁《し》みたのかもしれない。母はタバコが嫌いだった。

「あいつ、俺たちが知らない間に、案外家に入っては何か持ち出したりしているのかもしれないな。顔くらい見せて行けばいいのに」

父親が溜息《ためいき》混じりに言う。

「あたし、会ったよ」

両親と祖母が仰天して直子を見遣った。

「いつ?」

「三週間くらい前かな。あたしが朝帰りして、こっそり着替えて出て行こうとした時だよ」

あの時は、高橋隆雄が飛び込み自殺をして、こちらも大変だったのだ、と言いたかったが、もちろんそんなことは言わなかった。

「和樹が帰って来たのか?」

「うん。あたしが朝着替えてバイトに行こうとしたら、和ちゃんがそっと入って来て、あたしにお金を貸してくれって言った。それで、バイトのお金を二千円貸してあげた。あと、お腹《なか》が減ったって言って、そこにあったお弁当箱にジャーからご飯を詰めて行ったの。あたしが、佃煮《つくだに》とか乗せてやったのよ。それで、動物性蛋白質が欲しいって言って、冷蔵庫の引き出しに入っていたハムを一本丸々持って行った」

「どうりで」と母が絶句した。「変だと思ったわ。お昼ご飯を食べようと思ったら、ご飯がなくなってたから。お弁当箱もハムも気付かなかったけど、あの子、帰ってたのね」

「まさか、食べる物にも困ってるんじゃないだろうね」

祖母がしんみりと言う。父親は黙って腕組みしたまま、天井を睨んでいる。涙を堪《こら》えているらしい。

死は最強。だけど、和ちゃん、生き延びてよ。直子は心の中で祈った。

2

直子は、自室の壁に掛かった鏡の前で、左手を高く掲げてからゆっくり裏返して手の甲を映した。左手の薬指に、小さなオパールの嵌《は》まった古めかしい指輪をしている。

初冬の朝陽に、色褪《いろあ》せた乳白色の石が鈍く輝いた。ちらちら光るオレンジ色の斑《まだら》。

高校生の頃、母親から貰《もら》った古い指輪だ。それを引き出しに見付けて、嵌めてみた。

連合赤軍事件で、赤軍派の遠山美枝子は、指輪をしたまま山岳アジトの訓練に参加していることを、革命左派の永田洋子《ひろこ》らに批判された。

遠山美枝子は、金に困ったらこの指輪を売って糊口《ここう》を凌《しの》ぐようにと母親がくれた、と抗弁したという。それが、総括の始まりだった。

かくめいせんしになるためには、遠山美枝子のように指輪をしてはいけないのか。かくめいせんしになるためには、遠山美枝子のように鏡を覗いてはいけないのか。かくめいせんしになるためには、遠山美枝子のようにブラシで髪を梳《と》かしてはいけないのか。

遠山美枝子も、大槻《おおつき》節子も、金子みちよも美人だったから、ブスの永田洋子が嫉妬《しっと》して自己批判を迫ったのだ、だから女がリーダーになるとろくなことはない、と言う男がいる。

では、あの大量リンチはすべて、永田洋子の嫉妬が原因だったというのか。そして、それは女特有のものなのか。

かくめいとは、綺麗《きれい》な指輪や、素敵な服や靴とは無縁の、何の嗜好《しこう》も拘《こだわ》りもない人間が起こすものなのか。身綺麗にしたい人間や、お洒落《しゃれ》な人間は、皆失格なのか。

そのことと、女の嫉妬は別物だ。すべてが、一人の女の嫉妬という問題で括《くく》られてしまったら、永田洋子も、殺された女たちも、いや、今生きている女たちも、誰一人浮かばれないではないか。

ほんの十カ月前、凍るように寒い山中で、そんなことが起きていたなんて、まったく知らなかった。この先、自分が知りようのないことが山のように起きては、いつの間にか、自分たちをがんじがらめに縛るのだろうか。すべて、女の嫉妬と片付けられてしまうように。

直子は机の上にあった高橋和巳の『我が心は石にあらず』を床に投げ付けた。本は畳の上で一回転して、ページを開いたまま無様に停止した。

自分の蔵書がこんな目に遭っていると知ったら、和樹は怒るだろう。しかし、今回の内ゲバ事件のせいで、兄はますます家には近寄らなくなるだろう。もしかすると、和樹と会うのもあれが最後かもしれないから、蔵書のことなどどうでもよかろう。

刑事の来訪以来、直子の家族は皆不安になって、居ても立ってもいられない様子だ。直子も、すべてが嫌で堪《たま》らない。内ゲバの応酬に終始している和樹のセクトも、和樹のセクトと対立しているセクトも、そんなセクトに入っている和樹も大嫌いだ。どうして男たちはすべてを矮小化《わいしょうか》するのか。

彼らの言う革命と名の付くものすべてが、嘘《うそ》くさい。「政治ごっこ」とは、泉の言葉だが、遊びと揶揄《やゆ》される程度のことにしては度が過ぎないか。だったら本気でやれよ、と怒りが湧《わ》く。だが、この怒りを誰に向ければいいのか、それすらもわからない。だから、自分に腹を立てる。

「直子、起きてる？」

階下から母が呼んでいる。寝たふりをしようか、と乱れたベッドを振り返ったが、本を投げ付けた音は結構大きかった。

迷っていると、「直子、直子」と、また名を呼ばれた。苛立った声だ。今にも階段を上って来そうな気配。

「起きてるよ。何」と、顔だけ廊下に出して階下に向けて怒鳴った。

「あんた、店番頼んだの忘れたの？　もう出掛けなきゃならないから、早く下りてきて」

ああ、そうだった、と思い出す。昨夜、昼前後に少しの間だけ店番をしてくれないか、と母に頼まれたのだ。大人が三人いて手が足りているから、店番を頼まれることなんて滅多にない。すっかり忘れていた。

両親揃って何かの会合に出ることになったようだが、間の悪いことに、祖母は数日前から風邪を引いて寝込んでいる。

「思い出した。すぐ行く」

「早くしてよ」

「起こしてくれればいいじゃない」と、逆ギレする。

母の声も怒りを帯びている。

「お父さんは？」

「先に行っちゃったよ」

せっかちな父は、母親の支度も待てなかったらしい。いったい何の用事があるのか、不思議に思った。

着替えて階段を下りて行くと、外出の格好をした母親が、直子の服装をじろりと見た。

「今日、冷えるわよ」

「平気だよ」

次いで、母親は直子の左手の指輪に目を留めて驚いた顔をした。

「あら、それ懐《なつ》かしいわね。あたしの娘時代の指輪じゃない。今頃、どうしたの」

思わず、指輪をした指を背中に隠した。誰にも、自分の考えていることを悟られたくなかった。

「あんた、朝ご飯はいいの？　お腹空《す》くわよ」

「要らない」

直子は、冷たい水道水だけを飲んで、茶の間から店に向から狭くて暗い通路に下りた。母親のビニールサンダルを借りて履く。店自体は古い造りだが、数年前に土間だけコンクリートに変えた。以来、底冷えがする。

顔も洗っていないし、歯も磨いていないのに、直子は平然とレジの前に座った。携えてきた朝刊を開いて読み始める。

昼前から酒屋に来る客もいないだろうと高を括っていたら、向かいのクリーニング屋の主婦が化学調味料を買いに来た。

「あら、珍しい。直ちゃん、久しぶりね。お手伝いしてるの？」

主婦が笑わずに、ぎろりと直子を見る。あそこの息子は過激派で警察に追われ、娘も朝方帰って来る。おそらく、そんな噂《うわさ》が地元商店街を流れているに違いなかった。

直子は無言で旧式のレジを打ち、釣り銭を手渡した。愛想が悪い、と言われても、あれでは嫁に行けないだろう、と陰口を叩《たた》かれても全然平気だ。いつかはこの家を出て行く、と心のどこかで思っている。

長兄は大阪で就職したから、そのままあちらに住み着くだろう。次兄の和樹は殺されるか、大怪我《おおけが》をするか、刑務所行き。そして自分は、一人で出て行く。父の代で、この酒屋もなくなるのだ。直子は読み終えた朝刊を閉じて、まるで見納めのように薄暗い店内を見回した。

ガラス戸が開いて、若い女の客がおずおずと入って来た。髪型は幼女のようなおかっぱで、カーキ色のミリタリールックのコートを着ている。コートは、ダブルブレストで、肩にエポレット。金色の小さなボタンが二列に並んでいた。グループサウンズの衣装のようだ。コートが洒落ている上に、茶のブーツと合っているので、直子は横目で観察した。

「あれえ、見たことあると思ったら、この間会ったよね」

レジの前で俯く直子の横顔を覗き込んだ客が叫んだ。

驚いて顔を上げると、Y女子大の青野だった。泉のアパートに、高橋隆雄の遺書を持ってやって来た高橋の恋人だ。

「驚いた。何でこんなところにいるの？　あなたの家、この近くだっけ？」

直子は、泉の部屋で会った時の青野の、野暮ったいバルキーセーターの編み地から透けて見えた肌着を思い出している。

「ううん、うちは青葉台の方よ。それより、あなた、ここでバイトしてんの？」

青野が澄んだ声で訊《き》いた。

「ここ、あたしのうちなのよ。親が出掛けたので、代わりに店番やってるの」

「へえ、そうなんだ」

青野は煤《すす》けた店内を眺め回している。味噌《みそ》や醬油《しょうゆ》の臭いが染《し》み付いて、酒瓶の並んだ奥の方は掃除が行き届いておらず埃《ほこり》っぽい。直子は気恥ずかしくなったので、声をかけた。

「何か探してるの？」

「ああ、うん。一升瓶か何かにしようと思うんだけど、あまり高くないのがいいのよね。ウィスキーでもいいんだけど、一升瓶の方がお祝いの感じが出るなと思って」

「だったら、二級酒でいいってこと？」

「いや、せめて一級酒にしようかと思うんだけど、そんなに高くないの、お願いします」

昼間から一升瓶を買う女性客もあまりいないな、と思いながら、日本酒の棚に案内した。迷っている青野に、大衆的な銘柄を勧める。

「お使い物にするの？　熨斗紙《のしがみ》付けようか？」

青野が財布を覗いているので、直子が代わりに一升瓶を抱えてレジに向かった。

「いや、そのままでいいわ。あんまり大袈裟だとちょっとやり過ぎだし」

「何のお祝いなの？」

「このすぐ近所でね、知り合いがコミューンを開いたので、今日はその開所式っていうの、そういうのをやるんだって。だから、手伝いに来たの」

「何のコミューン？」

「リブよ。優生保護法の改正案が出されたでしょう。それでみんな焦《あせ》ってるの。問題意識の高い人が多いから勉強になるわ。すぐ近くだし、あなたも来ない？　いろんな人がいて面白いわよ。子育て中の人とか、未婚の母とかね。四十くらいの人もいる」

青野が笑うと、厚めの唇がめくれて八重歯が目立った。ワカメちゃん風の奇抜な髪型をしているから気が付かなかったが、おでこを出すと案外美人なのではないかと思う。

「あたしが行っても構わないの？」

「もちろんよ、歓迎するわよ」青野は人の好《よ》さそうな顔で笑った。「五時からだから、来てよ。新しい人が来たら、みんな喜ぶよ」

「じゃ、地図かなんか書いてくれる？」

「うん、これあげる。ここに住所が出てるから、見てみて」

青野は、ガリ版両面刷りのアジビラのような物をポケットから出した。

表は「優生保護法改悪阻止!!」と大きくあり、裏面は「産む、産まない、は女の自由」とあった。読みにくい手書き文字が紙いっぱいに、ちまちまとうねっていた。その緻密《ちみつ》さに恨みが籠《こ》もっている気がした。

「ありがとう。確かにうちから近いわね」

その住所を眺めていると、青野が訊いた。

「ねえ、宮脇さん、その後どう？　変わりない？」

「うん、泉はしばらく落ち込んでたけど、今はもう元気だと思う。青野さんこそどう？　高橋さんのお葬式とか行ったんでしょう？　大変だったんじゃない？」

「もちろん、行ったわよ。すごい消耗した。隆雄のお母さんが、ちょっとおかしくなっちゃってね。火葬場で棺《ひつぎ》に縋《すが》り付いて泣き叫んでね。『隆雄、行かないで。お願いだから生き返って』って言って離れないの。まるでお芝居を見ているみたいだった。お父さんや親戚《しんせき》のおじさんがね、『諦《あきら》めなさい。早く成仏《じょうぶつ》させてあげないと、隆雄が可哀相じゃないか』って言って、お母さんの体をこうやって乱暴に引き剝《は》がしたんだよ。お母さん、その後、地べたに寝転がって泣いてたの。『一緒に入る、一緒に入る』

って言って。怖かった」

青野はぽってりした唇を歪《ゆが》めた。「死は最強」と言った時の苦い顔が蘇《よみがえ》る。

「そうだったんだ。それで、あなたはどうしたの？　高橋君と付き合ってたんだよね」

「うん、そうなんだけど。隆雄のお母さんの狂乱ぶりを見たら、こっちはずっと醒めちゃったんだよね。悲しいし、悔しいんだけど、ああいう風に悲しみが爆発しないっていうのかな。中に籠もっている感じなの。どうせ、彼も自殺のこととか、肝腎のことはあたしには言わなかったしな、と寂しく思ったりして拗《す》ねちゃって。あたしはだから、未消化でずっと引きずっている感じだね。あなた、三浦さんって言ったっけ？　あなたはどうだったの？」

青野は少しおどけた風に言った。消耗したというのは本当なのだろう。目の下に隈《くま》が出来ている。

「あたしは彼のことは知らないから、悪いけど悲しくはないけど、彼が去って行く時の横顔を見ちゃったから、その顔が頭から離れないの。彼、笑ってたんだよね。何だかそれがショックでね」

死者の話をしていたら、直子は急に空腹を感じた。死どころか、生は最強。苦い笑いが込み上げる。

「あいつ、何を考えていたのかしらね。理解不能なんて思いたくないよね。だって、理解できないって敗北じゃない。でも、死に取り憑《つ》かれた人間の考えはわからないよ。あたしの部屋に、彼、よく泊まってたのよね。それがさ、ふとした弾みに、いろんなところから髪の毛が出て来るのよ。本の間に挟まっていたり、あたしの枕《まくら》になぜか落ちていたり。あたしより長い、太くてまっすぐな男の髪だから、すごく目立つのよ。その度に、どきっとする。おまえはあたしにこんな重いものを抱えさせて、一人だけ逝《い》くなんて狡《ずる》くないかって思うんだけど、こういう考えってよくないのかしら」

「泉も似たようなこと言ってたわ」

そう、と青野の顔が微かに輝いた。

「宮脇さんに会ったら、謝っておいてくれないかな。押しかけてって悪かったって」

「いいよ、言っとく。でもさ、あなたが間に入ってくれなかったら、泉はあのままじゃいられなかったと思うよ。お母さんにもずっと恨まれてたと思う。遺書も取りに来ないし、葬儀にも来ない。最期《さいご》の様子も話してくれないって」

青野が肩を竦《すく》めて頷いた。

「うん、そう言って怒ってたよ。遺族からすれば、隆雄の死は最強なわけだから、どうして親身になってくれないんだ、どうして一緒に悲しんでくれないんだって、理不尽に感じるんだと思う。あたし、それがよくわかった。だって、あたしに対してだって、懐疑的なんだもの。あたしが彼を傷付けたから、死ぬ気になったんじゃないかという風に疑ってるの。もう、キリがないの」

「なるほどね。大変だったんだ」

「相手が死んじゃってるから、答えがわからないじゃない。だから、ああでもない、こうでもない、と追及は永遠に続くんだよ。当事者になると辛い」

「なるほどね」

他の客が入って来て初めて、青野と三十分以上もレジの前で立ち話をしていたことに気が付いた。

一升瓶を抱えて店を出て行く青野の背中を見送ると、少し気が晴れるのを感じる。青野との会話は面白かったから、コミューン開きに参加してみようと思う。

一時前に、疲れた様子で両親が帰って来た。父親は何も言わずに前掛けを付けて、配達に出てしまった。母親も何だか慌《あわ》てて洗濯機を回し始め、直子に外出の理由を説明しようとしない。

「警察に呼ばれたの？」

直子はさりげなさを装《よそお》って訊いてみたが、母は首を横に振って答えない。重苦しい空気から察すると、和樹に関連したことには間違いないと思ったが、問い詰めるのはやめにした。読書でもして、コミューン開きとやらまで待とうとも思ったが、出掛けることにする。

自室に戻って着替え、紺のダッフルコートを羽織った。インド綿で出来たヒッピー風の鞄《かばん》を斜め掛けして家を出る。歩いているうちに、オパールの指輪を付けたまま出て来たことに気付いた。だが、これからはずっとしていようと思う。人に言われて指輪を外すようなことになったら、自分はおしまいだ。遠山美枝子のことを思い出してから、意地になっていた。

青野に会ったことを泉に告げたかったので、公衆電話で泉の部屋に電話したが出ない。さてはバイトか、と中央線に乗って、吉祥寺駅で降りた。駅前のハモニカ横丁を抜けて「COOL」に向かう。

黒いガラスドアを透かして中を覗《のぞ》いていると、黒いキャンバス地のエプロンをした顔見知りのウエイターがドアを開けてくれた。途端に、音の洪水。たぶん、『マイルストーンズ』。ああ、マイルスはいい、と泣きそうになった。労働歌も美しいだろうが、ジャズには敵《かな》わない。

「泉、います？」

声を大きくして、美大生だというウエイターに訊く。

「彼女、いない。明日かな」

「ありがとう、また来るわ」

手を振って店を出た。音に浸るよりは、誰かと話したい。吾郎がいたら飲みに行こうかと、すぐそばの「スカラ」に寄った。雀荘《ジャンそう》に行くのは、一カ月ぶりだった。

ドアを開けると、一番奥の卓に中本たちがいるのが見えた。ちょうど正面にいた中本は顔を上げて、直子をすぐに認めた様子だった。が、さっと目を伏せてしまって会《え》釈《しゃく》もしない。中本の仲間も釣られて直子の方を振り返ったが、中本に倣《なら》ったのか無視した。

その手前の卓で、タカシと丈次、吾郎たちが打っていた。もう一人の面子《メンツ》は顔を知っている程度の学生だった。

「直子、珍しいね。何カ月ぶりだよ」

吾郎が牌《パイ》から目を離さずに言う。

「そんなに来なかったかしら」

直子はスツールを引き寄せて、吾郎の後ろに座った。

「リーチ」

丈次が大きな手で、牌を横向きにした。河《ホウ》には六枚の牌しかない。そっと横から覗いた。ペン三萬《サンワン》。早いリーチにしては、待ちが悪かった。引っかけてもいない。

丈次の目を見上げるが、悔しそうに吊《つ》り上がっている。負けが込んでいるのだろう。

「直子、今日は新堀来ないぜ。バンド活動で忙しいんだって」

タカシが風牌《フォンパイ》の安全牌を切りながら、直子に言った。

「あ、そう」と、何の気なしに答えた。「別に構わないよ、約束してないし」

「評判になってるぜ。直子は新堀に振られたんで、『スカラ』に来なくなったって」

タカシが続ける。それを聞いた途端に、怒りが込み上げた。

「そんなことないよ。新堀なんか別に関係ないもん。あたしは、麻雀飽きたから来なかっただけだよ」

「そうか。俺たちに会いたくないって言ったって聞いた」

タカシが喋《しゃべ》っているのを、他の面子は黙って聞いている。待ちが悪いので、通る牌が増えて、どんどん回っていく。

おそらく、新堀にばったり会った時、「面子に飽きた」というような偽悪的なことを喋ったことがあった。それを新堀がタカシたちに喋ったのだろう。

「誰が言ったの」

「誰だっていいじゃん。通らばリーチ」

タカシが九萬《キューワン》を通して、リーチをかけた。直子はわざわざ立ち上がって、タカシの手を覗きに行った。三六九筒《サブローキューピン》の三面張《サンメンチャン》だった。

「ああ、行ったかあ」

丈次が悔しそうに三筒《サンピン》を振った。タカシが牌を倒した。

「はい、高め。リーチ一発タンヤオピンフ、ドラドラ」裏ドラを開けて大声を上げる。

「あ、ドラ三ね。あと一個で、倍満なのに。親っパネ」

「借り」と、丈次が万点棒を出した。学生ルールでは、一人がハコテンになってもとことんゲームは続く。

「丈次、金はあるんだろうな」と、タカシ。

「あるよ、なくてもあたしが貸してあげる。丈次、こいつやっつけてよ、頭に来る」

直子が冗談めかして言うと、タカシがムキになった。

「直子、本当のこと言われて頭に来たのか。新堀は新しい彼女連れて来る時、気にしてたぜ。今日は直子来ないだろうなって。新しい彼女は、いい女だもんな」

「あたしは新堀の彼女じゃないよ。勝手に決めつけないでよ。新堀がどんな女と一緒にいようと、あたしには関係ないよ。あたしは『ＣＨＥＴ』でバイトしてたんで、忙しくて来られなかったの」

ジャラジャラと牌を掻《か》き回す音で、直子の文句は掻き消される。

「タカシ、おまえ、いい加減にしろよ。自分がもてないからって、直子に当たるなよ。新堀も大袈裟に言ってんだよ。あいつ見栄《みえ》っ張りだからさ」

吾郎が代わりに言ってくれたが、直子の気持ちは収まらない。憤怒《ふんぬ》を抑えきれず、立ち上がって中本の卓に行った。中本は冷たい表情で下を向いている。

「久しぶり」

直子が挨拶すると、おう、と声だけ返事をした。川原旬子との仲が復活したので、直子と寝たことを内緒にしておきたいのだろう。それで冷たいのか、と思い至る。男の姑息《こそく》さに反吐《へど》が出そうだった。

「大丈夫だよ、あのことは言わないから」

皆に聞こえるように大きな声で言うと、中本は不快そうに顔を歪めた。それを確認してから、吾郎の横に戻った。

「ゴロちゃん、タカシみたいな下等物件と麻雀打つのやめなよ。バカが感染《うつ》るよ」

「バカは麻雀強いからなあ」

吾郎が一緒になって言う。

「タカシは人間じゃねえよ、ケダモンだ」

丈次がぽつりと言ったので、爆笑した。しかし、どんなにタカシをやり込めようと、中本に一矢《いっし》報いようと、直子の気分は悪かった。思わず指輪を見遣るが、指輪ひとつの覚悟など、とうに雲散霧消している。今や、男たちの嘲笑《ちょうしょう》の嵐《あらし》に傷付けられる自分がいる。

「丈次、これ使ってタカシやっつけて」

財布から五千円札を出して、こっそり丈次の膝《ひざ》に置いた。プライドの高い丈次なら突っ返すかと心配したが、丈次は黙ってズボンのポケットに金を入れた。ポケットの周囲が手垢《てあか》で黒ずんでいる。

直子は立ち上がって、吾郎の肩に手を置いた。耳許《みみもと》で囁《ささや》く。

「またね、ゴロちゃん。新堀が来たら、ファックユーって言っといて」と、中指を突き立てる。タカシに言えば、どう脚色されるかわからない。吾郎なら安心だと思ったが、吾郎だとて男だ。どうなるかわからない。

直子は後ろを一度も振り向かずに「スカラ」を後にした。

駅に向かって歩いて行くと、前から背の高い女が歩いて来た。中本の彼女、川原旬子だった。黒いコートが大人っぽい。いかにも美容師らしく、化粧を丁寧にして、髪をくるくると数本だけカールさせ、額に垂らしている。

そういえば、今日は火曜だったと思い出す。中本の表情が強張《こわば》っていたのも、旬子と約束していたからだろう。直子は微笑《ほほえ》んで立ち止まった。

「久しぶりね。これから『スカラ』に行くの？」

「あら、ほんと、お久しぶりですね。お元気でした？」

旬子は、まるで客に言うように愛想よく話しかける。

「ええ、元気です。バイトやってたので、あまり麻雀してなかったの。川原さん、一度別れたって聞いたよ」

旬子は黒革のショルダーバッグを手で撫《な》でさする。

「そうなのよ。でも、あの人、ずっと追いかけて来てね。また捕まっちゃったの」

舌足らずな言い方は、以前、駅前で「もう帰っちゃおうかな」と言った時の不満そうな口調とはまったく違っていた。

「そう、よかったね」

「うん、まあね」と微笑んだ後、旬子が思い出したように唇を舐《な》めた。「あ、そうだ。これ、言っちゃおうかな」

「何のこと？」

「こないだね、『スカラ』であの人たちがあなたの噂してたの。そしたら、誰かが『公衆便所』って言ってた。酷《ひど》いよね」

顔色が変わるのが自分でもわかった。公衆便所が何を意味するのかはわかっていたが、よもや自分に向けられるとは思わなかった。自分では、自分の意志で選んでいたつもりでも、男の側は違うというのか。

「誰が言ってたの。新堀？　それとも中本さん？」

中本の名前を出した途端、旬子の顔が一瞬、不快そうに歪んだ。

「まさか。あの人はそういうこと言わない。誰だか忘れちゃったけど、その周辺よ。学生さんて、酷いこと言うんだなと思ったのよね」

旬子の目に、あなたは中本と関係していない？　と探るような色があった。いっそ、中本が誘いに来て寝たのよ、と旬子に告げてやろうかと思ったが、どうしてもそれだけはできなかった。女が女を傷付けてどうする。また、女の嫉妬と言われてしまう。中傷を言う人間と同じレベルに下がりたくないと思うと、言葉が出てこない。それをプライドと言うのか。いや、違う。意地だ、と直子は歯を食いしばる。

3

大学で学祭が行われている時期、直子は一人で新宿をうろついていた。紀伊國屋《きのくにや》書店や伊勢丹《いせたん》で時間を潰《つぶ》した後、「DUG」でコーヒーを飲み、三時間近く粘る。ソニー・ロリンズ、チャーリー・パーカー、ビル・エヴァンス、バド・パウエル、エリック・ドルフィー、チック・コリア、クリフォード・ブラウンらを聴いて、和樹の本棚から持ち出した本を読んだ。

『死の家の記録』。ドストエフスキーを読むのは初めてだったが、すぐに魅了された。獄舎で飼っている犬が、孤独な主人公に走り寄って来る。「いまこの世の中でおれに残されたのは、おれを愛し、おれになついているたった一つの存在、おれの親友、おれのたった一人の親友」。それがこの犬、と主人公は自分の苦しみを自分に誇るような気持ちになり、甘い喜びを覚える。

この場面で、鼻の奥がつんとした。私には犬もいない。

宮脇泉はどこに行ったのか、電話をしてもアパートを訪ねても、連絡の取れない状態が続いていた。彼女はいい友人だが、いつも肝腎の時にいない。他に何でも話せる友達はいないし、親を捨ててでも会いたくなるような男もいなかった。

久しぶりに「スカラ」に寄った帰り、川原旬子から、あなたは皆に「公衆便所」と呼ばれている、と言われて以来、気の晴れない日が続いている。

仲間だと思っていた男たちに対して、強い怒りがあった。また、こんな下卑た悪口を告げる川原旬子にも。だが、その怒りを覆《おお》ってしまうほどの深い悲しみの中で、ひどくうろたえている自分もいるのだった。

なぜ男は女を蔑《さげす》むことで、自分の性をかくも醜く歪められるのだろう。これでは、いつまで経《た》っても男たちと共闘することなどできない。対等な恋愛もできない。

連合赤軍の遠山美枝子や大槻節子、金子みちよの死を思う。誰もが幼くて、殺し合っている現実。これが今の日本の若者の姿だ。

「ああ、消耗する」

直子は近頃、口癖のようになっている言葉を呟《つぶや》く。いっそ、高橋隆雄に倣って電車に飛び込んで仕舞おうか、と思ってみたりもする。死ぬのは怖いけれど、恐怖さえ乗り超えれば、先々悩まなくても済むのだから楽ではないか。

直子はとうに空になったコーヒーカップを覗き込んだ。グラスの水を飲むのにも飽きた。何か違う物を飲みたいが、金が足りなくなるかもしれない。バイトを辞めて、小遣いが払底《ふってい》しつつあったのに、丈次に五千円も軍資金を渡したせいだ。

まあ、いいや。電車賃がなくなったら、西荻まで歩いて帰ればいいのだ。幸い、今日は十一月の終わりにしては暖かい。

「ウォッカレモンください」

直子は思い切ってウエイターに注文した。ついで腕時計を覗く。午後八時。いつの間にか、周囲には勤め帰りらしい男女が増えていた。吉祥寺と違い、誰も見知った人間がいないのが気楽だ。今は誰にも会いたくない。

直子はウォッカレモンに口を付けた。浮いているレモンは厚く切ってある。その豊かな断面を見ながら、「ＣＨＥＴ」の桑原がレモンを透けるほど薄く切って、飲み物に添えることを思い出した。自分が遥《はる》か遠くに来たような気がする。願わくば、ここが外国ならいいのに。

リブの女たちも優しくはなかったし、フェアでもなかった。直子は、青野に誘われて行ったコミューン開きの会を苦い失望とともに思い出した。その失望は、甘い自分に対してでもあった。

今にも倒れそうな、古ぼけた一軒家に、上は四十代から下は十代まで、三十人ほどの女たちが集まっていた。よちよち歩きの幼児や、その辺を這《は》い回る赤ん坊も一緒にいた。

女たちには、共通点があった。皆ジーンズにトレーナーやセーターという飾らない姿だった。身形《みなり》に構わず、化粧も一切しておらず、髪にはパーマも当たっていなかった。潔《いさぎよ》いほどの質素な格好。それが女たちの主張でもあるらしかった。

だから、洒落たコートを着てブーツを履いた青野と、流行のウールのミニスカート姿の直子は、完全に浮いていた。落ち着かなかったのは、皆がちらちらと二人を見比べていたせいもある。

しかし、青野が差し入れた一升瓶はとても喜ばれた。紙コップに少しずつ注《つ》がれた酒が配られた瞬間、女たちの表情が緩んだ。幼児や酒の苦手な女、妊婦にはオレンジジュースが配られた。まずはコミューン開きの乾杯。

「私たちは、このコミューンで、ひとつ実験をしてみようと思っています。それは、母親による我が子の独占をやめようということです。子供を分け隔てなく、全員で育てることを実践してみようと思います。この養育態度を取ることによって、子供たちがどう変化するか。母親と子供との関係をこうして考察することによって、母親とは何か、を考えたいと思います。そして、男の知らない、いや、近代科学が解こうとしなかった親の養育態度と子供の反応の謎《なぞ》に、母親の立場から挑戦しようではありませんか。もう男の作った母性本能神話はうんざりです。女の側から、子供や男との新たな関係を構築し、私たちが産みたくなるような社会を作っていこうではありませんか」

四十代と思《おぼ》しき、一番年上らしいコミューンのリーダーが話し終わった途端、拍手が湧いた。

この一軒家のコミューンでは、四人の母親が集まって、皆で六人の子供を分け隔てなく育てるのだそうだ。

「あと他に二人のお母さんまで、ここに入ることができます。未婚の母、非婚の母、離婚の母など、どなたでも結構。参加を募っています。いろんな立場の子供が増えることで、私たちの共同体の実験的試みも厚みを増すと思うのです。母子関係を考えながら、子育てを女に押し付ける社会との闘い方を考えていこうと思います」

コミューンの活動報告が終わった後、「中絶禁止法に反対しピル解禁を要求する女性解放連合」の女が、「女性の解剖と生理」について、ひとくさり講義した。略して「中ピ連」と名乗るこのグループは、薬剤師がリーダーで生物学的啓蒙《けいもう》運動をしながら、ピルの解禁を訴えているのだという。

「中絶方法ですが、日本で行われているのは掻爬《そうは》です。子宮口をある程度まで開いて、器具を挿入し、中の物を摘《つま》み出してくるわけです。ヘガール、あるいはシュレーダーという頸管《けいかん》拡張器を使います。細い棒からだんだん太い棒に入れ替えて、開いていくわけですが、最初は０・５㎜から入れていって、最後は人差し指が入るくらいに拡張していき、それで引っ張ってくるわけです。まったく手探りです」

頷《うなず》いて聞いていた若い女が手を挙げた。

「そんな危険な手術を受けるのは、私たち女ですよね。失敗して死ぬのも私たちじゃないですか。出産によって体を痛め付けられるのも女だし、産んで苦労して育てるのも女です。男はセックスするだけで、何にも酷い目に遭わないじゃない。それなのに、権力は、私たちから、産む産まないの権利さえも奪おうとしている。私たちは、ただの子産み機械じゃない。人間です、女です。抱かれる女から抱く女へ、というリブのスローガンがありますが、それだけじゃ足りない。抱く女の主体的権利を、これから奪い取って、強めていく必要があります。そのためにも、中絶理由から『経済的理由を削る』という厚生省の案は絶対に阻止しましょう。皆でそのために闘いましょう」

拍手が起こった。直子は暗い顔で俯いていた。

「抱かれる女から抱く女へ」。

男を抱いたつもりだったが、私は単に「抱かれる女」でしかなかったのだ。いや、女でもなかった。ただの便壷《べんつぼ》だったというのか。

この屈辱と怒りをどこにぶつけたらいいのか、わからなかった。気が付いたら、立ち上がって喋っていた。

「公衆便所って言葉があるじゃないですか。あたし、最近そんなことを言われて頭に来てるんです。男は汚物ですか。じゃ、あたしたちは汚物を入れる便壷ですかって思います。差別するにもほどがあります。絶対にこんな言葉を許してはいけないと思う」

数人が苦笑して、目を合わせている。だが、中には熱心に頷く女もいた。

「確かに、問題の根は同じだと思います。でも、今は優生保護法改悪と保安処分に反対する話し合いなので、そういう私怨《しえん》的なことはまた別の機会にしませんか」

リーダーに言われて、カッとする。

「私怨的なことって言い方はないんじゃないですか。すべての問題が差別を根にして繋《つな》がっています。女を便所だと思うから、男たちが勝手に、経済的理由を排除して、産めよ増やせよって言ってるわけでしょう。要するに、私たちは動物と同じってわけです。すべての問題は、差別にあるのです」

直子が怒鳴るように発言すると、リーダーの仲間らしい、幼児を抱いた若い女が、立ち上がった。ショートカットで、化粧気はない。ジーンズに毛玉だらけのセーター、という貧しい格好をしている。

「その話、わからなくはないです。あなたの言うことは正しいと思う。でもね、はっきり言うと、あたし、あなたみたいな人を見るとちょっと苛立《いらだ》つんです。だって、どうして口紅塗ってるの。何で、こんなお洒落なミニスカート穿《は》いてるの。ね、それ幾らするの？　あなたが自分で買ったの？　それとも親？　彼氏？　余計なことかもしれないけど、何かあなたの格好って、男に媚《こ》びているように見えるんだけど違いますか？　あたしたちだって、この日本社会における立場は公衆便所的なものだと思いますよ。だけど、あなたは綺麗にしてるから、デパートのトイレくらいには見えるよね」

失笑が湧いた。直子は怒った。

「ずいぶん失礼じゃないですか」口角から唾《つば》が飛んだが気にしなかった。こんなに腹が立ったのは久しぶりだった。「あたし、媚びてなんかいないですよ。あなたは外見で人を判断するんですか。差別主義者じゃないんですか？　デパートのトイレって無礼じゃないですか。あなたも男と同レベルになるのね。謝りなさいよ」

色をなした直子に、その女は唇を尖《とが》らせる。

「あなただって、人を外見で判断するんじゃない。あたしたち、みんな貧しいよ。あんたみたいに素敵な指輪したり、ちゃらちゃらしてないもん。あたしはお金がないから、化粧水も乳液も買えなくて、ひどい格好で大塚のバーでバイトしてます。もちろん美人じゃないから、たいした金も貰《もら》えないし、バーったって、SMだよ。そんなところにしか雇われないんだよ。こないだなんて、ハムみたいに縛られた。嫌な目にもたくさん遭うよ。でもね、そうしないと食べていけないんだよ。子供と二人、食べていけない。あなた、あたしみたいな女、どう思う？　あなたなら、あたしの格好見るだけで、そういうストーリー想像できるんでしょう？　賢そうだし、あんたはどう見たってプチブルだものね。親の金で大学行ってるんでしょ？　子供を抱えた生活が、どんだけ辛《つら》いかなんてわかるわけがないと思う。金だけじゃないんだからさ、男に公衆便所って言われたんだったら、バカ野郎、テメー、おまえはウンコだろうって、殴り倒すくらいのことしてきたらどうですか」

最後の部分で、笑いが起きた。すると、青野が立って静かに弁護した。

「あのう、女同士で分断するのはやめませんか。この人、三浦さんはまだ若いから、働いたり、出産したり、そういう問題はまだ頭の中だけで、実感がないのだと思います。それは私も同じです。いずれ経験することだから、そういう経験の差だけで非難するのはやめませんか。それも経験という所有による差別です。それから、この人の実情も知らないで、プチブルだなんて決めつけるのは、いくら何でも失礼だと思います。三浦さんの仰《おっしゃ》ったことは重要だと思いました」

そうだ、そうだ、とぱらぱら拍手が起きた。直子は青野の弁に助けられて、なおも言う。

「あたしが学生で、生活者の視点がないのはわかるけど、だったら、こういう議論に加われない、というのはおかしくないですか。若いというだけで問題を客観化できないと思っているのなら、バカにし過ぎだと思います。それに、うちは単なる酒屋でプチブルでも何でもないです」

青野が遠くから、もう、そろそろやめた方がいい、抑えろ、という具合に、両の掌《てのひら》で地面を押すような仕種《しぐさ》を繰り返した。それも頭に来たが、多勢に無勢だ。そろそろ引っ込んだ方がよさそうだった。

やがて中ピ連の女が、さもうんざりしたように、しかし、直子から目を背けずに言った。

「あなたの言うことはわかるよ。でもさ、ここはもう具体的闘い方を討議する場なのよ。だから、発言を控えてください」

またか。自分は「遠山美枝子」なのだ。

直子は討論する元気をなくして出口に向かった。

青野が何か話したそうに駆け寄って来たが、「ごめん、用事を思い出したの」と、明らかに嘘とわかる嘘を吐《つ》いてコミューンを後にしたのだった。助けを求めれば求めるほど、自分がずたずたに傷付いていく感じがした。

「それ、面白い？」

曲の合間に、隣のテーブルの男が話しかけてきた。一時間ほど前に入って来て横に座ったのは知っていたが、特に意識していなかったから驚いた。

黒のタートルネックセーターに黒のコットンパンツ。黒の太い革ベルト。傍らに、ツイードのジャケットがきちんと畳んであった。その上に、臙脂《えんじ》と紺の縞《しま》模様のマフラーが無造作に置いてある。靴はチャッカーブーツ。割と趣味がいい、と横目で眺める。

三十歳前後だろうか。学生ではなさそうだが、勤め人でもないようだ。指は長く、美しい形をしていた。直子には、この男がどんな仕事をしているのか想像もできない。

「ねえ、何、読んでるの？」

男はもう一度問うた。直子はあれこれ想像していたせいで、ページをめくる手がしばらく止まったままだった。

「これですか？」

カバーを裏にして、書名がわからないようにしてあった本を眺める。何でこんなことをしているのだろう。自意識過剰ではないか。

「そう、さっきからずっと読んでいるから、よほど面白いのかなあと思って」

「ええ、面白いです」

そう答えて、直子は本に栞《しおり》を挟み、インド製の布袋に仕舞った。

「あれ、仕舞っちゃった」男は笑った。「何を読んでたのかな」

直子はすぐに答えずに、ウォッカレモンをぐびりと飲んだ。空っぽの胃にウォッカが沁《し》みるのがわかる。男もビールグラスに口を付けて、ハイライトに火を点《つ》けた。

「小説です」

直子は答えた後、タバコが切れて久しかったことを思い出した。吸いたかったが、金が足りなくなりそうだったので買うのを我慢していたのだ。

「吸う？　ハイライトでいいかな」

直子の渇望を察したのか、男がハイライトの箱を勧めた。

すみません、頂きます、と断って、一本抜き取った。くわえると、ジッポーのライターで火を点けてくれる。ハイライト特有の辛さが喉《のど》に刺さった。

「学生さんですか？」

男が訊《たず》ねる。直子は黙って頷き、ちらりと男の顔を見た。

一重瞼《ひとえまぶた》の優しい面立ちをしている。鼻柱が薄く、無精髭《ひげ》が似合った。感じは悪くない。いや、むしろかなりいい方だ。

「ふうん、学生か。若いね。俺なんか二十八だから」

セロニアス・モンクの重ねられた音で、語尾が掻き消された。後半が聞こえなかったが、多分、もうおじさんだから、と自虐《じぎゃく》的なことを言ったのだろう。

すると、コースターの裏にさらさらと字を書いて寄越した。書き慣れた字だった。

「よかったら、食事に付き合わない？」

ナンパ？　驚いて顔を見ると、何度も頷いてにっこりしている。学生と違って、おじさんは余裕がある。

男のペリカンを借りて、「ＯＫ」と書いた。コースターの濡《ぬ》れた部分に、「Ｋ」の字が重なってインクが滲《にじ》んだ。

どうにでもなれ、という荒れた気分はまだ続いている。午前中に朝昼兼用の飯を食べて出て来たきりだったから、空腹だった。

男がコースターの空いた部分に、自分の名前を書いた。

「木原亘」

下の名は何と読むのだろう、と一瞬首を捻《ひね》った。目敏《めざと》くルビを振ってくれる。「きはらわたる」。またペンを寄越したので、馬鹿《ばか》正直に自分の名を書いた、「三浦直子」。ルビなんか振れないくらいシンプルな名前。

こんな時、泉は適当な名を書くと聞いたことがある。「ヒロミ」とか「愛」とか。自分もそうなったら偽名を使おうと思っていたが、咄嗟《とっさ》には思い付かないものだ。泉に言わせれば、あらかじめ偽名を用意して使い慣れていれば、まるで本当の名前のようにすっと出てくるという。

ジャズ歌手志望の泉は、常に芸名が頭にあるのだろう。それは違う自分がいるということでもある。

「じゃ、出ようか」

木原が直子の伝票を摑《つか》んで言う。払ってくれるのだろうか。これで電車賃とタバコ代が出る。直子はほっとして頭を下げた。図々《ずうずう》しいと思うが、相手にどう見られても平気だった。何が起きても構わない、という捨て鉢な気分がある。

狭い階段を上って外に出る。夜になって風が冷たくなっていた。直子はネオンの向こう側にある西の暗い空を眺める。今頃、吾郎たちは学内で酒でも飲んで騒いでいることだろう。

直子はダッフルコートの前を留めて、赤いマフラーを巻き付けた。靖国《やすくに》通りの向こう側は歌舞伎町《かぶきちょう》の歓楽街だ。木原は、自分を連れて、どこで何を食べるというのだろう。

「ああ、よかった。居てくれて」

後から階段を駆け上がって来た木原がほっとしたように直子の顔を見た。

こんな時、コーヒー代を払って貰って逃げてしまう女もいるのだろう。自分は不器用で場慣れしていないから、木原を置いて逃げるなんて発想は持っていなかった。

「女子大生とご飯食べたことないから、何が食べたいのかよくわからないな」

木原は嬉《うれ》しそうに言った。

「何でもいいです」

「お腹《なかす》空いてないの？」

「いや、空いてます」と正直に言う。

横に並ぶと、頭ひとつ大きい。新堀と同じくらいの背丈か、と思った時、傷付けられた痛みをハートに感じた。すごい衝撃だった。

——新しい彼女は、いい女だもんな。

——公衆便所。

——あんたみたいに素敵な指輪したり、ちゃらちゃらしてないもん。

一瞬、顔が歪んだのがわかったのか、木原が覗き込んだ。

「どうかしたの？」と、問われて首を振る。

「いや、何でもない。何でもないです」

「おでんなんかどう？ すぐ裏に『お多幸』がある」

木原の後を素直に付いて行く。「ＤＵＧ」のすぐ裏手に、おでん屋があった。狭い間口だが、繁盛している。

二階のテーブル席に着いて、初めて向き合った。急に、自分は年上の見知らぬ男と、いったい何をしているのだろう、と不安になった。

「殿山泰司《たいじ》って知ってる？　役者の」

「知ってます」と頷く。

「この店は、殿山泰司のお父さんがやっている店の、支店か何かだと思うよ。よく知らないけど」

木原がジャケットを脱いで、椅子《いす》の背に掛けた。内ポケットにさっき借りたペリカンが刺さっていた。「木原」という名字が黄色い糸で刺繡《ししゅう》されているのが見える。安物ではないらしい。いったい何をしている人だろう、と上目遣いに木原の横顔を見る。

木原は壁に貼《は》られた品書きを熱心に眺めていた。振り向いて、直子の顔を見て微笑んだ。

「寒いから熱燗《あつかん》でいい？　それとも何か好きな物があるなら」

熱燗と聞いて、桑原と飲んだ時のことを思い出した。すべての男が気に入らない自分。木原はどうだろう。

警戒している自分に気付いて、またもうんざりする。どうしてこんなに面倒臭い女なのだろう。泉なら、適当に合わせるに違いなかった。返事を待つ木原に答える。

「それでいいです」

木原が、店の男に飲み物やつまみなどを注文している。突然振り向いて、「おでんで好きな物は？」と訊ねる。

「大根とちくわぶと糸こんにゃくです」

「いい趣味だね」と真剣な顔で言う。

おでん種で褒められるとは思ってもいなかった。先日、自分を詰《なじ》った、大塚のSMバーで働いているという、あの若い母親は、こんな目に遭ったことがないのだろうか。中年男の嫌らしい欲望が札びらとなって、あの女の頬を引っぱたいている。ハムのように縛られた女の頬を。ああ、嫌だ。男なんてみんな消えてしまえ、と思う。

「何、考えてるの？」

だが、目の前には優しそうな男の顔がある。長兄の良樹より二歳上の男。良樹も和樹も、二人の兄は自分を庇護《ひご》してくれて、優しかった。

「いや、べつに」と目を上げる。

「三浦さんは口数少ないんだね。もともとそういう人なのかな？」

「わかりません」

にべもない返答をしながら、店内の客を眺める。サラリーマンらしき男たちがほとんどで、自分のような若い女はいなかった。

「僕は音楽雑誌の編集をやってるんだよ」

木原が名刺を出した。「ジャズ評論　編集部」とある。雑誌の名は見たことがある。桑原の店に、販売用に数冊置いてあった。誰が買うのだろうと思っていたが、月末には必ずなくなっていた。

「だから、『DUG』にいたんですね」

「まあ、仕事柄、あちこち巡っているけど、きみもジャズが好きなんだね。誰が好き？」

「誰でも好きです。あまり知らないし」

ジャズ雑誌の仕事をしているのなら、さぞ呆《あき》れるかと思って言ってみたのに、木原は笑って頷く。

「わかるよ。みんないいものね。いろんな個性があって、いろんな才能があると思うだけで満足する気持ちがある。よくわかるよ」

桑原のグループのように、何もわかっていないと笑われるのを、承知で言ってみたのに、すんなりと木原は認める。これはこれで、砂地に足を取られているような不安定さがある。

熱燗とつまみが運ばれてきたので、小さな猪口《ちょこ》で乾杯した。

「三浦さん、酒は強い方？」

「そうでもないです。すぐに酔っ払って、何が何だかわからなくなる」

「いいなあ。そうなりたくてもなれなくなったよ」

木原は愉快そうに笑った。

木原のハイライトをまるで自分の物のように傍若無人に吸っていた。ふと気付き、自分の持っているハイライトを見て謝った。

「すみません、勝手に吸っちゃって」

「いいよ、もうひと箱持っているから」

木原が上着のポケットを指差した。それから、しばらく沈黙があった。

「あのう、ちょっと聞きたいんですけど」直子は思い切って言う。「木原さんは、何のためにあたしを誘ったんですか？」

木原が息を吐いてから、笑った。

「そんなこと聞かれたの初めてだな。いや、隣に可愛《かわい》い子がいたから話してみたいな、と思っただけなんだけど。でも、話してみたら、意外に若かったから、ちょっと引っ込み付かなくて困ったな、とも思ったよ」

照れて横を向きながら言う。

「寝るには若過ぎるってことですか？」

木原は驚いた顔をした。

「いや、すぐにはそこまで考えてないけどね。でも、まあ、話すにはちょっと物足りないかもしれないなあ、と思ったことは確かだ。熱心に難しそうな本を読んでいたので、好感を持ったんだけどね」

「どんなことを話せば、木原さんは満足するんですか」

「こんなことだよ。今話しているようなこと」

木原が真面目《まじめ》な顔でハイライトに火を点ける。二人の間にある灰皿は、たちまち吸い殻でいっぱいになった。

「よくわからない。男の人もわからないし、自分もわからない。べつに相手を満足させようなんて思っていないし、でも、相手が何を求めているのかもわからないし」

「俺もわかんねえよ」

木原が爆笑した。直子は笑わずに吸い殻の山を見つめている。

4

寒気と異臭。直子は異様な不快さを感じて覚醒した。薄目を開けて周囲を見ようとしたが、暗がりにいてよく見えない。身じろぎしたが、狭い場所らしく、体が何かにぶつかって動くこともできなかった。

頭上から物憂《ものう》げな会話が降ってきた。すぐ側《そば》で女が二人、喋っている。

「この人、大丈夫かなあ」

一人はたいそう酔っているらしく、ろれつが回らない。「この人」とは、どうやら自分のことだとわかるまでに、少し時間がかかった。

「放っといたら、死んじゃうかなあ」

同じ調子で繰り返す。対する一人は掠《かす》れ声だ。

「死にはしないんじゃない」

「でも、さっきからずっと同じ姿勢だよ。救急車呼んだ方がいいかなあ」

「ダメだよ。ヤバいじゃん」

掠れ声の方が蓮《はす》っ葉《ぱ》に言った。

「だけど、邪魔だよ。おしっこできないし、何か気になるし。お店の人にどうにかしてって言ってみようか」

「やめなやめな。どうせ何もしてくれないよ。あたしも動かそうとしたんだけどさ、結構重いし、ゲロ吐いてるから臭くて」

「じゃ、男のトイレに行ってした方が早いかな」

溜息《ためいき》混じりで、ろれつの回らない方が言う。

「そうしなよ。そっちも誰か倒れてるかもしれないけど」

「もう死んじゃってたりして」

二人の笑い声が響いた。やがて、ろれつの回らない方が出て行ったらしく、バタンと扉の音がして冷たい風が一瞬吹き込んだ。

直子は、自分がコンクリートの床に直接寝ていることに気が付いた。ここは、女子トイレらしい。意識が完全に戻ったと同時に、吐き気を催した。

「ああ、気持ち悪い」

声を出すと、予想外の方向から掠れ声が聞こえた。ちょうどトイレから出て行こうとしていたらしい。

「あれ、気が付いたの？　あんた、そこで寝てると風邪引くよ」

ひどく寒いから百も承知なのだが、まだ体が言うことを聞かない。ようやく両肘《りょうひじ》を突いて、何とか上半身を持ち上げた。途端に、また強い吐き気に襲われた。

「吐きたいの？　だったら便器でしなよ。迷惑だからさ」

「はい」と、素直に返事するものの、どういうわけか、まったく体が動かない。

「しょうがないなあ」

後ろに回ったらしい女が、両脇《りょうわき》から手を差し込んで、立ち上がらせようと手伝ってくれた。上半身が何とか持ち上がったので、女に寄りかかってずり上がるようにして立った。が、立ち上がったものの、前後に大きくふらついて安定しない。体を支えるために、直子は両腕を伸ばして、必死に壁を探した。

「待って、待って。あんたの手、汚れてるからさ。あたしに触らないようにしてくれないかな」

悲鳴に近い声がした。驚いて両手を見ると、嘔吐物《おうとぶつ》にまみれている。拭《ぬぐ》おうにも何もないから、どうにもできない。惨《みじ》めな思いで謝った。

「すみません」

しようがなく、両腕をぶらりと下げる。女が注意深く体の方向を変えてくれたので、直子は便器に向かって吐いた。女が背中をさすってくれる。

「これで口拭《ふ》いて」

女がトイレットペイパーを長く引き出して渡してくれたので、それで口と手を拭った。

「ありがとうございます」

礼を言って初めて、自分のセーターとスカートが、嘔吐物でべとべとに汚れているのに気付いた。思わず、悲鳴が洩《も》れる。

「あたし、どうしたんだろう」

「あんたさ、もう何時間も前から、そこでずっと吐きながら寝てたみたいだよ。みんな、ぶーぶー言いながら、跨《また》いでおしっこしてたんだって。気が付かなかったの？」

「全然気が付きませんでした」

どうやら、トイレまで辿《たど》り着いたはいいが、個室のドアを開けたところで昏倒《こんとう》し、吐きながら寝ていたらしい。倒れてから、どのくらい時間が経ったのだろう。それもわからなかった。

「気が付いてよかったよ。救急車なんか呼ばれたら、みんなヤバいことしてるから大変じゃない。それで、みんな見て見ぬふりしてたんだよ」

直子はふらつきながらも、何とか目の焦点を合わせて女の顔を見ようと試みた。直子と同じくらいの背丈の女が、腕組みして立っていた。かなり年上だ、三十歳くらいか。

長い髪を真ん中から分けて、目もとを黒々とアイラインで隈取《くまど》っている。ラヴィ・シャンカール風の更紗《さらさ》のインド服に、極端にフレアの広いベルボトム。ジーンズの裾《すそ》は地面に擦れてほつれている。足元は、寒いのに革サンダルだ。エラの張った顔は美人ではないが、鼻がしゃくれているので愛嬌《あいきょう》があった。

直子はこれまでのことを思い出そうとしたが、俯《うつむ》くと激しい頭痛がして、また吐き気を催す。ウッとえずくと、女が呆れた声を出す。

「あんた、まだ、吐きたいの？」

声を出すと吐きそうになるので、手で口元を押さえながら頷いた。

「これ以上何が出るっていうんだろう。凄《すご》いねえ」

口は悪いが、女は親切だった。直子の脇の下に手を入れて、倒れそうになる直子を後ろから支えてくれる。意外に強い力だった。

「まあ、出てくる物は全部吐いといた方が後で楽だよ。あんた、ずいぶんハッパやってたらしいもんね」

ハッパ？　ああ、そうだ。生まれて初めてマリファナを吸ったのだった。激しい頭痛と吐き気の中で、少し記憶が蘇《よみがえ》ってきた。

木原亘と「お多幸」でおでんを食べた後、「これからどうする？」と聞かれたので、直子は正直に「もっとお酒を飲みたい」と答えたのだ。

「どんなところで飲みたいの？」

木原は店を考えているのか、周囲を見渡している。

「どこでもいいです、新宿はあまり知らないから。でも、面白いところに行きたいな」

「面白いところって？」

「普通の飲み屋じゃないところ」

自分の金などほとんど持っていないのだから、図々しい頼みだった。だが、今夜は何かが麻痺《まひ》していたのだ。遠慮とか羞恥《しゅうち》とか怖《おそ》れとか。いつも直子を苦しめる、そんなものが。

直子は、大塚のSMバーでバイトしている若い母親のように、自分の大事な物だけをしっかり摑み、「あんたは甘い」と怒鳴って、他人を蹴散《けち》らしてしまいたかった。

それにはどうしたらいいんだろう。

自分を形作っているものをすべて、ぶっ壊せばいいのか。

壊す方法もわからない。そもそも大事な物って何。

「じゃ、ちょっと歩くけど、『パワーズ』なら面白いかも。ね、『パワーズ』でいい？」

もちろん直子は知らない店だ。適当に頷くと、木原は直子の了承を得たと思ったのか、気が変わるのを怖れるように、直子の手を取って歩きだした。木原の手は大きくてすべすべしていて、気持ちがよかった。

靖国通りを十分以上も歩き、着いたところは厚生年金会館の前だった。通りを隔てた向こう側に、「ＰＯＷＥＲＳ」の小さなネオンサインが光っている。

店の前で、数人の若い男たちがたむろしていた。皆、申し合わせたようにベルボトムジーンズに長髪髭面《ひげづら》で、タバコを吸いながら談笑している。

木原に付いて店に入った。ディープ・パープルが大音量でかかっている。一階はテーブル席で、薄暗い中、客のタバコの火があちこちで明滅していた。

「地下に行こう」

木原に背中を押されて階段を下りると、もっと暗くなって足元も見えなかった。フロアは一段高くなって、毛足の長い白い絨毯《じゅうたん》が敷き詰められていた。音楽も、ピンク・フロイドの『原子心母』だ。

靴を脱いで絨毯敷きのフロアに上がった。座席はそれぞれが小さなブースになっていて、隣の客同士は互いの姿を見ることができない。

木原が奥のブースを選んで胡座《あぐら》をかいた。白い小さなテーブルにはライトが置いてあって、辛うじてメニューが読める。

「何飲む？　俺、ウォッカをストレートで飲むけど」

木原はとことん飲むつもりらしい。

「じゃ、あたしも」と、直子は負けじと答えた。

ブラックライトに照らされて、木原の歯や白目が青白く光った。直子は、左手に嵌《は》めたオパールの指輪をブラックライトにかざした。青やオレンジの線が反射して美しい。思わず見とれていると、木原が直子の手を握って、耳許《みみもと》で囁《ささや》いた。

「直子。おまえ、可愛いから、声かけたんだよ」

本当か？　直子は木原の顔を見遣《みや》る。木原が酔眼で見返した。本当なわけはない。直子は笑った。

「あ、信用してないな。本当だよ」

しかし、音が大きくて会話など続けられない。直子はひたすら酒を飲んでタバコを吸った。やがて、隣のブースから、火の点いたタバコのような物が木原に手渡された。

「マリファナだよ。吸う？」

吸ったことはなかったが、躊躇《ちゅうちょ》なく頷いた。新堀が音楽関係の仲間とよく吸う、と言っていたので、どんなものか好奇心があった。

木原に小さくなった吸い差しを渡され、直子は力一杯吸った。

「肺に入れないで、吹かすんだよ」

木原に注意されて、言われた通りにする。やがて、何回目かに吸った時、急に気分がよくなって多幸感に襲われた。無闇《むやみ》に笑いたくなる。

「キスしよう」

木原に後ろから抱き竦《すく》められた。直子は顔を捻って、木原とディープキスをした。舌を絡《から》めていると、昂奮《こうふん》した木原にそのまま絨毯の上に横抱きに押し倒される。木原の大きな手がセーターの下に入り込んできて、胸を触る。髭が、頬に当たって痛かった。

この、よく知りもしない男と寝てしまおうか。

またしても、快楽ともいえない逃げ道を選んで走って、どん詰まりの袋小路で迷うのだろうか。

しかし、今夜の直子は、それでもいいや、と思うのだった。

「ホテルに行こう」

木原が掠れ声で囁いたので、「いいよ」と答えようとしたら、別の方向からマリファナが回ってきた。木原は直子への抱擁をやめて、小さな吸い差しを受け取った。ブースを隔てた壁から、長髪の男が顔だけ出して高々とVサインをする。

「ちょっと待ってて」

木原がどこかに消えたと思ったら、マリファナを数本手に入れて戻って来た。すると、どうして知ったのか、あちこちから男女が集まって来て車座になる。
七、八人とマリファナを回しのみする。順番が来ない時は、ウォッカをがぶ飲みした。やがて飲み過ぎて気が遠くなった直子は、いつの間にか、膝枕《ひざまくら》されて横たわっている自分に気が付いた。男が直子の髪を優しく撫《な》でている。見上げると、男は木原ではなく、まったく知らない顔だった。音楽に陶酔しているのか、目を閉じている。木原は、と見れば、その向こうで横向きに倒れて鼾《いびき》をかいていた。

手を洗って、濡らしたトイレットペイパーでセーターとスカートの汚れを少し落とすと、気分はよくなった。しかし、まだ、まともに立てないほど酔っている。

「席に戻らなきゃ」

ろれつの回らぬ口で言う。

「だけどさ。その服じゃ店の中は歩けないよ。臭いもん」

女に言われて、ああ、そうか、と直子はセーターとスカートを見遣った。ちょっと拭いたところで、嘔吐物の強烈な臭《にお》いは消えない。店の中どころか、このままでは電車にもタクシーにも乗れないだろう。セーターは捨てて、直にコートを着て帰るしかないと覚悟する。でも、汚れたスカートを穿いて電車に乗る勇気はなかった。

「右の一番奥の席にあたしの連れがいるんですけど、ここに呼んで来て貰えませんか？　木原さんて人なんだけど」

女に頼むと、首を傾《かし》げた。

「ああ、一番奥の人？　あの人もさっきまでぶっ倒れてたけど、帰ったみたいだよ。だって、もう閉店時間だもん」

「え、先に帰っちゃったんですか」

絶望的な気持ちになって、思わず叫んだ。女は気の毒そうに腕組みしている。

「あんたのこと、先に帰ったと思ったんじゃない。あっちも気絶してたみたいだから。まさかトイレで寝ているなんて思ってもいなかったんじゃないかな」

「だって、あたしのコートもバッグも置きっ放しなのに」

冷たい、という言葉が出そうになったが、「ＤＵＧ」の金も夕食代も、ここの払いもすべて払って貰った上に、マリファナまで吸わせて貰ったのだ。

「じゃあ、悪いけど、あたしのコートとバッグを持って来て貰ってもいいですか？」

「あったらいいけどね。ちょっと待ってて」

女がトイレのドアを開けて出て行った。腕時計を見ると、午前四時。六時間もこの店にいたことになる。そのうち、半分以上はトイレで倒れていたのだろう。

始発に乗れば何とか帰れるのに、こんなにも服を汚してしまうなんて。直子は泥酔した自分の顔を鏡に映して見ながら、あまりの惨めさに笑いたくなっている。

やがて女が直子のバッグとコートを持って戻って来た。

「これがそう？　よかったね、残ってたよ」

「そうです、すみません」

ほっとしてバッグの中を見た。財布も定期券もある。なくなった物はなさそうだ。

「それからこのハイライト、あんたの？」

木原が忘れていったらしいので、有難くバッグに仕舞った。

「助かりました」

女に礼を言ったものの、これからどうしたらいいかわからない。歩けないほど酔っているから、どこかで時間を潰《つぶ》して帰らなきゃならない。公園で寝ていようか。しかし、公園がどこにあるかもわからない。思わず嘆息すると、女が言った。

「あのさ、あたしの家って近いから、服を貸してあげようか」

「いいんですか？」

飛び付く思いだった。

「いいよ。何もあげようと言ってるんじゃないからさ。後で返してくれればいいよ」

「助かります。お礼をしたいけど、何も持ってないんです。お金もこれしかないし」

辛うじて五百円ほど残った小銭を見せた。

「電車賃になるから持ってなよ」女が笑った後、バッグを指差した。「だったら、さっきのハイライトちょうだいよ。タバコ切れたの」

箱ごと差し出した。ついでに左手の指輪を外して渡した。

「これ、よかったら貰ってください」

「いいの、オパールじゃん。高くないの？」

「知らない。でも、いいです。このくらいしかお礼できないから」

「ありがとう」

女が嬉しそうに左手に嵌めた。

「あたしはアキっていうんだ」

夜明け前の街を歩きながら、アキが直子の方を振り返った。

更紗のインド服の上に、肩口から白い毛皮がピョンピョンと飛び出た、刺繡入りアフガンベストを羽織っている。そして、黒いニット帽。ベルボトムの長過ぎる裾が、アスファルトの上をシュッシュッと擦り続けている。

直子は、酔っている上にアキが早足なので、付いていくだけで息が切れた。

「あたしはナオコ。学生です」

やっとの思いで言った。

「学生さんなのに、吐くまで飲まされて置き去りにされるなんて可哀相《かわいそう》」

アキが気の毒そうに肩を竦めて、顰《しか》め面《つら》した。なるほど。木原は真剣に探そうともしないで帰ってしまったのだから、置き去りには違いなかった。

いや、もしかすると、直子がトイレで吐いていることを知って、面倒になって置いて行ったのかもしれない。

行きずりなんて、そんなもんだよな。

直子は苦笑しながら、バッグの中から木原の名刺を出して、裂いて捨てた。夜明けの道路に、白い紙切れが散らばった。

アキは大久保の職安裏にあるラブホテル街を抜け、小さなアパート群を縫って歩いた。やがて、古い二階建てアパートの前で立ち止まり、外階段を指差した。

「ここの上なの。階段響くから、静かに上がってね。あたしが見本を見せてあげる」

アキに倣《なら》って足音を忍ばせて上がって行くと、二階の端っこの部屋のドアを大きく開けて、アキが待っていた。

「ここだよ。寒いから可哀相だけど、そこでセーターとスカート脱ぎなよ。部屋が臭くなるから」

玄関のドアを開けると、すぐに三畳ほどの台所があって、奥は六畳の和室だ。直子は言われた通り、狭い三和土《たたき》に立ったまま、セーターとスカートを脱いだ。タイツも汚れているので脱ぐ。

スリップ姿のままだと寒いので、上からコートを羽織った。アキがいい具合によれたジーンズと、男物の紺色のパーカーを持って来た。

「これ、着てなさいよ」

礼を言って、遠慮なく着た。体型が同じなのか、ジーンズはぴったりだった。

「ああ、よかった。あんた、臭くてまいったよ」

「すみませんでした」

思わず小さくなる。すると、アキがビニール袋を投げて寄越した。

「これに服を入れて外に出しておいてくれる？」

直子は素直に、汚れた服をビニール袋に入れて、アパートの廊下に出した。隣の部屋の戸口には、店屋物の丼《どんぶり》が出ている。

「こっちにおいでよ」

アキが奥の和室に請《しょう》じ入れてくれた。壁の一面は、棚にぎっしりとレコードが納まっていて、両隅にはパイオニアの大きなスピーカーがあった。反対側には小さなベッドが置いてある。

「すごいレコード。これみんなジャズなんですね？」

レコードの背文字を見ながら言うと、アキが驚いた顔をした。

「あんた詳しいの？」

「いや、そうでもないです。ただ、吉祥寺のジャズ喫茶でバイトしてたことがあるんです」

「へえ、どこ？」と興味を感じたらしく、身を乗り出した。

「『ＣＨＥＴ』という店です」

「行ったことないけど、名前は知ってる」タバコに火を点けながら言う。「あたし、一応ジャズシンガーなんだよ。あまり売れてないけど、ライブハウスには出てる。この間、ナベサダの妹と共演したんだよ」

「すごい。どうりで、いい声だと思いました」

「声だけじゃダメなんだよ」アキがまんざらでもない様子で笑う。「でも、ナオコがジャズ喫茶でバイトしてたんなら、何か縁があるのかもしれないね。ところで、少し寝ない？　毛布貸してあげるからさ、畳の上で寝て。あんた、具合悪いんでしょう？　どうせ一人じゃ帰れないだろうから、ここで休んでいきなよ」

枕代わりの座布団《ざぶとん》を投げられて、直子はほっとした。アキが分厚い緑のカーテンを引いてさっさとベッドに入ったので、自分も横になって毛布にくるまった。その途端、気絶するように深い眠りがやってきた。


今度は、激しい喉の渇きで目が覚めた。天井を見上げて、ここはどこか、と一瞬考え込む。ベッドから軽い鼾混じりの寝息が聞こえてきた。そうだ、アキの部屋だ。と、得心する。時刻は午後三時。

起き上がってそっと引き戸を開け、台所でコップを探して水道水を飲んだ。まるで乾いた砂に水を撒《ま》いているかのように、飲んでも飲んでも渇きが治まらない。

ようやく人心地付いたが、経験したことのない疲労感があって床にへたり込む。タバコの吸い過ぎか、喉がいがらっぽかった。それに、髪にも嘔吐物が付いていたらしく、異臭が消えない。にも拘《かか》わらず空腹を感じるのはどうしてだろう。夕食のおでんなど、すべて吐いてしまったせいらしい。まいったな、とへこんでしまった腹を撫でる。

「もう起きたの？」

水音で起こしてしまったらしく、アキが現れた。目を隈取っていたアイラインや黒いシャドウが流れて、狸《たぬき》のようだ。

「お風呂《ふろ》入っていきなよ。あんた、まだちょっと臭うよ」

「すみません、髪の毛にも付いていたみたいなんです」

「あたし、七時から仕事あるから先に入るよ。その後、入って」

アキが玄関横の小さなガス風呂に水を張っている。水が溜《た》まる間、木原のハイライトを分け合って一服した。

「あたし、家にも帰らないで何してるんだろう」

独りごとが、アキに聞こえたらしい。

「ナオコの家はどこ？　吉祥寺？」

「いや、西荻です。うちは酒屋なんです」

「心配してるかもよ。電話しておいたらどう？」

「後でします」

「ま、好きにしなよ」と、肩を叩《たた》かれる。「あたしの知ったこっちゃないし」

そうは言うけれど、アキは親切だ。大学の男友達やクラスメートたちを思い出して、二度と学校生活に戻りたくないと思う。このまま帰らずに暮らしていけたら面白いだろう。

　アキが風呂に入っている間に、来客があった。ヘッドフォンでレコードを聞いていた直子がようやく気配に気付いた時は、勝手に玄関ドアを開けて中に入って来ていた。

　驚いてヘッドフォンを外すと、男もびっくりした様子で立ち竦んでいる。薄汚いジーンズにコンバットジャケット。長髪を後ろで結わえて、黒縁の眼鏡を掛けている。瘦身《そうしん》で眼鏡の奥の目が鋭い。何者か、と身構えると、案外優しい声で聞いた。

「脅かしてすみません。鍵《かぎ》が開いているんで、その辺にいるのかと思って。アキさんはどこ？」

「お風呂に入ってます」

　男にも湯音が聞こえたのか、ああ、と軽く頷《うなず》くと、浴室の前に行き、ドアを叩いた。

「アキさん、俺だけどまた来る」

踵《きびす》を返したので出て行ったのかと思ったら、ビニール袋を手に提げて戻って来た。

「これ、外に置いてあったけどいいんですか？」

直子の反吐《へど》まみれの服だった。

5

アキの伴奏をするピアノトリオが、先に演奏を始めた。秀島《ひでじま》浩介トリオというらしい。ピアノを弾いているのが秀島で、髭面、四十絡みの洒落《しゃれ》た男だ。

何だっけ、この曲。

曲名を思い出せないまま、直子はぼんやりとステージ横の暗がりに立っていた。

客が目を閉じ、体を揺らし、気持ちよさそうに聞き入っている。今日の入りはとてもいい、とライブハウスの店員に聞いたばかりだ。

確かに七、八十人は優に入れる席がほぼ埋まっている。客の熱気が感じられて、演奏者たちも張り切っているようだ。

「アキさんが人気あるからですよ」

店員が、嬉しそうに直子に囁いた。直子は、アキと一緒に楽屋口から入ったので、関係者だと思われているらしい。

「ちょっといいですか」

後ろにいた若い男に話しかけられた。直子は振り向いて、あっと声が出る。

夕方、アキが風呂に入っている時に来て、嘔吐物にまみれた直子の服を、外廊下からわざわざ持って来てくれた男だった。

ビニール袋を見て直子が慌《あわ》てると、男は訳ありと悟ったらしく、すぐに出て行ってしまったのだ。

「さっきは失礼しました」

直子がそのことを謝ると、「いやいや」と、気にしていない風に手を振る。

「アキさんの歌の順番なんですが、最初は『ミスティ』からだと聞いていますが、それでいいですか？」

「わからないので、聞いてきます」

「すみませんが、お願いします。曲名はだいたい聞いているんですけど、最初だけちゃんと知りたいそうなんで」

男も、直子を付き人か何かだと思っているのだろう。

コンバットジャケットを脱いで、長袖《ながそで》のTシャツ姿なので気付かなかった。紺色のTシャツはさんざん洗って、いい具合に色が抜けていた。その緩んだ首元からは銀のネックチェーンが覗《のぞ》いている。

「それだけ聞いてくればいいんですか？」

もう、演奏は始まっているのに暢気《のんき》なものだ。

「はい、さっきアキさんのうちにそれを聞きに行ったら、お風呂に入ってたんで」

「ああ、それで」

打ち合わせのためにアキの部屋に寄ったのに、しつこく聞きもせず、この時間になるまで待っていてくれたのだろうか。

「あの、俺、秀島さんとこのボーヤやってます、深田です」

男がぺこりと頭を下げた。

「ボーヤって何ですか」

深田が苦笑いして、演奏中のトリオを振り返った。

「もろもろの手伝いです」

ちょうどピアノソロが終わって、ベースソロに入ったところだった。直子が踵を返そうとすると、深田の手が直子の肩を押さえた。

「そんな急がなくていいです、あと二曲ありますから。この曲が終わるまで聞いてやってください。俺の好きな曲なんで」

「何て曲ですか？」

「『言い出しかねて』」

深田がバンドの方を向いたまま答えた。直子と深田は並んで、演奏が終わるまで無言で聞いていた。


西新宿にあるライブハウスは、新しいだけあって楽屋は立派だ。アキの楽屋には、大きな姿見やソファまで設《しつら》えてある。

黒いドレスに着替えたアキが、ソファに座ってタバコを吹かしていた。髪にはまだカーラーが巻いてある。じきに出番なのに、こちらも暢気に構えている。

「アキさん、深田さんが最初の曲は『ミスティ』でいいですかって」

「深田？」と、頓狂《とんきょう》な声をあげて首を傾げる。「それ、誰」

「秀島さんのところのボーヤとか言ってました」

「ああ、ケンちゃんか。深田健一郎っていうんだよね。だから、ケンちゃん。深田なんて言うから、誰かと思ったよ。ケンちゃんはドラマーなの。すごく優秀だから、今に芽が出るよ」

一気に喋ってから、直子に向かって左手を挙げた。薬指に直子があげたオパールの指輪が光っている。

「これ、みんなに褒められちゃった。すごいね、宝石じゃんって。婚約でもしたのって」

直子は思わず笑った。

「それ、母親に貰《もら》ったんです。そんなにたいした物じゃないと思います」

「お母さんのなら大事な物じゃん。貰えないよ」

指から外そうとするので押し留めた。

「いいんです。本当に助かったから。服も借りっ放しだし、どうぞ貰ってください」

アキに借りたジーンズと色褪《いろあ》せたパーカーを、そのまま着てライブハウスに付いて来た。家に戻ろうと思えば戻れたのに、アキと一緒にいたかったのだ。

汚れた服を洗ってはみたが、臭いが抜けないので捨ててしまった。アキに服を借りなかったら、家から助けでも呼ばない限り、歩いて帰宅するしか方策がなかっただろう。家族だとて、店を放って迎えに来るほど暇な人間はいない。

「いいよ、そんな古い服あげるよ。こういうのってエビタイっていうんじゃないの。

海老《えび》で鯛《たい》を釣るって。儲《もう》かったね、嬉《うれ》しいなあ。素敵な指輪貰っちゃって。今日はついてる感じがするんだ。ライブもうまくいくんじゃないかしら」

アキが大きな口を開けて笑う。昂奮気味だ。素早くタバコを潰してから、意外に慎重な手付きで、カーラーを外し始めた。

直子はカーラーを受け取って、アキの化粧ボックスの中に仕舞うのを手伝った。クルクルの巻髪を、アキがブラシで丁寧に内巻きにしていく。

「ナオコ、お客さん、入ってた？」

「入ってるなんてものじゃないです。満席ですよ。アキさんが人気あるからだって、お店の人が言ってました」

アキがパチッと指を鳴らした。

「じゃ、最初の曲は、『アイ・フォール・イン・ラブ・トゥー・イーズリー』にするって言っておいてくれない？」

「アイ・フォール・イン・ラブ・トゥー・イーズリー？」

拙《つたな》く繰り返すと、アキが笑いながら言った。

「我、間違いなく恋に落ち、だよ。意訳だけど」

「わかりました。深田さんに伝えてきます」

「ケンちゃんには、アニタ・オデイ風と言っておいて」

「はい、わかりました」

楽屋を出て、舞台袖にいる深田の真後ろに立った。深田は両腕を揺らして拍子を取っている。ドラマーと聞けば、頷ける体の動きだ。気配で振り向いた深田に、伝言を告げる。

「最初は、アニタ・オデイ風の『アイ・フォール・イン・ラブ・トゥー・イーズリー』だそうです」

「わかりました。アキさんにぴったりだ」

嬉しそうに深田が言い、ポケットから紙片を出して書き留めた。

「急に言われて、できるものなんですか？」

深田は大きな手で顎《あご》を触る。

「何度もやってるし、この曲はリストに入っていたから大丈夫でしょう。でも、アキさんは気まぐれで、間際《まぎわ》になって突然変えたりするんで、みんな不安がってるんですよ。やっぱ、ばしっと始まらないとカッコ悪いですから」

深田が演奏の合間に、秀島のピアノの上にそっとメモを置く。秀島が頷いて、仲間に何か言った。

トリオの演奏が終わり、アキが物憂い表情で現れた。にこりともしないのは、演出なのだろう。ぴったりした黒のドレスに網タイツ。真っ赤な口紅。

マイクの前に立つと、拍子を取ったか取らないか判然としないうちに、いきなり歌い始めた。演奏もぴたっと合っている。直子は、ほっとして深田の顔を見上げた。

「すごい、プロですね」

「うん。この曲、アキさんに合ってます。声の質とか声域とかにぴったりだし、雰囲気もアニタっぽいし。俺、好きだなあ」

二曲目は「サマータイム」。三曲目の「ミスティ」を歌い終えた後、アキがバンドのメンバーを紹介し始めた。笑わないけれど機嫌がよさそうで、客もほっとしたように飲み物を口に運んでいる。

「あの、アキさんのご親戚《しんせき》の方ですか？」

深田が急に改まった様子で聞いてきた。

「いえ、何て言ったらいいのかな」経緯を喋《しゃべ》るのはさすがに照れて、言葉を濁す。

「ゆうべ『パワーズ』で初めて会ったんです。私が酔って服を汚してしまったので、アキさんが親切に泊めてくれたんです。それが始まり」

「何だ、そうか」深田が笑った。「最初はお弟子さんかなと思ったけど、その割には、こういうことに詳しくないみたいだし、いったいどんな関係だろうと不思議だったんです。秀島さんたちも、あまり似てないけど、アキさんの妹さんじゃないか、なんて噂《うわさ》してましたよ」

まったく知らない場所で、初めて会った人間たちに何者か、と訝《いぶか》しがられている。ただそれだけでしかない自分を生きるのは気持ちよかった。

直子は、生まれて初めて自由になった気がした。このまま、ここで何者でもなく生きていけたら、と思う。

深田が知りたがっているような気がしたので、自己紹介する。

「私、三浦直子です」

「何してるの？」

「何もしてない」

学生とも答えたくなかった。もう家には戻るまい、と決心する。

深田にまた何か聞かれたらどう答えようか、と身構えたものの、深田は関心を失ったかのようにステージを注視していた。その態度も、直子の気を楽にさせる。

アキが冗談を言って客を笑わせた後、「朝日のようにさわやかに」を歌い始めた。トリオも気持ちよさそうに伴奏している。

何気なく客席に目を遣った直子は、よく知った顔を見付けて驚いた。一番後ろの席に、宮脇泉が座っていた。どうやら男と二人連れで来ているらしく、時折、仲良さそうに囁き合ったり、ビールを注《つ》いで貰ったりしている。だが、男のいる場所が影になっていて、顔はよく見えなかった。

アンコール曲が終わる寸前、深田は何も言わずにステージの裏に向かって行った。楽器の片付けをしなければならないのだろう。

直子も、泉が帰る前に捕まえたいと焦《あせ》って店の中を移動した。久しぶりに会えた嬉しさもあるが、金を借りたかった。五百円ほど残っていた金は、菓子パンとタバコ代に消えてしまったのだ。

アキのライブが無事に終わり、客が一斉に立ち上がった。泉の隣にいた男は、トイレにでも行ったのか姿が見えない。一人残った泉はタバコに火を点《つ》けて、煙を吐きながら、辺りを見回している。

「泉」

「うわっ、直子じゃん。どうしたの」

泉が驚いた顔で叫んだ。

黒のミニスカートにセーターと同じ紫色のタイツ。そして、茶の編み上げブーツ。

目元を黒く隈取る化粧をしているので、普段より大人びて見えた。

「あたしも驚いた。よかった、会えて。久しぶりだね」

泉はまだ驚きが治まらないという風に胸を押さえたまま、直子の腕を強い力で摑《つか》んだ。

「こんなところで会うとは思ってなかった。びっくりしたよ、ほんとに。直子もキザキアキのファンなの？　そんなことひと言も言ってなかったじゃん」

「アキさんとはゆうべ『パワーズ』で知り合ってね。それで連れて来て貰ったの」

泉が信じられないという風に、今度は頭を両手で押さえた。

「直子が一人で『パワーズ』に行ったの？　何かすごいね」

直子は照れ臭くて苦笑した。

「その話は今度するよ。あたし、恥ずかしいこと、たくさんしちゃったんだ」

「いいね、直子が恥ずかしいことするなんて素敵。今度じっくり聞くからね」泉が意味深に笑った。「ね、あたし、直子にキザキアキの大ファンだって言ったことなかったっけ？」

「それは知らなかった」

「そうなんだよ。だから、いつもライブ見に来るの。あの人、いい声してるよね」

泉が憧《あこが》れるように、ステージの方を見た。演奏の終わったステージでは、ちょうど深田がドラムセットを片付けているところだった。

深田と目が合う。深田は、興味深そうに泉を見ている。いや、泉と話す自分を見ているのだ、と直子にはわかる。

「今度、キザキアキに紹介してほしいな」

「いいよ、大丈夫だと思う」

泉の連れの男がトイレから戻って来たが、直子がいるので、遠慮しているのか近寄って来ない。

「あれ、マスターじゃない」

直子は、男の横顔を見て思わず叫んでしまった。泉と一緒にアキのライブを見に来ていたのは、「CHET」のオーナー、桑原だった。

今日は茶系のジャケットに灰色の太いスラックス。先の尖《とが》った茶の革靴。相変わらず中年男臭い格好をしている。

だが、桑原に向けた泉の目に浮かんだ喜色と羞《は》じらいを認めて、直子は言葉を飲む。

「そう、桑原さんなのよ」

「泉、桑原さんと付き合ってるの？」

泉は歯切れ悪く言い訳する。

「いや、付き合ってるわけじゃないよ。でも、時々、一緒にライブとかに行ったりするの」

「でも、ステージのところから見てたら、あんたたち、すごく仲良さそうだったよ」

泉がずっと隠していたことが不快というより切なくて、思わず意地悪を言ってしまった。

「ごめん。直子には言いにくかったの。だって、あなた、桑原さんのこと、嫌いだって言ってたでしょう？」

「うん、嫌い」と、はっきり言う。

桑原は二人に近寄ろうとせず、入り口に置いてあるビラなどを眺めている。といって、店を出て外で待つわけでもなく、直子に挨拶《あいさつ》したらいいものかどうか迷っている風でもある。

「だから、言えなかったんだ。ごめん」

「いいけどさ。いつから付き合ってるの？」

「直子がバイトを始めた時くらいからかな」

「それで高橋隆雄を邪険にして、曽根をふったんだ」

「やめてよ、そういう言い方するの」

さすがにむっとした顔をする。

「ごめん」直子は素直に謝った。「あたしたち小学生じゃないんだからさ、仲がいいからって何でも喋ってほしいとかは思わないよ。でも、ちょっとショックだった。だって、泉だって、前に桑原さんの悪口言ってたじゃない」

「そうだったね」ときまり悪そうに言う。

「それに、あの人、奥さんも子供もいるんでしょう」

『人間、死んだら終わりだよ』

飲み屋で言い捨てた桑原の表情を思い出す。

直子は高橋隆雄の自殺に衝撃を受けていて、思わず泣いたのだった。その時、桑原から『面倒臭い』と言われ、半ば喧嘩《けんか》同然でバイトを辞めたのではなかったか。

泉が桑原と付き合っていたのなら、泉の昔の恋人の死を知った桑原の不機嫌も、今となっては頷ける。しかし、裏切られたような気がして、まだ許せない。

「そうだよ。だから、遊びだよ、遊び。直子になんか言われなくたってわかってるよ、そんなの」

泉は挑戦的に顎を上げて言う。

「なら、よかった。あんなオヤジと付き合うなんてカッコ悪いよ」

　直子も目を背けて吐き捨てた。

「そこまで言わなくていいんじゃないの」気の強い泉が、泣き顔になって繰り返した。

「直子に言わなかったのは悪かったよ。でも、そこまで言わなくてもいいんじゃない」

「そうだね、ごめん」

　直子は謝ってから、固い横顔を見せている桑原の方を窺《うかが》った。だが、桑原は暗い表情で俯《うつむ》いたまま、こちらを見ようとはしない。

「直子に、キザキアキさんを紹介してほしかったけど、また来るね。じゃあね」

　泉が手を振って、桑原が待つ出口に向かおうとした。直子は泉の着ている紫色のセーターの裾《すそ》を摑んだ。

「待って、お願いがあるの。泉、お金貸してくれないかな」

　ひと息に言うと、泉が優しく笑った。

「いいよ。何だ、珍しいね。いくらくらい貸せばいい？」

「なるべく多く。ごめんね、あたしお金、全然ないの。うちに帰る電車賃もないの。てか、うちにはもう帰らないつもりなんだ」

　泉が一瞬、思慮深そうな表情をして、直子の顔を見た。右手で直子の頰に触る。

「帰って来ないんだ、何で」

「わからない。もう帰りたくない。この辺で暮らしたいの」

「誰かと暮らすの？」

直子は肩を竦めた。

「いや、誰もいないけど」

そう言った後、急に寂しくなった。

「ちょっと待ってて。だったら、桑原さんに借りる。それでもいいでしょう？」

止める間もなく、泉は桑原に駆け寄った。そして、桑原の財布を一緒に覗き込んで、紙幣を一枚持って戻って来た。

「一万でいい？」

多過ぎる、と断ろうとしたが、この後、食事してどこかに泊まらねばならない。だったら、一万は必要だった。家に服や身の回りの物を取りに戻るのは明日以降でいい。

「ありがとう。必ず返すって、桑原さんに言って」

桑原はすぐ聞こえるような距離にいるのに、直子は大声で言った。振り返ると、ステージの上は空っぽで、ドラムセットもウッドベースもなく、深田の姿は消えていた。

楽屋に戻ると、アキは着替えを終えていた。衣装をソファの上で畳もうとして手を止めている。「手伝います」と言うと、「じゃ、これやってくれる？」と弾んだ声で頼まれた。

直子が衣装を畳んでいる間、アキはステージ用の化粧を落としながら、まだ昂奮が続いているらしく、一人で喋っている。

「今日は何だか調子がよかったわ。やっぱりオパールパワーだと思うんだ。ね、あたし、今日、よかったでしょう？」

「素晴らしかったです。私の友達が来ていて、ばったり会いました。アキさんのファンだって、私のこと、羨《うらや》ましがってました」

「えっ、じゃ、呼んであげればよかったのに」と、アキ。

「今度、言っておきます」

「そうして。これからさ、秀島ちゃんたちと打ち上げするけど、ナオコも来るでしょう？」

アキたちとまだ一緒にいたくて、「はい、行きます」と、同じように弾んだ声で答えた。

付き人よろしく、アキのステージ衣装やら化粧ボックスやらを抱えて楽屋から出た。

アキがバッグから鍵を出して言う。

「ナオコ、悪いけどさ。あんた、この荷物、あたしのアパートに置いて来てくれないかな。タクシーに乗っていいよ。これがあると、何だか心配で飲みに行けないのよ。今日は鯨飲《げいいん》の日だからさ」

「わかりました。置いて来ます」

「アパートの場所わかるよね？」

「はい、わかります」

　アキが千円札を一枚渡してくれた。

「じゃ、これタクシー代。その後、コマ劇場の裏にある『青葉』に来てね。そこで打ち上げやるっていうから、先に行って待ってる」

　コマ劇場裏の青葉。必死に覚えて、楽屋口から外に出た。タクシーを摑まえるために青梅《おうめ》街道に出ようとすると、黒いバンが目の前で停まった。

　助手席の側の窓が開いて、深田が運転席から身を乗り出した。後ろで結った髪が少しほつれていた。

「乗ったら。送ってやるから」

「何だ、とっくに帰ったかと思ってた」

嬉しくて、ついぶっきらぼうになる。

「これから俺は楽器を運ぶんだ。ナオコさんはアキさんの荷物を置きに行くんでしょ。だったら、先に置きに行こう」

「ありがとう」

大久保のアキの部屋に、衣装や化粧ボックスを置いた後、直子は鉄の階段を駆け下りた。激しい音がしたが構わない。早く早く。気が急《せ》いて仕方がない。どうしてだろう。

「置いて来た」

息せき切って、バンの助手席のドアを大きく開けた。深田と目が合って、思わず笑う。

「あのさ、アキさんの鍵を先に返して来た方がいいよ。アキさん、きっとその鍵しかないんだよ。あの人、酔うとわからなくなるから、入れなくなると困る」

「コマ劇場裏の『青葉』で打ち上げするんで、そこに行くことになっているのよ」

「じゃ、そこまで行くから、先に返しておいで」

「どうして。あなたは打ち上げ行かないの？」

「俺は行かない。これから、ドラムとベースを運んだら、『青葉』には行かないで自分の部屋に帰る」

　直子はがっかりした。

「じゃ、途中で降ろしてくれる？」

「いや、鍵を返して来いよ」

　どうしたらいいのだろう。深田の本心がわからず迷っていると、バンを発進させながら深田が言った。

「俺の部屋に来いよ」黙っていると、深田が鋭い眼差しで直子の方を見た。「嫌なの？」

「嫌じゃない。行くところができて嬉しい」

「本当に行く場所がないんだね？」

　深田が苦笑する。

「うん、迷ってしまったみたいなの」

「家はどこ」

「忘れちゃった」と呟《つぶや》きながら、こんな自分を見たら両親や祖母は嘆き悲しむだろうと想像して、涙がこぼれそうになった。

「それより、楽器はどこに届けるの？」

「練馬の大泉学園だよ。ドラムの大橋さんのスタジオに、ドラムとベースを置いてくる」

「この車はあなたの？」

「まさか。大橋さんに借りてるんだ。明日返す」

「ボーヤってそういうこともするのね？」

「そういうのが仕事だよ」

青梅街道を走りながら、服を何とかしなくちゃならないなあ、いや、その前に下着だ、と考えている。

第四章　一九七二年十二月

1

腕枕《うでまくら》がそっと外されたのを感じて目が覚めた。その腕が伸びて、床に落ちた枕を拾い上げ、直子の頭の下に優しく差し込んでくれる。同時に、掛け布団《ぶとん》の中の暖かな空気が逃げていった。

枕に詰まったパンヤの、ふわふわと沈む感触よりも、深田の筋肉質の腕の方がずっと気持ちがいいのに。直子は残念な気持ちで、半身を起こした深田を見上げる。

「もう起きるの？」

「今日から地方だから」

ああ、そうだった。直子は悲しくなって目を閉じた。

深田は、今日から一週間、東北と北関東の都市を回る巡業に出るのだ。運転したり、楽器を運んだり、セッティングしたり。さぞかし、秀島浩介トリオにこき使われるのだろう。

「一週間も会えなくなるの、寂しい」

「俺だって寂しいよ」

深田が身を捩《よじ》り、直子に覆《おお》い被《かぶ》さってキスした。眼鏡を掛けていない深田は、会ったことのない男のようで心が浮き立つ。

「行く前にセックスしようよ」

直子は深田の逞《たくま》しい肩に両腕でぶら下がった。二人とも裸で寝ているので、すぐに抱き合える。たちまち、深田の性器が固くなる。

「ダメだよ、時間がないもの」

「ちょっと入れるだけ」

こんな露骨な会話をしている自分にびっくりする。でも、好きな男になら、何でも言えるし、何を言われても平気だった。私は抱かれているのではなく、好きな男を抱いているのだ、と大声で叫びたい気持ちだ。

「今入れたら、出ちゃうかもしれない」

「いいよ、出して」

何ということを口走っているのだろうか。妊娠したら、どうするのだ。あまりにも深田が好きで、頭がおかしくなっている。

「あ、もう濡《ぬ》れてる」

深田の指が入って来た。一本、二本。

――指じゃ嫌だ、物足りない。あなたが欲しい。

そう叫んでいる自分は、すでに気が狂っているのかもしれない。きっとそうだ。初めて会ったのに、まるで生まれた時から知っていたかのように、懐《なつ》かしいのはどうしてだろう。細胞のすべてが相似形に違いない、という確信はどこからくるのだろう。異性なのに、もう一人の自分を見ているような気がするのはなぜだろう。

女と男。片や東京で生まれ育った酒屋の娘と、片や島根の公務員の次男。深田は十八歳の時に東京の大学に入学して、すぐに中退。ジャズ喫茶でバイトしながら、専門学校でドラムを習ったのだそうだ。今は二十五歳。会うはずもなかった二人が、偶然出会って、突然何もかもが変わった。

結局、直子と深田は、時間をかけて交わった。深田は直子の横に仰向けに倒れて、荒い息を吐いている。直子は深田の胸に頭を乗せて、その激しい鼓動を聞いた。こんなに人を好きだと思ったことは一度もない。

「あたし、初めて男を好きになった気がする」

深田は沈黙している。それが気になる。二十五歳の男が、これまで一人の女も好きにならなかったはずはないのだから。でも、深田が付き合った女のことを考えると、憂鬱《ゆううつ》になるから、何も考えない。

「俺も、直子ほど好きになった女はいないよ」

初めて男を好きになった直子と、直子ほど好きになった女はいない、という深田は、同等だろうか。いや、微妙に違う。今考えるのはやめよう、と頭を振る。

深田が機敏な動作でベッドから起き上がった。素早くトランクスを穿《は》いて、ガスストーブを点《つ》けた。直子はこの瞬間が好きだった。一瞬、部屋がガス臭くなって、冷え切った部屋が次第に暖かくなっていく。急に弛緩《しかん》していくようだ。

深田が、アパートのドアに差し込まれた朝刊を取りに行くついでに、食器棚に置いてあるラジオのスイッチを入れる。ＦＥＮ。いきなり流れてきたのは、アメリカの「名前のない馬」だ。

「今日はついてるな」

深田の独り言が聞こえた。最初に流れる曲が、今の気分にぴったりならば今日はついてる、ということらしい。

壁際《かべぎわ》に押し付けられたパイオニアのふたつのスピーカーの間には、レコード棚がある。五百枚ほどのアルバムは、ジャズだけでなく、ブラインド・フェイスや、ジェスロ・タル、ローリング・ストーンズなど、ロックのレコードも多くある。

「コーヒー飲む？」

「うん、飲む」

直子は、深田がベッドに放って寄越した朝刊を眺めた。

「米、北爆再開」と大きな見出しが躍っている。B52爆撃機が、群れを成して飛んでいる写真が使われていた。

直子は、ドリップコーヒーの準備をしている深田に言った。

「北爆が再開されたんだって」

「知ってる」と深田。

「『ハノイやハイフォン港には、B52爆撃機が夜間絨毯《じゅうたん》爆撃をしている』ってさ。夜間の絨毯爆撃って怖いね」

吉祥寺のジャズ喫茶には、横田基地の米兵が時折現れる。彼らから、震えや戦《おのの》きが伝わってくることも、ままあった。けれど、今の直子に吉祥寺は遥《はる》か遠い街だ。

学芸大学駅近くにある深田の狭い部屋に閉じ籠《こ》もって以来、直子はほとんど外出していない。出るのは、ライブハウスに行く時と、二人で食事に行く時くらいだ。何も見なくても、聞かなくてもよかった。要するに、外の世界などどうでもいいのだった。この世に、二人しか存在していないかのような、密度の濃い闇《やみ》の中にいるのだから。以前なら、気になって仕方がなかったベトナム情勢も、遠い星の出来事に思えた。

「俺がいない間、直子はどうしてるの？」

深田がベッドの脇《わき》に来て、直子の顎《あご》を摑《つか》んで上を向かせ、目を覗《のぞ》き込んだ。

「どうしようか」

直子は、眼鏡の奥にある深田の目を見返した。三週間ずっと、ほとんど一緒に過ごしていたから、離ればなれになるのが想像できない。

「他の男と遊んだりするなよ」

深田は直子の顎を放し、小さな台所に立つ。

「まさか、ケンちゃんの方が心配だよ」

直子は、枕元にあるタバコを取って火を点けた。布団を胸まで引き上げて隠し、灰皿を引き寄せる。タバコを吸いながら、コーヒーを注意深くドリップしてガラスのポットに落としている深田の横顔を見詰める。

「ねえ、ツアーに付いて行っちゃダメ？」

「ダメだ。女禁制なんだよ」

「何で禁制なの？」

「仕事だから」深田が苦笑する。

「仕事だっていいじゃない。アメリカ人とか、みんな奥さん連れで、ツアーするって聞いた」

「そうとは限らないよ。日本に来たプレーヤーは、みんなジャーマネ付いていたけど、一人だったぜ」

「例えば誰？」

「アート・ブレイキーとかさ」

深田は他にも数人の名を挙げたが、直子は早くも興味を失って天井の節穴辺りを眺めている。一週間もの長い間、どう過ごしたらいいのかわからない。急に深田に放り出されたみたいで不安だった。

「じゃ、実家に戻って、親と話してくるよ。それで服とか取って来る」

下着や靴下を数点買っただけで、深田と部屋にいる時はほとんど裸で過ごしていた。

石鹸《せっけん》で顔を洗い、膚《はだ》には何も付けない。外出する場合は、アキに貰《もら》った服か、深田の大きなジーンズやセーターを借りて出掛けた。

口紅とミニスカートのことを、リブの女に非難されたのが懐かしいほど、何も持っていないし、装《よそお》っていない。自分の持ち物は、自分の体だけ。だから、深田とのセックスにのめり込んでいるのかもしれない。

直子はトランクスとTシャツだけの深田の背中を眺めた。筋肉が盛り上がって美しかった。ドラマーの体は、贅肉《ぜいにく》がなくてボクサーみたいだ。

「そうしなよ。それがいいよ」

深田が直子にコーヒーマグを渡してくれる。火傷《やけど》しそうな熱いマグを両手で受け取り、念のために訊《たず》ねる。

「あたし、一緒に住んでもいい?」

もし、嫌な顔をされたり、拒絶されたら、その場で死んでしまうほど、ショックを受けることだろう。それほどまでに、深田が好きになっている。直子が深田の部屋に転がり込んで、まだ三週間しか経《た》っていないのに。

西荻の実家には、二度ほど電話をした。警察に捜索願いを出されたりすると面倒だから、連絡だけはした方がいい、という深田の忠告に従ったからだ。

電話に出たのは、母親だった。家にある番号の方に電話したのに、母は店にいる時のような声を出した。

「もしもし、三浦酒店でございます」

何と言おうか迷っていると、母の方が大声で名を呼んだ。

「直子？　直子じゃないの？　あんた、どうしたの。三日も連絡しないで。みんな、とても心配してるのよ。おばあちゃんなんか、警察に行くって言うので、やっと止めたんだから」

「何で止めたのよ」と、苦笑する。好きにすればいいじゃない。

「そりゃ、そうでしょう」

母が口籠《ど》もったのは、和樹のことで私服刑事が来たからだろう。直子はさすがに謝った。

「ごめん。実は、いろいろあって」

「いろいろって何？　どうしたの？」

この時の母の不安そうな声は忘れられなかった。

「電車賃がなくなったんで、友達の家に泊めて貰ってるの」

「電車賃くらいで、帰って来ないのはおかしいでしょう。その人にお金借りて帰って来なさい。誰かに迷惑かけてるんじゃないの？」

「そんなことないよ。もうじき帰るから心配しないで」

「もうじきじゃなくて、すぐに帰っておいで。お父さんが怒ってるわよ」

友達の家に転がり込んでいる、と聞いただけで、真面目《まじめ》な父の怒りようは想像が付いた。ますます帰りたくなくなって、直子は生返事をした。

「はい、わかりました。じゃ、また連絡するから」

「あなた、学校には行ってるの？　このまま行かなくなるんじゃないでしょうね？」

退学するつもりだ、と告げたら、母はどう反応するだろう。父なら、勘当する、と怒るかもしれない。それでも構わないが、さすがに母には言いだしかねて躊躇《ためら》っている。すると、母が尖《とが》った声で訊《き》いた。

「あなた、誰かと一緒にいるの？　男の人？」

答えないでいると、母は長い吐息をもらした。直子は、その吐息の途中で電話を切ってしまった。瞬間、アキにあげたオパールの指輪を思い出した。世話になったお礼に、オパールの指輪をあげた、と母に告げたら、母は口に出さなくても残念がるに決まっていた。直子は、自分が冷酷だと思う。

しばし考えていた深田が、口を開いた。

「もちろん、一緒に住みたいよ。だけど、直子は学生だろう？　どうするのか、ちゃんとけじめ付けてから来いよ。それから一緒に住むのなら、直子も働けよ。何でもいいから働いて、ちゃんと自分の食い扶持《ぶち》稼いでくれ。俺は二人分出せない」

「わかった。そうする」

けじめとは、大学は辞めてもう吉祥寺には行かないことを意味している。仕事は、アキさんに紹介して貰って、どこかのライブハウスに潜り込めばいい。仕事に関する考えが甘いのはわかっていても、深田が一緒に住んでもいい、と言ってくれたことが嬉《うれ》しくて堪《たま》らなかった。

「じゃ、一週間後にこの部屋に戻って来いよ。俺は七時には帰るつもりだから、ここで落ち合おう。そして、一緒に飯食って寝よう」

深田は作ったばかりの合い鍵《かぎ》を渡してくれた。

二人でアパートを出た。レンタカー屋に予約したバンを取りに行く、という深田と途中別れ、直子は学芸大学駅に向かった。

一人になった途端に、厳しい寒さを感じた。同時に、自分の格好の貧しさに気付いて愕然《がくぜん》とする。色落ちのしたジーンズにパーカーは、アキに貰った古着だ。自分のコートだけでは寒いので、深田の黒いマフラーを借りて、首に巻き付けている。バッグの中身は電車賃と、深田から貰った合い鍵のみだ。

直子は、慌《あわ》てて振り向いた。ジーンズに、MA-1を着た深田が早足で歩いて行く。振り向いて、と念じたが、深田は振り向かない。タバコをくわえて火を点ける後ろ姿。マッチを道路に投げ捨てる動作は、手首のスナップが利《き》いている。ジャズドラマーを目指す深田には、直子の他に、見据えているものがあるのだろう。

「振り向けよ」と、心の中で叫びながら、悔しくて地団駄を踏んだ。だが、深田はそのまま道を曲がってしまった。

この三週間の出来事は夢だったのかもしれない。バッグの中にある鍵が二人を繋《つな》いでいると思っても、深田は一週間もの間、宇都宮、仙台や郡山、福島といった街を移動し、連絡もできないのだ。直子は深田を失うような恐怖を感じて、走って追って行きたい衝動と闘っていた。

久しぶりに見る実家の酒店は、掃除が行き届いているものの、旧態依然とした古い店が頑張っている感じで痛ましかった。

父親は配達に出ているのだろう。店の前に停めている軽トラは見えなかった。店番をしているのは、祖母だ。顔見知りの客と何か喋《しゃべ》っている。少し瘦《や》せたようだ。

直子は、道路の反対側から店を眺めているうちに、涙が出そうになった。何の変わりもない実家の風景と家族。なのに、自分だけがいつの間にか、戻れないほど遠くへ行ってしまった。今の自分は深田と抱き合うことしか、念頭にないのだから。

裏口から入って行くと、廊下にいた母とばったり顔を突き合わせた。白いタートルネックセーターの上に灰色のカーディガン、黒いズボン、という冬の定番の格好をしている。その上に着けている花柄のサロンエプロンは見たことがなかった。

「直子、どうしたの。その服」母は呆《あき》れた様子で、直子の姿を上から下まで眺めた。

「見たことないわね」

「着る物がないから、人に借りてるの」

首に巻き付けた深田のマフラーを取る時、深田の体臭がして胸が痛くなった。今すぐ会いたい。だから、丁寧に畳んで胸に抱いた。

「着る物がないなんて、いったいどういう生活をしていたの。あんたの格好って、まるでルンペンよ」

母の声が次第に甲高く尖ってくるのが、癇《かん》に障《さわ》る。

「ルンペンだってさ。差別的だなあ」と苦笑する。「だから、言ったでしょう。友達のところに居させて貰ってるって」

「あんた、どこかのセクトに入っているの？」

母の口からセクトという語が発せられるとは思わなかった。唖然《あぜん》とした思いは、すぐに嘲笑《ちょうしょう》に変わった。

「入ってないよ。何、知ったようなこと言ってるの」

母が傷付いたように顔を歪《ゆが》めるのを見て、悪いことを言ったと思ったが、すでに後戻りはできなかった。

「直ちゃんが、無事に帰って来てよかったって、お母さん、喜んでいるんだよ。そんな言い方しないの」母の後ろに祖母が立っていた。涙ぐんでいる。「直ちゃん、三週間もいなくなったんだから、みんな心配してたんだよ」

「言ったじゃない、人のうちに居るんだって。何度言ったらわかるのよ。お母さん、しつこいんだよ」

大声で怒鳴って、自室に行こうと身を翻《ひるがえ》して、階段に足を掛けた。すると、母親に後ろからパーカーのフードを摑まれてのけぞった。

「しつこいなんて、偉そうに言うんじゃない。親にお金出して貰って大学に行ってるのに、連絡もしないで、いったいどうするつもりなの」

フードを引く力の強さに驚いて、一瞬言葉が出なかった。

「大学なんか辞める」

「辞めてどうする」

「働くよ」

ふっとフードを摑んでいた手が離されて、今度は前につんのめりそうになる。

「じゃ、そうして貰うわね。今年であなたは大学を辞めて、来年からは働くのね。確かに聞きました。そこまで決めたのなら、そうして貰うから」

母がさばさばしたように言う。祖母は、少し離れたところで、まだ涙ぐんでいた。店番はどうするのだろう、と関係ないことが気になった。

「そうするよ。それで、この家、出て行く」と、告げる。

「どこに行くの？」

ケンちゃんの部屋に行く。私の行く場所はそこしかない。そこで、ケンちゃんと抱き合って暮らすんだ。言葉にはしなかったが、心の中で強く思った。

「誰か男の人と一緒にいるのね。誰とどこにいるの？」

何か伝わったのか、母が鋭く訊く。

「同棲《どうせい》時代ってか。流行《はや》りだよな」

階段の上から男の声がして、思わず顔を上げた。父ではないから、和樹？

「直子、あまり騒ぐなよ。お母さん、大変なんだからさ。可哀相《かわいそう》じゃないか」

長兄の良樹が階段の上から、顔だけ覗かせて言った。学生時代によく着ていた、縄編みの入ったベージュのバルキーセーターにジーンズだ。

「お兄ちゃん。どうしたの？　いったい」

直子は驚いて、階下に母と祖母を置いたまま、階段を駆け上った。

長兄の良樹は二十六歳。工業大学を出て、大阪にある電機メーカーに勤めている。年末休みには、まだ十日近くあるから、帰京するには早いし、平日の昼間に普段着で家にいるのもおかしい。

「ちょっと来いよ」

良樹に手招きされて階段の途中から、階下を振り返った。心配そうに見上げている母と祖母の姿がある。上から見て、初めて母のやつれように気が付いた。嫌な予感がする。

長兄の部屋は、北側の端っこにある四畳半だ。家を出てから八年も経つので、今は物置と化していた。北向きの寒々しい部屋は、ベッドの横に、歳暮の紙包みやミカンの箱などが雑然と積まれている。

「寒い、この部屋」

「我慢しろよ」

良樹が不機嫌な声を出すので、直子は黙った。

「お兄ちゃん、いったいどうしたの。何があったのよ。みんな何も言わないからわからないよ」

「言おうにも、おまえは連絡取れなかっただろう」

「和ちゃんに何かあったの？」

自分が深田と抱き合っている時に、和樹は死んでしまっていたのだろうか。答えを聞くのが怖《おそ》ろしかった。

「一カ月前に、友達のアパートで寝ているところを襲われて、大怪我《おおけが》をしたんだ。一人は何とか逃げたが、和樹ともう一人は逃げ遅れた。和樹は右腕単純骨折、左足は粉砕骨折。脳挫傷《のうざしょう》。右目失明。酷《ひど》い状況だったらしいよ。鉄パイプで頭蓋骨《ずがいこつ》を滅多打ちにされて、右目をパイプで突かれたらしいんだ」

良樹が何の感情も籠めずに言うのを聞いていて、吐き気がした。

「もう一人の人は？」

「そいつも重傷らしいが、詳しいことは知らない」

「一カ月前って、あたしもここにいたけど、知らなかった。刑事が来た時？」

「その後だったらしい。同じ刑事が来て、教えてくれたって」

「何であたしに知らせてくれなかったのかしら」

「まだ生きてるってわかったら、もしかすると病院に来るかもしれないから、警察に箝口令《かんこうれい》を敷かれたそうだ」

そういえば、両親に店番を頼まれたことがあった。両親は、こそこそとどこかに出掛けて、直子の問いには答えてくれなかった。あれが病院に行った日なのだろう。自分はそんなことも知らずに、新宿で遊んでいたのだ。

「それで和ちゃんは大丈夫なの」

嫌な予感の正体はこれだったのだ、と確信が湧《わ》いてきて、身内が震えるのをどうすることもできない。

「危ないんだってさ」良樹が答えてから、頭を両手で押さえた。「それで俺も呼ばれたんだよ。連絡の取りようのないおまえが帰って来たのも、虫の知らせかもしれないね。だから、お母さんやお父さんと喧嘩《けんか》するな。お母さんはああ言ったけど、内心はほっとしてるんだよ。おまえもやりたいことがあるかもしれないけど、この一週間はおとなしくしてろ」

「わかった」

「お父さんは、今病院に行ってる。お母さんもこれから行くって言うから、俺も付いて行く。直子も行くか？」

頷《うなず》いた後、急に思考も動作も感情ものろくなった気がした。直子は、自分の部屋に入って冷えたベッドに俯《うつぶ》せに横たわった。

ベッドは、自分の匂《にお》いだけで、深田の体臭はしない。たった一人だと思うと、涙が溢《あふ》れて止まらなくなった。どうして、私たちはこんな時代に生まれてしまったのだろうか。互いが憎み合ったり、傷付け合ったり、殺し合ったりする時代に。

それでも、直子は深田に会いたくて仕方がない。こんな時に、自分の欲望しか考えられない自分が嫌だった。直子は深田のマフラーに顔を埋めた。

ドアがノックされた。ドアの外から良樹が言う。

「直子、お父さんが帰って来た。もう少しでまた出掛けるって。皆で店を閉めて行くことになったから、用意しろよ」

飛び上がるようにして起き上がり、急いでアキに貰った服を脱ぎ捨てた。整理簞笥《だんす》を開けて、自分の下着を身に着け、自分の服を着る。部屋を出て、顔を洗い、乳液だけ付ける。リップクリームを引いて髪を梳《と》かすと、日常に戻った気がした。

FENから流れる「名前のない馬」を聞いて、「今日はついてる」と言った、深田の声音を思い出すと、何となく和樹は大丈夫そうな気がした。

階下に降りて行くと、疲れた表情の父が直子を見て優しく笑った。

「直子か。どうしていたんだ」

「お父さん、ごめん」

なぜ謝っているのかわからなかった。いや、実はわかっていた。心の中では、何度も親や兄弟を捨てていたからだった。

2

和樹の入院している病院は、中野駅北口を出て、中野通りを歩いて十分ほどのところにあった。戦前からある古い総合病院で、戦後建て替えられた、と聞いたことがあるが、入るのは初めてだった。

和樹が、両親と警察以外の誰にも知られずにひっそりと、ひと月も入院していた病院が、自宅にほど近い場所にあったことが、直子には意外だったし、哀れに思えた。

「何だ。和樹はこんなに近いところにいたんですか。僕はもっと遠くの病院かと思ってましたよ」

長兄の良樹も驚いたらしい。父親に話しかけているのが、二人のすぐ後ろを歩く直子にも聞こえた。

大阪の会社に勤めて、盆暮れにしか実家に帰らなくなった良樹は、いつの間にか、父とは敬語で話すようになっていた。

直子がまだ小学校低学年だった頃は、和樹と三人でトランプをしたり、ダイヤモンドゲームをしたり、外遊びだけでなく、家の中でも始終一緒に遊んでいたものだ。

だが、敬語を使う良樹を見ていると、遠く離れて行ったのだと実感する。

「ああ。襲撃されたアパートが鷺宮《さぎのみや》にあったからね。一番近い病院ってことで、救急車がここに運んできたらしいんだ」

「鷺宮？　そこが、和樹のセクトのアジトだったんですか？」

「いや、刑事さんの話によるとね、そういうわけでもないらしいんだ」父がゆっくりした口調で説明する。「部屋の主は、ノンポリの友達でね。たまたま新宿かどこかでばったり会って、一緒に飲もう、と和樹たちを誘ったんだそうだ。ただ、その友達の部屋は、早稲田の学生がたくさん住んでいる安アパートだったから、もともと中核派が出入りを監視してたらしいんだな。それで、顔がばれてやられたんじゃないか、ということだった」

「西武新宿線の沿線は、早稲田の学生が多いですからね」

良樹のトンチンカンな相槌《あいづち》に、ああ、そうだな、と父が気のない返事をする。

「そのノンポリの学生はやられなかったんですか？」

「それが、和樹が、『そいつは違う。ノンポリだからやめてくれ』と叫んだので助かった、と言ってるそうだ」

「どうせ、また報復だったんだろう。それでまた革マルが報復するんだ。報復の連鎖で最悪だよ」

良樹がうんざりした顔で呟《つぶや》く。

「和樹は案外用心深かったらしくてね。そんな目を付けられている部屋に近付いたり、泊まったりはしなかったそうだけどね」

父親が独り言のように言う。

「じゃ、あいつは普段、どこにいたんですか？」

「普段は、バイトしながら、山谷《さんや》あたりのドヤ街に泊まっていたらしいよ。横浜の寿町《ことぶきちょう》とかね。だけど、その日に限って、そのアパートに泊まることになったのは、もう一人が酔い潰《つぶ》れて帰れなくなったせいだってさ。それで電車もないし、どうしようかと迷っているところに、鉄パイプ持った連中がなだれ込んで来たらしい」

和樹は何て運が悪いのだろう、と直子は胸が痛い。いかにも控え目な和樹らしい話だった。

良樹はいつも威張って、とかく長男の顔をしたがったが、和樹はむしろ気弱で、誰にでも優しかった。

「そりゃ、ついてなかったな。あいつ、子供の時から要領悪かったし、何か貧乏クジ引くんですよね」

良樹が溜息《ためいき》を吐《つ》きながら言う。

「そんなこと言うなよ。親としては、人様の子供さんに大怪我させるより、なんぼか気が楽だよ」

母に聞こえないように、父が小さな声で良樹に告げたのが耳に入った。

たとえ和樹が死んでも、父はそう思うのだろうか。

「欺瞞《ぎまん》的じゃない」

思わず声に出して言ってしまった。が、その後で激しく後悔して、言葉を引っ込めたくなるが、もう遅い。

父は不快そうに俯《うつむ》いているが諫《いさ》められたりはしなかった。皆が皆、和樹の危機に衝撃を受けているのだ。

黙って病院を見上げている良樹に釣られて、直子も目を上げた。

鉄筋コンクリート造りの病院の外壁は風雨に晒《さら》されて黒ずんで汚れ、見るからに陰鬱だった。

「和ちゃんは、そんなアパートに泊まらないで、家に帰って来ればよかったのよ。鷺宮だったら、歩いてだって帰って来られるでしょう。家にいた方が安全だったのに、どうして帰って来ないのかしらね。そうでしょ？」

直子の横を歩いていた祖母が父に話しかけたが、父は無言だった。

母は一人、ずかずかと先頭を歩いて病院に入って行く。その固い表情には、一種の決意が張り付いているようだ。

直子は意気地なしで現実と直面したくないから、しんがりをのろのろと歩く。

今日、和樹が死んでしまったら、一週間後に部屋で待ち合わせ、と決めた深田との約束を果たせなくなる。

明日死んでも同じ。

明後日《あさって》死んでも同じ。

一週間後に死んでも同じ。

すぐに動けないという事態は変わらないのだ。

一番仲のよい兄が死ぬのはとても悲しいが、深田との約束を違《たが》えるのも耐えられないほど悲しかった。

そう思った瞬間に、兄の死と、恋人に会えなくなることを同等に考えている自分が、ひどく冷酷で身勝手に感じられる。


病院の中も暗く、古びていた。ワックス掛けされた木の廊下を歩いていると、みしみしと床が鳴る。

廊下には、白いカーテンの掛かった窓が並んでいた。病室は、まるで小学校の教室のようだ。

「こんな古い病院なのよ。和樹が可哀相だわ。やっぱり転院させた方がよかったんじゃないかしら」

母が父に文句を言っている。だが、父は無言だ。

「ねえ、そう思うでしょ？」

母が念を押すと、ようやく答える。

「ああ、そうだね。和樹が峠を越えられたら考えようよ」

「何言ってるの。越えるに決まってるじゃない」

母が怒ったように、金切り声を上げた。祖母が、母を慰めるように背中をさすっている。

普段は感情的にならないのに、人前で怒ったり泣いたりしている母を見て、皆が俯いてしまった。

廊下の突き当たりに、ナースが大勢いる部屋があった。病室は薄暗いのに、その部屋だけが明るく、活気に満ちていた。

和樹は重体なので、その隣の集中治療室にいるという。

母が先頭で、父、兄、祖母、直子の順で病室に入った。集中治療室とは名ばかりで、三畳ほどの狭い部屋の真ん中にベッドが置いてあるだけだ。直子はまず部屋の貧弱さに衝撃を受けた。

和樹は、頭と右目を包帯で覆われていた。顎も折れたのか、ギプスのような物で固定されているから、顔はほとんど隠れている。左目の下は黄色味がかった痣《あざ》になっていて、左の頰には擦過傷があった。右手にも包帯が巻き付けてある。直子は息を呑《の》み、兄の姿を直視できなかった。

「右手の傷は、振り下ろされた鉄パイプを避けようとして、指の間の膜が裂けてしまったらしいんだ。その時、薬指も折ってしまったそうだ」

父が、右手の包帯を指差した。

「可哀相に、可哀相に。こんなにたくさん怪我して。どんなにか痛かったか」

祖母が涙ぐんだが、母は和樹の口許《くちもと》に耳を寄せた。

「大丈夫、まだ自発呼吸している」

その口調があまりにも自信に満ちていたので、皆ほっとした。

「呼吸機能が落ちてきたので、気管挿管するって言われたんだよ」

父が無事な方の左手を握った。母の言葉でほっとしたようだった。

「意外に元気そうなので安心した」

良樹が空元気で言う。

「おい、和樹。目を覚ませ。みんなで来たんだよ。良樹もいるよ。おばあちゃんも来てる。直子もいるよ。おい、和樹。目を開けろ」

父が話しかけたが、和樹は無事だった方の左目をしっかり閉じたまま、微動だにしない。

「可哀相に、こんな姿になって」

祖母は、「可哀相、可哀相」と呟きながら、和樹の左脚をそっとさすり続けている。直子もそっと手を出したが、折れた方の脚だったようで、ギプスの固い感触が手に残った。

「和ちゃん、和ちゃん、起きて」

直子は和樹の耳許に回って、大声で名前を呼んだ。だが、和樹は反応しない。医者が呼ばれて病室に入って来た。人が大勢いるので驚いたらしく、剽軽《ひょうきん》に目を剝《む》いて見せた。が、すぐに沈痛な面持ちになる。まだ三十代前半らしく頼りない。良樹が、医者が若いので、露骨に信頼できない、という顔をした。医者にもそれが伝わったのか、不快そうだった。

「どうも。実はですね」

医者がすぐに話しだしそうになったので、母が止めた。

「先生、病人の前ではちょっと」

医者が慌てて、廊下で、という仕種《しぐさ》をする。両親と良樹が廊下に出て行った。ぼそぼそと話し声が聞こえてくるが、直子は耳を塞《ふさ》ぎたい気持ちだ。

「直ちゃん、和ちゃん、助かるよね？　おばあちゃん、信じてるんだ」

一緒に残った祖母が、和樹の頰をそっと撫《な》でながら言った。

「うん、絶対治るよ」

直子も和樹の頰に手で触れた。無精髭《ひげ》が生えていて、ちくりと指に当たる。

不意に、深田のことを思い出して涙が出そうになった。会いたい。今すぐ会いたい。会うことが叶《かな》わないなら、声だけでも聞きたい。

直子は、病室にいるのが重苦しくて辛くて、ここから脱出したかった。

「耳は聞こえることがあるらしいから、話しかけるといいそうだよ。聞こえているといいね」祖母が誰にともなく言った。「痛々しいねえ。こんな包帯だらけになって。この人たちの主義主張の違いなんてわからないけど、何もこんな目に遭わせなくたっていいだろうに。酔っ払って寝ているところに来て、鉄パイプで滅多打ちなんて、男のすることじゃないよ」

「ほんとだね」と、相槌を打つ。「でも、おばあちゃん。和ちゃんのセクトだって、相手を同じようにしてるんだよ。和ちゃんがやってるかどうかは知らないけど」

「和ちゃんがそんなことするわけないよ」と、祖母はきっぱり言った。「和ちゃんは優しい子だった。小学生の時、僕が酒屋継ぐって言ってくれたんだよ」

「それ、覚えてる」

直子は思い出して微笑《ほほえ》んだ。

和樹は、小学生の時の作文に、将来は家業の酒屋を継ぐ、と書いて、当時はまだ生きていた祖父を喜ばせたのだ。

「和ちゃんは、調子いいんだよ。おとなの喜ぶことを知ってるんだから」

次兄は子供の頃からサービス精神があって、母や祖父母の心を摑むのがうまかったから、一番可愛《かわい》がられた。それなのに、一番先に死んでいこうとしている。

「今の世の中、どうかしてるんだよ。連合赤軍にしたって、身重の女をリンチして殺すなんて、頭が変だ。絶対に教育がおかしいんだよ。和ちゃんだって、早稲田に入って喜んでいたけど、こんなことになって。学校選ぶの間違ったんじゃないかねえ」

祖母の独り言が止まらなくなっている。

「おばあちゃん、どこの大学に入ったって同じだよ。そういう時期なんだから」

直子は、和樹の指の折れていない方の左手を摑んだ。温かくて血が通っている実感がある。ぎゅっと握り締めて、声を大きくして話しかけた。

「和ちゃん、あのボンレスハムどうした？　あれが最後の会話だなんて、あたしは絶対に認めないからね。死なないでよね。嫌だからね。生きててね」

微《かす》かに指を握り返されたような気がした。

「おばあちゃん、今、和ちゃんが握ってきたような気がする」

祖母が顔色を変えて、和樹の左手を握った。

「和ちゃん、おばあちゃんだよ。聞こえるなら、握ってみて」

何度も耳許で声をかけたが、反応はないようだ。しかし、直子の時は、確かに握り返された。

直子はもう一度手を握った。

「和ちゃん、直子だよ。もう一回、握り返して。でないと、和ちゃん、気管に管入れられちゃうよ。喋れなくなっちゃうよ。だから、頑張ってやってよ」

また、微かな力を感じた。ほんの少しだが、意志を感じる。

「間違いないよ。和ちゃん、聞こえてるんだよ」

直子は祖母と手を取り合って喜んだ。

病室のドアが開いて、両親と良樹が戻って来た。一様に暗い顔をしている。

「あの医者、和樹が聞こえないと思って、和樹の前であんなこと喋ろうとしたのよ。許せないわ」

母は怒っているが、父は何も言わず、腕組みをして目を閉じている。

「どうだった？」

直子の問いに、良樹が軽く首を振った。希望はないということか。

「あのね、今、直子が手を握ったら、握り返してきたそうだよ」

祖母が言うと、母がそのままベッドの脇で泣き始めた。父が重苦しく黙っているので、直子が母に言った。

「お母さん、ほんとだよ。和ちゃんが握り返したの。それも二度」

「ただの反射だと思うよ」良樹が遮り、和樹の枕元《まくらもと》に立った。「和樹、おまえ、お母さんを悲しませて。ほんとにしょうがないヤツだな。バカだなあ」

母の嗚咽《おえつ》が大きくなった。どうせ、医者にろくでもないことを言われたのだろう。

「待って。本当に握ったんだってば。直ちゃんにだけ反応するんだよ」

祖母の言葉が虚《むな》しかった。

「もういいよ。おばあちゃん」

直子は掌《てのひら》に残る和樹の力を思い起こしながら、病室を出て、廊下に置いてある茶色いビニールで覆われた椅子《いす》に腰を下ろした。そして、忙《せわ》しく行き交う看護婦や医師、点滴のスタンドを自分で引いて歩く患者たちをぼんやり眺めた。

廊下でじっとしていると、薬品とワックス剤の臭《にお》いが体に染《し》みつきそうだ。病院から一刻も早く外に出て、冷たい空気を吸いたいと思う。しかし、たとえ外に出られたとしても、心は病院に閉じ込められている。

深田と過ごした密度の濃い時間は幻だったのだろうか。あのアパートの一室で過ごしたことは夢だったのか。今、次兄が死んでいこうとしているのに、自分は深田のことばかり考えている。何て罪深いのだろう、と直子は恥じ入った。

「直子、帰ろう」

病室から、父と良樹、祖母が出て来て手招きした。

「お母さんは？」

「今日は残るそうだ。もし、容態が悪いようなら、夜は俺も来る。そうなったら、直子は店を手伝ってくれないか」

「いいよ」

祖母はすっかり元気がなくなって、ひと回り小さくなったように見えた。

家に戻ってから、父と祖母が店を開けた。閉店まで数時間しか時間がないが、閉め切っていれば近所から何かあったのかと心配されてしまう。

居間で前掛けを付けている父に、単刀直入に聞いてみた。

「お父さん、和ちゃん、死ぬの？」

「いや」と言ったきり、言葉が続かない。そのまま何も言わずに、店との境の障子を開けて、店に下りて行ってしまった。

「自発呼吸が落ちてきてるから、このままなら危ないそうだ」

二階から下りて来た良樹が代わりに答えた。

「でも、気管挿管するとか言ってたじゃない」

「うん、人工呼吸器を付ける選択肢があるんだ。そうすると、生きてはいるけど、植物状態になるんだって。つまり、生ける屍《しかばね》状態だ。生きてはいるけど、意識はもうずっと戻らないんだ」

良樹がテーブルの上に置いてあった朝刊を広げながら言う。

「お母さんはそれでもいいから、命がある方がいいという考え。お父さんは、自然に任せてそのままの方がいいという考え。お父さんの方法に決めたら、和樹はそんなに保《も》たないんだって」

「嫌だよ、そんなの」思わず叫んでいた。「和ちゃんが死んじゃうのは嫌だ」

「あのさ、直子。どちらにせよ、死には違いないんだよ。本物の死か、精神の死か」

「どっちも嫌」

「何だ、子供みたいに。みんな嫌に決まってる。だから、苦しんでいるんじゃないか」

良樹がばさっと音を立てて新聞を閉じ、乱雑に畳んだ。直子も立ち上がって、二階に駆け上がった。

深田の声がどうしても聞きたい。秀島浩介トリオが演奏する予定のライブハウスに電話したら、深田に繋がらないだろうか。

直子はトリオの予定が知りたくて、アキに電話することにした。番号のメモを持って、一階の廊下の隅にある電話の前に立つ。何度もコールを鳴らしたが、アキは部屋にいないようだ。

知り得ないとわかると、どうしても話したくてたまらなくなる。深田にちゃんと予定を聞いておけばよかったと後悔した。あの時は、一週間後に必ず会えると信じていたから、遠慮していたのだ。

直子は、夕食の支度をしている祖母を横目に見て店に下りた。薄暗い店で、サントリー角瓶を一本セーターの下に入れる。

泉の部屋に行って、ジャズ雑誌を見せて貰おうと思う。秀島トリオの情報を得たついでに、借りた一万円を返すつもりだ。ウィスキーをバッグに突っ込み、裏口からこっそり外に出て、コートのボタンを留めてマフラーを巻き付ける。昼間、病院に行った時は暖かかったのに、日が落ちたら、急に寒くなった。

突然、目の前に人影が立った。

「これから出掛けるの？」

母親だ。意外に早い時間に帰って来たので驚いた。

「うん、泉に借りたお金、返しに行くの」

「いくら借りたの？」

心配そうに聞かれた。

「五千円くらい」と、嘘《うそ》を吐く。

それに貸してくれたのは、泉ではなく、桑原だ。

「じゃ、早く返してらっしゃい。遅くならないよね？」

母の目に、放っておくとまた家出するのではないか、という疑いの色がある。

「大丈夫だよ。必ず帰って来る。和ちゃんがあんな状態なんだから」

「和樹だけどね、今日、明日どうこう、という状態ではないみたいよ。だから、少しほっとして帰って来たの」

どうりで、母の表情が昼間より和らいでいると思う。

「お母さん、和ちゃんに人工呼吸器を付けるの？」

「いざとなればそうしようと思う」母が本当に途方に暮れたように、目を泳がせた。

「あたしはどんな姿になってもいいから、生きていてほしいの。だって、自分の子供なんだよ」

直子は黙っている。自分の兄であり、母と父の息子であり、良樹の弟であり、祖母の孫であり、誰かの彼氏であり、誰かの親友であり、誰かの敵である、和樹がじきに命をなくそうとしている。

その事実の前に、深田と会いたいという自分の欲望が、いや自分自身がちっぽけに見える。直子が家に着いた時から悩んでいるのは、そのことだった。

「じゃ、呼吸器付けるのね？」

「いずれはね」と、母は自分を鼓舞するようにきっぱり言った。「だけど、脳はまだ解明されていない部分がたくさんあるから、どんな奇蹟《きせき》が起きるかわからないって言われたの。お母さん、それで希望を持ったのよ。和ちゃんには生きる力があるような気がするんだ」

「今日、和ちゃんに話しかけたら、和ちゃんがこうやってあたしの手を握り返したんだよ」

直子は母の手を握ってやって見せた。

「良樹はただの反射だっていうけど、和樹には意識があるのかもしれないわね。ただ動かせないだけで」

そう言った途端、母の目にみるみる涙が溢れたので、直子は目を背けた。背けていないと、自分も泣きそうだったからだ。

「行ってくるね」

和樹がこんな状態の時に、大学を辞めて、深田というドラマーと一緒に暮らす、なんて、母にはとても打ち明けられないと思った。


三鷹台行きのバスがうまい具合に来たので、飛び乗った。

駅前で降りて、泉のアパートに向かって歩く。途中、公衆電話から電話したら、幸い、泉は部屋にいるというので安堵《あんど》した。

部屋をノックすると、泉が笑いながらドアを開けた。ジーンズに、ぴったりした赤いセーターを着ている。豊満な胸が強調されて、同性でも眩《まぶ》しかった。

「久しぶりだね。入んなよ」

ブーツを脱いで、泉の小さな部屋を見回した。ベッドとコタツ。玩具《おもちゃ》のキッチンセットのような流し台と冷蔵庫、食器棚。

ここに桑原が来て泊まるのだろうか。

そんな想像をすると、すべてが急に艶《なま》めかしく見える。

深田と濃密な時間を過ごす前の自分だったら、桑原のような歳《とし》の離れた妻帯者と関係を持つ泉に、嫌悪感《けんおかん》を抱いただろう。それも偏見。以前の自分は、頭も心も固いだけの娘だったと思う。

「何、見てるのよ？」

泉に背中を小突かれた。

「いやいや、何でもない」

「何か想像してるんでしょう」

「してないよ」と、にやにやする。「これ返すね。ありがとう。本当に助かったの」

一万円札を入れた封筒を恭《うやうや》しく差し出す。ついで、バッグに隠して持って来た角瓶を取り出した。

「これは利子」

「いいね。酒屋の娘と知り合いだと」

泉が笑って角瓶を受け取り、大事そうに冷蔵庫の上に置いた。

「こうすると、神棚みたいだね」

「桑原さんに、お金のお礼を言っておいてくれない？」

「自分で言ったら？　これから一緒に『ＣＨＥＴ』に行こうよ」

泉が一万円札の入った封筒を返して寄越した。

「いいけど、曽根はどうしたの？」

「首にしたってさ」と、泉が笑った。「あいつ、あたしがふってから感じ悪かったじゃない。あたしが店を辞めたら、やっと首にしてくれたの」

「よかったね。マスターと仲がいいと」

直子の冗談に、泉が顔を顰《しか》めた。

「何か話したそうだね」

泉が悟ったらしく、直子の目を見た。

「うん、泉のところにジャズの雑誌ある？　あるなら、ライブ情報見たいんだけど」

「ないよ。高いから買わないの。読みたい記事があったら、マスターのとこで読む」

では、「ＣＨＥＴ」に行かねばならないか。

泉がわけを知りたそうに直子の顔を見ているので、正直に答えた。

「秀島トリオの演奏予定を知りたいのよ。本屋も閉まってるし、『CHET』に行けばわかるわね？」

「わかると思うよ。どうして？」

「あたしさ、秀島トリオのボーヤやってる男と付き合ってるの。彼、ドラマー志望でまだボーヤなんだけど、才能あるってアキさんが言ってた」

とうとう打ち明けてしまった。泉の顔が輝いた。

「すごい。直子がさ、キザキアキのライブにいたから、びっくりしたんだけど、そういう関係のところにはまってしまったんだね」

直子は、泉の言い回しに笑った。

「そう、はまってしまったの。もう、あたし、学校の連中にうんざりしてたのよ。いろんな男たちと付き合ったけど、みんな酷いこと言うんだもん」

公衆便所と言われた屈辱が蘇《よみがえ》ったが、すぐに消えて行く。自分は公衆便所などではない。深田が好きな今は、誰とも寝たくない。キスもしたくない。話もしたくない。深田しか欲しい男はいなかった。

「じゃ、出掛ける用意するから、ちょっと待ってて。あたしが用意している間、その話してよ。聞きたい」

泉は素早く赤いホーロー引きのヤカンを火に掛けた。マグをひとつ出して、紅茶のティーバッグを入れる。直子のためだとわかっていた。

泉は化粧ポーチを取り出して、卓袱台《ちゃぶだい》の前に座ってメイクを始めた。

「ねえ、直子。もっと喋《しゃべ》ってよ」

「実はさ、誰にも言うなって言われてるんだけど、泉だけに言うね」

「何？」と、鋭い顔で泉が振り返った。

「あたしのすぐ上の兄が早稲田に行ってるんだけど、ご存じ早稲田の革マルなんだよ。和樹っていうの。それが内ゲバでやられてさ。今、重体なの。てか、危篤《きとく》に近い状態なんだ。脳挫傷でずっと意識がなくてさ。自発呼吸ができなくなってきてるんだって」

泉がアイシャドウを塗る手を止めた。泣きそうな顔をしている。

「直子、大変じゃない」

「そうなんだよ」なぜか冷静だった。

湯が沸いたので、直子は自分でマグに湯を注《つ》いだ。仄《ほの》かに、紅茶の香りが立つ。砂糖は入れずに、マグカップを持ってベッドに腰掛けた。

「そのまま自然に亡《な》くなるのを待つか、人工呼吸器を付けて生きながらえさせるか、それとも、奇蹟の復活をするか。どうなるか誰にもわからないの」

一気に説明する。自分たち家族がとてつもない悲劇の渦中にいるのだと感じられた。

「直子のすぐ上のお兄さんて、優しい顔した人でしょう？　あたし、あなたのうちで一回会ったことあるよ」

「そう。それであたしは彼氏と、彼氏のアパートで一週間後に待ち合わせしたのよ。今、トリオがツアーに出ているから」

「それで連絡取りたいんだね」

泉はさすがに頭の回転が速い。でも、直子は正直に言った。

「それもあるけど、声が聞きたいの。でないと、不安でたまらないの」

泉が無言で何度も頷いた。

3

「泉、歩いて行かない？」

直子の提案に、泉は「いいよ、そうしようか」と気楽に賛成してくれた。

いったん駅の方に行きかけた二人は、踵《きびす》を返して井ノ頭通りに向かって歩き始める。

泉のアパートから、吉祥寺の外れにある「ＣＨＥＴ」までは、徒歩で三十分ほどの道のりだ。

長く歩くには寒い夜だった。が、ジャズ喫茶に一歩足を踏み入れたら、音の洪水でお喋りなんかできっこないのだから、今のうちに泉と話しておきたい。早く早く、と言葉が喉元《のどもと》まで出かかって、今にも溢れ出しそうだ。

「家に戻ってくると、何か不思議なのよ」

それなのに、直子はのんびりと一見関係のないようなことを言ってしまう。

「何が不思議なの？　あたしはずっと実家を出てるから、もう忘れたよ、その感覚。久しぶりに実家に帰ると、親の家、という感じだもん」

泉がポケットから手編みらしい赤いミトンを取り出して手に嵌《は》めた。ミトン。中学生の頃、よく編んだっけ、と懐《なつ》かしく見遣《みや》る。

「それ、泉が編んだの？」

「そう。中学の時に編んだのを、まだ使ってる」と、笑う。

「編むの流行っていたから、あたしもよく編んだよ」

「彼氏にマフラー編んであげたりしなかった？」

「あったね、そんなこと」

二人で顔を見合わせて笑う。少し気持ちがほぐれた気がして、直子はぼんやりと行く手の信号を眺めた。黄色から赤に変わったところだ。井ノ頭通りは行き交う車も少なく、歩道は暗い。

「直子、何だか柔らかくなったね」

驚いて、泉の方を振り返った。

「あたし、固かったってこと？」

「印象がね。堅苦しいっていうんじゃないけど、誰にも心を許さない感じがした」

心を許さない感じとは、言い得て妙ではないか。

「体は許しても、心は許さないか」

直子の独り言に泉が笑った。

「逆だと、料簡《りょうけん》の狭い女になっちゃうね」

二人で顔を見合わせて爆笑する。擦れ違った若いサラリーマンらしき男が、興味を引かれたように二人の顔を交互に見た。

「料簡が狭いよりは広い方がカッコいいのに、世間は逆を推奨するんだよ。心は許しても、体は許すなよ、とね。心を許す方が難しいのに」

「馬鹿《ばか》くさ。やってらんないよ」

泉が言い捨てて、バッグからタバコを取り出した。泉の好みはロングピースだ。「たまには吸わせて」とねだり、ベージュのパッケージから一本貰《もら》って、口にくわえる。

「あたしさ、家出してたから、父親に怒られるのを覚悟してたのよ。下手したら、殴られると思って。殴られでもしたら、すぐさま飛び出してやるんだ、とむしろ受けて立つぐらいの気分で、勇ましく帰って来たの。でも、和ちゃんの危篤騒ぎで、みんなそれどころじゃなかったのよ。大阪の兄が呼ばれたほどだったんだから。あたしも、あれよあれよという間に意気消沈して、悲しくなって、我を失ってる状態だった。でもね、泉、あなたにだけ打ち明けるよ。あたしは和ちゃんのことよりも、あの人に会えなくなることを怖《おそ》れていたの。だから、自己嫌悪に陥ってるの」

「その人、何て名前なの？」

「深田健一郎」

躊躇《ためら》った末に口にした。泉にさえも、深田の名前を教えるのが惜しい気がする。口に出した途端に、二人の大事なものが減ってしまうようで、吝嗇《りんしょく》にならざるを得ない。

「深田の健ちゃんかあ」と、泉が笑って、マッチでタバコに火を点《つ》けた。「それで、直子はどのくらい帰ってなかったの？」

直子も屈《かが》んで火を貰う。二人して同時に煙を吐いた。泉がマッチを手早く消すと、燐《りん》が燃える臭いが鼻をついた。

「三週間くらいかな。たったそれだけなのに、うちが違う世界に見えるんだよね」

「つまり、直子が違う人になったんじゃないの？」

泉が直子の肩に手を置いて笑った。

「そうかもしれない」

直子は、マフラーに鼻先を埋めた。深田から借りた黒いウールのマフラーは、深田の吸うピースの臭いと、深田の体臭がする。若いオスの匂い。その匂いにいつまでも包まれていたかった。

「違う人のままでいたいけど、そうもいかない」

直子は夜空を見上げた。もしも今、和樹の命が尽きようとしていても、自分のできることなど何ひとつないのだ。

絶対的に無力だとわかると逆に心は静まって、空にある月や星の位置を確かめたくなる。だが、今日の夜空には、月も星も浮かんでいなかった。

「闇夜《やみよ》だね、今日は」

「ほんとだ」と、泉も夜空を見上げる。「厚い雲に覆《おお》われてるんだよ」

「泉、あたし、うちでじっとしているのが耐えられないんだよ。和ちゃんを失うのが怖い。でも、彼を失う方がもっと怖いの。冷たい妹でしょう？」

「あたしが直子だったら、同じように感じるかもしれない。わかるような気がするよ」

泉が低い声で同意した。慰めだとわかっていた。

「でもさ、和ちゃんが死んでしまうかもしれないと思うと、どうしたらいいかわからないほど、うろたえちゃうんだ。一番仲がよかったし、子供の時から優しくして貰った。お兄ちゃんというより、友達みたいだった。大学に入ったら、全然帰って来なくなって、たまに帰って来ても、刺々《とげとげ》しくてろくに口も利《き》かない、違う人間になったみたいだった」

「人って、何度も違う人になるのかもね」

泉の言葉に苦笑する。

「ほんとにそうだね。あたしも違う人になって、和ちゃんも違う人になったから、子供の頃と同じだなんてあり得ないんだ」

だったら、深田も自分と出会ったことで、違う人間になってくれないだろうか。深深田が変わってくれないならば、自分たちの恋は本物とは言えないのではないか。そんななことを考えながら、直子は一人で喋っていた。

「あたし、和ちゃんが革マルに入ったって聞いて、すごく嫌だったんだよね。ほら、いろいろ聞くじゃない。革マルが学内パトロールを徹底して、中核派や解放派を見付けると個人テロをするとかさ。学内でそんなことやってるんだから、内向きで怖いことだよね。あたし、和ちゃんがそういうことをする人間になったんだと思うと、信じられなかった。和ちゃんを嫌いになろうと思ったことだってあるよ。何が革命だよ、仲間うちで人殺ししてるだけじゃんって思って。でも、十月に、突然家に帰って来た和ちゃんと話したら、ああ、やっぱ和ちゃんて大事な兄貴だな、と思ったりもしたんだよね。つまり、毎回違って、一貫してないの。複雑なんだよ」

泉が吸い差しを指で弾《はじ》いて捨てた。暗闇を、赤い光が放物線を描いて飛んで行く。スナップを利かせてマッチを投げ捨てた深田を思い出す。恋しくて仕方がない。

泉がミニスカートの裾《すそ》を下に引っ張りながら言った。

「あたしの高校の時の友達で、教育大に行った子がいるの。中核派に入ったって言ってた。のんびりした子だったのに、今や、革マル派の安田講堂の際の逃亡がどうしたの、裏切りがどうしたのって、そればっか言ってる。お兄さんも、根は優しいんだろうけど、そんなことに日々奔走していたんだろうね。国家権力が相手じゃないんだよ。

目先の憎しみ合いなんだから、嫌らしいよ」

「その通りだね」

直子は、自分のバッグからセブンスターを出してマッチで火を点けた。深田を真似《まね》て手首のスナップでマッチを投げ捨てようとしたが、うまくできない。マッチは無様に足元に落ちたので、ブーツの爪先《つまさき》で踏んだ。

深田は、自分と暮らしていた三週間の間、ドラムの練習がほとんどできなかったことが苦痛だったのではあるまいか。あの手首のスナップを思い出すと、深田の解放感を感じなくもない。

ふと思い付いた小さな疑惑が、ほんの少し、自分を苦しめる。なのに、言葉はいつも心を裏切って関係のないことを言わせる。

「あたしはセクトが大嫌い」

本当は、体ではなく、まず言葉が心を裏切るのかもしれない。すると、泉が頷《うなず》いた。

「あたしもそう。だから、今でも学生運動やってる連中、嫌いなのよ。みんなセクトに分かれてさ、最後は小さなことでいがみ合いだよ。いがみ合いが殺し合いになって、復讐心《ふくしゅうしん》から、足を洗うことができなくなっている。あのね、桑原さんが、こう言ってたよ」

突然、桑原の名前を出したことが恥ずかしかったのか、泉が照れ笑いをした。

「いいよ、言って。桑原さんが何だって？」

直子が促すと、泉が肩を竦《すく》めて早口に言う。

「案外、公安の連中とかが、それぞれのセクトの中にスパイで入っていて、お互いに殺し合いをするように工作しているんじゃないかって。つまり、学生同士で潰し合いをさせてるんじゃないかと言ってた」

直子は苦笑した。

「桑原さん、すごいことを考えるね。でも、公安ならやりかねない感じがする。だから、そういうことを考え付く男って怖いと思わない？」

「うん、女は考えたとしても実行に移さないじゃない。でも、男はやるんだよ。あたしたちは、そういう男を相手に闘っていかなきゃならない」

直子は立ち止まって、泉の顔を見る。

「闘うって？」

「直子、恋愛も闘いだよね。あたし、そう思うんだ」

なるほど。そうかもしれない。直子は、さっき浮かんだ深田への小さな疑念と言えないほどの疑念、を思い出した。

今もし、深田が自分と離れたことで解放感を感じているのなら、とても辛《つら》い。いったん男を好きになったら、些細《ささい》な、しかし心を傷付けることどもと闘っていかなければならないのか。直子は密《ひそ》かに溜息を吐いた。

「桑原さんが、女性ボーカルなんか邪道だって言ってた。泉が言った『差別主義者』って、そういうことでしょう？」

「そうだよ」泉が顔を上げずに答えた。「だから、闘いだって言ってるじゃん。今でも大変よ。毎日が戦争」

「それでも好きなのね」

からかいに聞こえたのか、泉が苦笑いをした。

「悔しいけどね」

井ノ頭通りから、南町の薄暗い路地に入った。百坪以上はある大きな家が並ぶ南町の住宅街は静まり返っていた。新しく建った家の広い窓辺から、クリスマスツリーの電飾が光っているのが垣間見《かいまみ》えた。

「もうじきクリスマスか」と、泉が独りごちたのが聞こえた。

「和ちゃんはクリスマスまで保つかなあ」

「危機を脱したら、何とかなるんじゃないの？」

「どうかな」と、直子は首を傾《かし》げる。

「あまり楽観的な話は聞いてない」

泉が直子の腕を摑《つか》んで尋ねた。その力は強い。

「ねえ、お兄さんのことでお母さんどうした？　みんなショックでしょう？」

「うん。さすがに、うちのお母さんは血相が変わってた。でも、自発呼吸ができなくなったら、人工呼吸器を付けるとはっきり言ってる。決然としてて、こんな強い人だっけと思ったくらい。お父さんは、もう諦《あきら》めている感じがした。いや、息子の死を静かに受け入れている、という感じかな。一カ月も入院してて、親たちはあたしたちに内緒で見舞いに行ってたらしいから」

「内ゲバを警戒して箝口令《かんこうれい》が敷かれてたんだね」

「よく知ってるね」と、笑ったが、泣きたくもなった。「和ちゃんのせいで、お母さんもおばあちゃんも泣いてる」

「この間、高橋隆雄が死んだと思ったら、今度はお兄さんの危機か。いやだね、そんな話ばっかりで」

「自発呼吸ができなくなりつつあるんだって。それで危ないって言われたけどさ。あたしが手を握ったら、微かに握り返してきたんだよね。だから、あたしは何となく大丈夫なんじゃないかと思っているの」

泉の顔が明るくなった。

「朗報じゃない。もしかすると耳だけは聞こえているのかもしれないね。希望は捨てない方がいいと思う」

いつの間にか、店の近くまで来ていた。

「直子、『CHET』に入るでしょう?」

泉が、直子の表情を窺《うかが》った。

「でも、トリオの予定を見たら、すぐ帰るよ。だって、夜中に何かあると困るから」

「そうだよね」

急に心配そうな顔になった泉が、紫色のガラスドアを開けた。途端に、大音量に包まれた。チャーリー・パーカー。

ブースに立ってレコードを選んでいた桑原が、ちらっと顔を上げた。泉を認めた目に喜色が表れている。泉が軽く手を挙げて応《こた》えた。

桑原が後ろにいる直子を見て驚いた顔をしたので、軽く頭を下げた。桑原がブースのカウンターに肘《ひじ》を突いて、こっちに来い、というように手招きする。

入り口脇《わき》のブースカウンターが、「CHET」の中で、最も会話しやすい場所だ。

「久しぶりじゃないか。どうしてたんだ」

桑原が、直子の顔を指差した。

「元気です。この間、ありがとうございました」

直子は一万円札の入った封筒を出して、桑原に渡した。桑原は何も言わず、ポケットに無造作に突っ込む。

「直子、ここに載ってるから、早くメモりなよ」

泉が、直子の目の前に分厚いジャズ雑誌をどさっと置いた。後ろのページにライブ情報が載っている。秀島浩介トリオの北関東・東北ツアーの予定を探す。

宇都宮。翌日は郡山。その翌日は福島。一日おいて仙台は二回のライブ。

「ドサ回りだね」と、泉が覗《のぞ》き込んで言う。

直子は、黄色いリクエスト用紙の裏に、秀島浩介トリオのスケジュールを書き写した。今夜は、宇都宮のライブハウスだ。

「何だ。直子は秀島トリオが好きなのか」

桑原が小馬鹿にしたような顔で言ったが、直子は何も答えない。時計を見ると、すでに演奏が始まっている時間だ。

ライブが終わる頃にライブハウスに電話したら、深田が捕まるかもしれない。運がよければ。そう思うと心が躍った。急に食欲を感じて、泉を誘う。

「泉、何か食べに行かない？」

カウンター越しに、桑原と話し込んでいた泉が振り返った。「悪い」と謝る仕種をする。店がはねた後、桑原と食事に行く約束をしているのだろう。

「じゃ、またね」

ガラスドアを開けて外に出た。すると、泉が追って来た。

「お兄さんのこと、何かあったら電話くれないかな。気になる」

「わかってる、ありがとう」手を振って別れた。


駅の東側はピンク街だ。直子は、騒々しい客引きや酔客の間を、久しぶりに歩いた。あからさまにからかってくる男もいれば、黙って品定めする男もいる。

以前ほど、男たちの視線が鬱陶《うっとう》しく感じられないのは、自分が男の欲望を少し知ったせいかもしれない。それがまた何かの光線でも発するのだろうか。前よりも、男たちの視線が粘っこくなったような気がする。

直子は駅前を通らずに、そのまままっすぐ繁華街を横切ってバス通りを渡り、西側にある「スカラ」の方に向かった。「スカラ」の向かい側にある、小さなラーメン屋「上海《シャンハイ》」に行くつもりだ。

「スカラ」にたむろする誰かに会わないとも限らないが、誰と会おうと、どうでもよかった。もう一緒に遊ぶこともないし、何を言われても気にならない。

深田と暮らすためには、大学を辞めて働くことが条件だった。だから、大学の友達は、泉一人いれば充分なのだ。

「スカラ」の前の小さな広場に、知り合いの姿はなかった。枯葉や紙くずが目立つ石畳を歩いて「上海」に入ると、顔見知りが一人いた。

「直子、久しぶりだな。こっちに来いよ」

コの字になったカウンターのど真ん中で、丈次が餃子《ぎょうざ》をつまみに、ビールを飲んでいた。丈次ならいい。直子は嬉《うれ》しかった。でも、すぐに電話をかけに行かなくてはならないから、コートは脱がずに隣に座る。

「ほんと、久しぶりだね」

タバコに火を点けようとすると、丈次がマッチを擦って、器用に大きな手で囲い、火を点けてくれた。

「一人か？」と聞く。

頷くと、こちらの要望を聞かずにすぐに注文する。

「おじさん、こっちにキリンビールひとつ」

中卒で旋盤工になった丈次は、学生と違って、男の振る舞い方をよく知っている。直子を気遣って、カウンターの端にあるグラス置き場から、自ら清潔なグラスを取って来た。端っこにいた一人客が勘定を払って出て行った。途端に、丈次がふざけて言う。

「さあ、直子、ビールがんがん飲もうぜ」

飲み屋でもないのに、とはらはらする直子のグラスに、新しく運ばれてきたキリンビールを注いでくれた。

「サンキュー」

何も言わずに、グラスを合わせて乾杯する。

「おじさん、こっちに餃子もうひとつ。あと、野菜炒《いた》め」

また丈次の大盤振る舞いが始まりそうだ。直子は壁に貼《は》られたメニューを睨《にら》んでいる丈次を止めた。

「もういいよ。そんなに食べられないから」

丈次は、茶のコーデュロイのパンツに、ヘリンボーンのジャケット、中に黒いタートルネックセーター、という渋い格好をしている。

以前より痩《や》せてはいたが、顔色はいいし、服装が清潔でセンスがいいので嬉しかった。

「これから、『スカラ』に行くなら、一緒に行くか？」

丈次が、張り切った様子で尋ねる。

「いや、もうあそこには行かない」

「何で」

丈次が、どぼどぼとグラスにビールを注ぐ。

「麻雀《マージャン》に飽きた」

「直子は、飽きるほどうまくねえよ」と、丈次。

笑って腕時計を見ると、「ＣＨＥＴ」を出てから四十分経《た》っていた。怪訝《けげん》な顔をする丈次を置いて、慌《あわ》てて外に出た。

「ちょっとごめん。電話してくるから」

平和通りのタバコ屋の前にある電話ボックスに入り、宇都宮のライブハウスに電話してみた。だが、「取り次ぎはできない」と、にべもなく断られた。

食い下がって、宿泊しているホテルはわからないか、と聞いたが、教えられないと言う。どうやら、ファンからの問い合わせだと思われたらしい。

明日は、昼間のうちに郡山のライブハウスに電話してみようと思う。深田の声が聞けないと思うと、寂しさが募る。

「上海」に戻ると、丈次が一人で所在なげに飲んでいた。ほんの五分程度、席を外していただけなのに、カウンターには二人の男が座っている。

「ごめん。ちょっと用事を思い出したの」

「もういいのか?」

頷くと、丈次が「もやしそばふたつ」と勝手に注文した。まだ手付かずの餃子がひと皿と野菜炒めがあるし、ビールもほとんど一本が残っているのに。

「ちょっと注文早くない? 食べるの、追い付かないよ」

「いいんだよ」

直子は丈次の悪い癖が始まった、と気を揉《も》んだ。丈次はいつも、食べきれないほどの量を注文して、そのほとんどを残す。そして、不満そうな店の人間に、「金を払ったんだ、何か文句あるか」と言わんばかりの態度を取るのだ。

工場の先輩にそんな躾《しつけ》でも受けたのか、丈次は学生からすると信じがたい振る舞いをすることが多々あった。極端な気遣いと傲慢《ごうまん》さ。

「あ、丈次がいた。直子もいる」

大声がして、驚いて顔を上げた。ガラスの引き戸を開けて顔を出したのは、吾郎だ。

麻雀の面子《メンツ》を探しているのだろう。「スカラ」で麻雀をしたい仲間は皆、「上海」や「COOL」で待っているから、容易に探すことができる。

「丈次、麻雀やろうぜ」

　丈次は、不機嫌な顔で返した。

「まだ、直子と飯食ってんだよ」

「じゃ、後で来てよ」

「残りは誰だよ」と丈次が眉根《まゆね》を寄せた。

「タカシと新堀だ」

　吾郎が、直子に気を遣ってか、小さな声で答えた。

「新堀が来てるの？」

　直子の問いに、吾郎が哀れなほど慌てている。

「新堀だけで、連れはいないよ」

　バンドをやっているという恋人は連れて来ていない、という意味だろう。そういや、新堀に傷付けられたこともあったっけ。そんな傷など、どこにあったのかわからないほど遠くに霞《かす》んでしまった。

ゴロちゃん、そんなこと全然気にしてないよ、と言いたかったが黙っていた。

「直子、久しぶりじゃない。どうしてたんだよ」

吾郎が横にやって来て、気安く肩に触れた。この男とも寝たことがあったっけ。直子は吾郎の目をまじまじと見詰める。

「べつにどうもしないよ」

言い方が剣呑《けんのん》だったのか、吾郎が少し戸惑った顔をする。

「もう麻雀しないのかい？」

「しない。忙しいから」

「忙しいのはどうして。バイト？　それとも勉強？」

直子は何と言おうかと、頭を巡らせて狭い店内を見回した。だが、答えは浮かばない。

「いろいろ」

そう答えた途端、急に虚《むな》しくなってきた。

和樹が死にかけているのに、ビールを飲んで餃子を食べている場合じゃない。深田が仕事しているのに、麻雀の面子がどうの、と話している場合じゃない。早く家に帰れ。いや、本当は深田のところに帰りたいのに帰れない。

涙が溢れそうになって、直子は慌てて言った。

「丈次、用事があるんで帰るね。ご馳走《ちそう》さん」

少し多いと思ったが、千円札を二枚、カウンターに置いた。

丈次が、「要らない」と怒って返すに違いないと身構えていたら、意外にもそのままにしている。直子はバッグを摑んで立ち上がった。

「ゴロちゃん、またね。あたし、ゆっくりできないんだ」

吾郎は呆気《あっけ》に取られた風に直子を見送り、丈次は傷付いたように両手をポケットに入れて俯《うつむ》いていた。

直子は「上海」なんかに行かなきゃよかった、と後悔しながら街を走った。

4

中核派は、殺すことを「完全殲滅《せんめつ》」、重体に陥れることを「徹底殲滅」と呼ぶのだとか。植物人間になりそうな和樹は、「徹底殲滅」されて、今や「完全殲滅」に向かう途上にあるのかもしれない。

辞書を引けば、「殲滅」とは、「皆殺しにして滅ぼすこと」とある。直子は、和樹が

「滅ぼされた」事実に衝撃を受けている。しかし、和樹も中核派に同様のことをしてきたはずだから、どこかに和樹が「滅ぼした」かもしれない相手がいるかと思うと、その罪深さに戦《おのの》くのだった。

『親としては、人様の子供さんに大怪我《おおけが》させるより、なんぼか気が楽だよ』

病院に向かった時の父親の台詞《せりふ》が蘇り、どうしてあの時、「欺瞞《ぎまん》的じゃない」などと反発したのだろう、と気が塞《ふさ》いだ。

「内ゲバ」は、殺し合いだ。国家権力は故意に学生たちを放置して、互いを「完全殲滅」するまで、高見の見物をするつもりだ。ああ、嫌だ。歯噛《はが》みするほど、セクトが嫌いだ。学生たちに殺し合いをさせる国家権力が嫌いだ。この国が嫌いだ。

帰宅後に知った和樹の事件は、効き目の遅い毒のように、次第に直子を傷付けていく。吉祥寺から帰って来た直子は、すぐにベッドに入ったが、ほとんど眠ることができなかった。

いつしか、うとうとしていたらしい。階段を降りる重い足音に起こされた。古い家がみしみし揺れるほどの震動は、いったい誰のものか。

和樹に何かあったのかもしれない。直子は、妙に冴《さ》え渡った気持ちで起き上がった。ベッド横のテーブルに置いた目覚まし時計を見ると、午前六時前だった。まだ陽も昇っておらず、外は真っ暗だ。

直子は寒さに震えながら、ベッドから出た。カーディガンを羽織って、部屋のドアを開ける。階下を覗くと、薄暗い廊下の先にある居間に、照明が点《とも》っているのが見えた。

何か不吉なことが起きたに違いない。直子は覚悟して部屋を出た。ちょうどその時、長兄の良樹が階段を上がって来た。

「どうしたんだ。早いじゃない」

良樹が驚きつつも、暢気《のんき》な口調で言った。

「和ちゃん、どうかしたの？」

「いや、どうもしない。何も連絡はないよ」

良樹が驚いたように首を振った。

「騒がしいから、何かあったのかと思った」

「起こしてごめん。俺がこれから新幹線で大阪に帰るんだよ」

なるほど。二人の兄がいなくなって久しいから、若い男の足音の勢いと重さを忘れていたのだろう。

「今日は寒いぞ」

良樹が忙《せわ》しなく自室に入って行った。その背中を追って、今は物置と化した長兄の部屋を覗く。火の気のないひんやり冷たい部屋に、若い男の脂臭が微《かす》かに漂っていた。

「お兄ちゃん、帰ってしまって平気なの？　和ちゃんは大丈夫かな」

「あいつはまだ大丈夫だよ。昨日見た感じでは、今日明日の問題じゃないと思う。だから、一度帰って、また週末に戻るよ」

良樹の冷静な言い方に、ほっと安心する。

「わかった。じゃ、気を付けてね」

踵を返した直子に、良樹が声をかけた。

「直子もあまり気にしないで普段通りにしてろよ。でないと、ばれるぞ」

「誰にどうばれるの？」と、振り返る。

「和樹がまだ死んでなかったとわかれば、また殺しに来るかもしれないし、もし、和樹が元気になったらなったで、オヤジは足を洗わせるつもりだから、今度は裏切り者と言われて、追われるかもしれないじゃないか」

「じゃ、両方から追われるの？」

「わからないけど、そう簡単にはいかないよ。活動をやめないまでも、事件を政治的に利用されるかもしれないし」

「政治的な利用って何」

直子が聞くと、良樹が肩を竦めた。

「さあ、俺にも見当がつかない。復讐するための道具にしたりさ。いろんなことがあるんじゃないか。これほどの怪我をさせるくらいなんだから、互いに何でもするだろう」

「怖いね」と、思わず口を衝《つ》いて出た。

「うん、俺も怖い。だから、おまえさ、和樹のこと、あまり他人に話すなよ」

「誰にも言ってないよ」

すでに泉に話してしまったし、これから深田にも伝えるつもりだったが、憮然《ぶぜん》として否定した。

「なら、いいよ。じゃ、もう出るから。俺、七時の新幹線に乗らなきゃならないんだ」

良樹はスーツの上からコートを羽織り、家全体をみしみしさせながら階段を駆け下りて行った。

「さいなら」

直子は二階から兄を見送った。階下で、すでに起きていたらしい母親が、兄に声をかけている。

「良樹、また和樹に会いに来てやってね」

玄関の引き戸を開ける音がする。

「わかってるよ。週末来るから。じゃあ」

お母さんもきっと心細いんだ。直子は部屋に戻り、再びベッドに潜り込んで、必死に目を閉じた。すると、怖ろしい夢を見た。


山の中の地面が四角く掘られている。矩形《くけい》の大きな穴の底には、白いペンキで人の形が幾つも描いてある。死体が埋まっていた穴が掘り返されたのだ。

死体はすでに取り出されて、そこにはない。だが、一体だけ新しく見付かった、と誰かが騒いでいる。

「ほら、あそこにあるんだ。覗いてごらんよ」

横に立って直子に囁《ささや》くのは、吾郎だ。傍らには丈次もいるし、遠くにタカシの姿もある。皆がわいわいと穴を取り囲んでいる。丈次は、昨夜会った時と同様、鬱屈したような、侘《わ》びしげな表情をしていた。

直子は怖ろしくて、覗き込むことができないでいる。新しく発見された一体は、和樹だと確信しているからだ。病院で見た、包帯を巻かれて寝ている姿は別人で、和樹はとうに殺されて、この穴に埋められていたのだ。

「だいたいさ、札幌《さっぽろ》オリンピックが終わった途端に、連合赤軍のリンチ事件を発表しただろう。警察もとっくにわかっていた癖にさ、オリンピックが終わるまで発表を遅らせていたんだよ。卑怯《ひきょう》なヤツらだねえ」

わかったような講釈を述べているのは、桑原だ。いつの間にかやって来て、直子の隣りにいる。

穴の周囲には、まだ雪が残っていた。白い雪と、掘り返された黒い土。そして白いペンキと、底の黒い土。その対比が禍々《まがまが》しい。しかも、人型のペンキは、はっきりと埋められた死体の頭部の角度を表している。その人が最後まで苦しんだであろう形を。

直子は怖ろしさに震えてきた。

「あれは、直子のお兄さんか？」

深田の声がする。嬉しくて振り向くと、深田が少し後ろから、柔らかな微笑《ほほえ》みで直子を見ている。

「そうだと思うの」

深田が来てくれた。直子は心の底から安堵《あんど》して、甘えた言い方をした。

どうやら、深田は人垣の後ろで、タバコを吸っているらしく、こちらに来ようとはしない。直子の方から深田のもとに向かおうとするが、人が多くてなかなか行き着けない。無理に押しのけようとした瞬間、人垣が割れて、一瞬穴の底が覗けた。見たくない。目を背け、悲鳴を上げそうになったところで、目が覚めた。

悪夢のせいで、動悸《どうき》が激しかった。酷《むご》く殺された死体の恐怖と、深田への恋慕とで胸が締め付けられそうだ。恐怖と恋情がそのまま表れたような夢の姿に、ひとり震撼《しんかん》する。

夢の中の四角い穴は、連合赤軍事件の生々しい写真そのものだった。和樹の大怪我も、連合赤軍事件と根は同じなのだ。私たちは、僅《わず》かな差異で他人を批判し、決して許さず、殺し合う時代を生きている。

直子はカーテンを開けた。空はどんより曇っていて、いかにも底冷えしそうな色だった。夜が明けても、問題は何ひとつ解決していないことに、憂鬱になる。

「直子、直子。出掛けるから、早く下りて来て」

階下で、母が呼んでいる。急いでジーンズを穿《は》き、黒いタートルネックセーターを頭から被《かぶ》った。部屋を出て、人が上り下りする真ん中だけが黒光りする階段を下りた。

居間に顔を出すと、母親が茶のウールコートを着ながら、壁に掛かった電気時計を見上げている。

「お母さん、病院に行くから、ここを片付けた後、お父さんを手伝ってあげてよ」

「いいけど」

食卓の上には、新聞や湯飲みなどが、放置してあった。母親も余裕がないと見える。

直子は食卓の上を片付けた後、炊飯器に入っているご飯と、ほうれん草の味噌汁《みそしる》、卵焼きなどで朝食を食べた。

「あら、直ちゃん、早いね」

祖母が身支度を整えて現れた。十時に店を開けるから、店番をするつもりなのだろう。祖母も顔色が悪く、やつれた表情をしている。

「おばあちゃん、店番、代わろうか？」

「いいよ。何かしてないと、居ても立ってもいられないから」

「お母さん、もう出掛けたよ」

「知ってる。和ちゃん、頑張ってほしいね」

祖母がそう言って遠くを見た。直子は遣《や》り切れなくなって、顔を背けた。

深田に連絡しなければならないことを思い出し、廊下の隅にある家の電話で、今夜演奏することになっているライブハウスに電話をしてみた。開店前らしく、誰も出ない。直子は落胆して、しばらくコール音を聞いていた。

父親が店から廊下に顔を出して、直子を呼んだ。

「直子、直子はいるか?」

直子は受話器を置いて、父親のところに行く。

「いるよ、何」

父親は、紺色のジャンパーに酒屋の前掛けをしている。

「配達に行くから、一緒においで」

家出した自分と、話をしておきたいのだろう。

「いいよ」

やむを得ず頷いた。


店の前に、父親の乗った軽トラが停まっている。直子は助手席に乗り込んだ。父親がゆっくりと発進させて、五日市街道を西に向かう。しばらく無言だったが、直子の大学を過ぎた辺りで、直子の方から話しかけた。

「こんな遠くに配達行くの、珍しいね。配達、何軒あるの?」

「そんなにないよ」と、父が答えた。「こんな時に何だけど、直子がふらふらとどこかに行ってしまいそうで、心配だからな」

自分はそんな風に見えるのだろうか。

「ごめん」

謝ると、父親は軽トラを路肩に停めた。

「タバコ吸うか？」と、ポケットを探っている。

「うん、吸いたい」

悪びれずに返事をすると、ハイライトの箱が差し出された。一本取ってくわえる。父親もくわえて、マッチを擦った。火を点けて貰って、父親と同時に煙を吐く。

「何か話があるんだろう？」

父親の方から振って寄越した。

「うん、あたし、大学辞めて働こうと思ってる」

「働くって、何をするつもりなんだ」

驚きもせずに、父親が軽トラに備え付けの小さな灰皿を引き出した。吸い殻は綺麗《きれい》に掃除してある。

「わからない。何ができるかもわからないけど、もう学校に行くのが嫌になったの」

「そうじゃないんだろう。三週間もどこにいるか連絡もなくて、突然帰って来て、大学も辞めるって言うんだから、何かあったんだろう」

父親が不快さを隠さない口調で言う。

「その、何かあったことを聞きたいわけ？」

直子もしぜん抗《あらが》う言い方になった。

「話したくなければいいよ。どうせ、ろくなことじゃないだろう。和樹にしても、おまえにしても、自分勝手なことばかりしている。大学に行かせるのだって、うちにとっては大きな出費だよ」

「わかってるよ」

「わかってないよ。わかった気になってるだけだ」

父親に怒鳴られて、直子はカッとした。

「じゃ、何をわかれって言うのよ。親はいつもそう言うんだよ。甘いとか、わかった気になってるとか」

父親は無言だった。ゆっくりタバコを潰《つぶ》してから顔を上げた。

「おまえは、高校の時に当然のように大学に行きたいって言ったよね」

「言った。だって、お兄ちゃんたちはみんな行ったじゃない」

「それが理由だったのか？」

「いや、それだけじゃなかったよ。大学に行く時間を、お父さんに買って貰ったと思っている」

父親が苦笑した。

「じゃ、何か。俺たちが酒屋をやって儲《もう》けた金で、おまえの暇な時間を買ってやっただけだって言うのか。そうだよな。おまえは、セクトには入ってないが、ろくに勉強もしないで、麻雀したり、ジャズ喫茶行ったり、一日寝ているだけだものな。大学って、そういう場所なのか。だったら、辞めるがいいよ。お父さんは止めない」

「勉強したかったけど」

父親に正論を言われて、何も言えなくなった。

「したかったけど、何だ」

「何でもない」

好きな男が出来て、その男に、大学を辞めて働かなければ一緒に住むことはできない、と子供同然に扱われたから、なんてどうして言えようか。

「ともかく働きたくなったのよ」

直子は唇を噛んだ。

「いいよ。うちは和樹のことで、これからものすごくお金がかかるだろうから、直子の学費がないだけでも助かる。そうしたいのなら、誰も止めないよ」

頷くと、父親がエンジンをかけた。

「お父さん」と、直子は顔を上げた。「和ちゃんのこと、どうするの？」

「どうするって？」

父親と目が合った。目の下にどす黒い隈《くま》が出来ている。

「これからどう決断するのかなって、思ったから」

「どうするもこうするも、生きてて貰《もら》うように祈るしかないだろう。俺はお母さんの言う通りにするよ」

「ごめん」突然、こんな言葉が出た。「ごめん、お父さん。親不孝で」

「直子は親不孝じゃないよ。一人で生きていくのなら、それでいい。和樹が甘ったれた親不孝者なんだ」

父親が軽トラを路地に入れて、Uターンした。今走って来た道を戻る。

「ところで、直子は、いつ家を出て行くつもりなんだ？　出て行くんだろう？」

はっきり聞かれて言葉に詰まった。深田との約束は六日後だが、和樹の容態次第だし、そのことを深田と相談していない。

「もう少しいる。和ちゃんが心配だから」

「和樹が落ち着いたら、出て行くということだね？　学校を退学して」

父親に言われた途端に、寂しくなった。しかし、自分は深田とともに暮らすことを決めたのだ。貧乏しようと苦労しようと、深田さえいればいい。

「そのつもりだけど」

「誰か、好きな人が出来たのか？」

思い切った風に、父親が聞いた。

「うん」と、正直に答える。「その人と暮らしたいの」

「直子のことだから、信用しているけど、騙《だま》されるなよ」

騙す？　メロドラマじゃあるまいし、何と俗なことを言うのだろうか。直子は内心、父親を、いや、父親が代表する「世間」を軽蔑《けいべつ》した。

父親とたった三十分のドライブをして、家に戻って来た。正面から店を覗くと、店番をしている祖母が、近所の主婦に醬油《しょうゆ》と味《あじ》の素《もと》を売っていた。そのまましばらく、世間話をしているらしいので、店からは入らず、裏の勝手口に回った。

「すみません」

女の声がして、驚いて振り向く。長い髪を真ん中分けにして灰色のコートを着た若い女と、黒いセーターにシャツの白い襟を出した男が立っていた。二人とも学生風で、青白い顔色をしている。

「あの、三浦さんのご家族の方ですか？」

「はあ、そうですけど」

直子の返事を聞いた女は、男に目配せした。嫌な予感がして、家に駆け込みたくなる。

「私、山本といいます」と、女が言うと、男も落ち着いて名乗った。

「僕は鈴木です」

二人揃《そろ》って、名字が平凡であることが異様に感じられる。

「何のご用ですか」

二人は、直子よりも年上のようだ。二十五、六歳だろうか。

「私たち、救対の者なんです」

「キュータイ？」

「はい、救援対策センターです」

つまり、セクトから来た連中だ。良樹の言葉が蘇《よみがえ》る。

『和樹がまだ死んでなかったとわかれば、また殺しに来るかもしれないし、もし、和樹が元気になったらなったで、オヤジは足を洗わせるつもりだから、今度は裏切り者と言われて、追われるかもしれないじゃないか』

直子が固い表情で立っていると、女が心配そうに眉を寄せて聞いた。

「三浦君のことを、とても心配しています。私たちでできることがあれば、何でもしますので、容態を教えて頂きたいのですが」

「何も言うことはありません」

直子の言葉に、「鈴木」が反応した。

「昨日、皆さんでお出かけになりましたよね。僕ら、三浦君の容態に何か変化が起きたのではないか、と心配しています」

「見張っていたんですか？」

直子の問いには、無言だった。すでに、入院先も突き止めているのだろう。

「お話しすることはありませんので、失礼します」

二人を押しのけて家に入ろうとすると、「山本」が縋《すが》るように、直子の前に回った。

「すみません、待ってください」

「山本」は痩せていて、直子よりも五センチほど背が高い。細い目がやや離れて付いているのが眠そうで、おっとりした魅力的な顔だった。

「あなたは、S大に行っている妹さんですよね？」

「そうですけど」

薄気味悪いものの、「山本」の表情が必死なので、何を言うのか知りたくもあった。

「すみません、私、和樹さんの同志ですけど、プライベートな恋愛関係もあるんです。だから、心配しています。お願いだから、教えてください」

和樹の恋人だと言うのか。一瞬、心が動いた。が、奇蹟《きせき》が起きて和樹が元気になり、「裏切り者」になった時はどうなるのかと思うと、決心が付かない。

「ごめんなさい、言えないんです」

直子は強引に「山本」を押しのけて、家に入った。引き戸をぴしゃりと閉めて、鍵《かぎ》を掛ける。恋人だったら、さぞかし知りたいだろう。「山本」に現状を教えてやりたい気持ちが募るのを、懸命に堪《こら》えた。


直子は午後までじりじりして待ち、ライブハウスに電話をしてみた。楽屋入りは午後四時過ぎだというので、その頃に電話をくれるよう言付《ことづ》ける。「こちらも出入りするので、確約はできませんが」と、言われてがっかりする。やはり、熱心なファンと思われているらしい。泊まるホテル名も聞いてみたが、わからない、とにべもない返事だった。

辛《つら》さに耐えかねて、アキに電話してみた。数回のコールで、掠《かす》れた声が聞こえた。

「もしもし、アキですけど。どなたあ？」

「アキさん、直子です。お元気ですか？」

「あら、ナオコか。久しぶりじゃない。あんた、元気だった？」

「ええ、元気です。アキさん、すっかりご無沙汰《ぶさた》してすみません」

謝ると、アキが笑いながら言う。

「知ってるよ。あんた、ケンちゃんと出来ちゃったんだよね。びっくりしたけど、お似合いかも。あの子もすっかりあんたに入れ込んじゃって、二人で暮らしているっていうじゃない。でも、今ドサ回りでしょう？　あんた、付いて行かなかったの？」

「駄目だって、言われましたから」

「どうして？」と、アキが不満げに言う。「何で駄目なのよ」

「女禁制だって言われました」

「ウソ。よく言うよ」

アキの言い方に不安になる。

「ケンちゃんがウソ吐《つ》いたんですか？」

「少なくとも秀島ちゃんは違うよ」

ほっとすると、すかさずアキにからかわれた。

「あ、ケンちゃんがウソを吐いたのかと思って、焦《あせ》ったんでしょう？　可愛《かわい》いなあ、ナオコは。まだ初《うぶ》なんだね。二十歳《はたち》じゃ、若いもんな」

永遠にからかわれそうなので、直子は慌てて遮った。

「それで、アキさんにお電話したのは、ちょっと聞きたいことがあるからなんです」

「何よ、あたしがわかることならいいけどさ」

タバコの煙を吐いているような音がした。

「ケンちゃんに連絡を取りたいんだけど、ライブハウスが取り次いでくれないんです。どうしたらいいですか？」

「ボーヤだから、取り次いでくれないのよ。秀島ちゃん経由で頼めばいいんだよ。でも、ナオコからは言いにくいよね。じゃ、あたしが秀島ちゃんに電話して、ケンちゃんがあんたに電話するよう、頼んであげる」

「ありがとうございます。じゃ、自宅の電話番号を言います」

アキが書き留めた後、復唱した。これでようやく深田と話せる。直子は気が抜けて、受話器を持ったまま、廊下にへたり込んだ。

5

深夜、ようやくかかってきた深田の電話を取ったのは、直子の母親だった。いったん病院から戻って来たものの、電話が鳴ると和樹の容態が急変したのではないかと、真っ先に受話器を取るのだ。二階の自室にいる直子は、到底間に合わない。

「はい、三浦です」

おそるおそる電話を取った母親は、直子が階段を駆け下りて来たのを見て、怪訝な顔をした。

「ああ、直子ですね。ちょっと待ってください」

病院からではないとわかってほっとしたらしいが、送話口を押さえて、直子に文句を言った。

「深田さんという人からだけど、人のうちに電話をするには遅いんじゃないかしら」

直子は無言で、引ったくるようにして受話器を奪った。

「もしもし、直子です」と、勢い込んで話す。

「俺です、深田。どうしたの？　ここに電話かけろって、突然、秀島さんに言われてさ。何ごとかと驚いたよ」

深田は少し不機嫌だった。アキ経由で秀島に伝えて貰ったために、事情を知らないのは無理もなかった。

「ごめん。あなたに連絡したかったんだけど、なかなか取り次いで貰えなかったから。アキさんにお願いしてみたの」

「なるほど、それでか。で、どうした？　何かあったの」

すぐ隣の台所で、母親が聞き耳を立てているのがわかる。三週間も連絡をしなかった娘の相手からだと、すぐに気が付いたのだろう。

「ちょっと家でいろいろあってね。約束した日には、行けないかもしれないの」

直子は暗い声で告げた。

「いつならいい？」

たちまち、深田の声が心配そうに翳《かげ》った。

「まだわからない」

「何だよ。反対されたのか」と、尖《とが》る。

「違う、そうじゃない」

「ボーヤやってる男となんか付き合うなって、言われたか？」

深田が自嘲《じちょう》的に言ったが、直子は逆に子供扱いされてむっとする。

「違うって言ってるでしょう。事情があるのよ」

母親がすぐ横で聞いているのだから、次兄が内ゲバで危篤《きとく》状態にあって出られない、なんて告げられるわけがなかった。どう説明したら、深田は納得してくれるだろうか。

直子は薄暗い天井を見上げて考えている。

「事情って何だよ。話せよ。せっかく電話したんだから」

深田が促すので、直子は電話口を手で覆《おお》って囁くように言った。

「ごめん。電話では言えないのよ」

「だいたいわかるよ。直子は大事な一人娘だからな」

「違うんだってば」

深田は誤解している。直子は焦ったが、良樹に「他人に話すな」と口止めされたこともあり、正直に言うのは憚《はばか》られた。迷っていると、深田が問うた。

「さっきのは、お母さん？」

「そう」

「直子と声が似てるね」懐《なつ》かしそうに言う。「すごく会いたくなった」

「まだ別れて二日しか経ってないのに、すぐに会いたくなって困るよ。俺が帰って来る頃は、どうしても出られないんだね？」

「うん。家で問題が起きていて、一週間後は無理だと思う」

「俺たちのことか？」

「そうじゃない。家族の一人が具合が悪いの」

深田はようやく納得したらしい。

「わかった。十日後くらい？」

それも無理かもしれない、と答えると、深田は矢継ぎ早に質問してきた。

「二週間後ならどうかな」

「二週間経ったら、行けるかもしれないけど、約束はできないの。どうにも動くことのできない状態なのよ」

「じゃあ、来られる時に部屋に入って待っててくれないか。その頃、またツアーに出ると思うけど、流動的なんだ」

「そうする。いつとは約束できないけど、必ず行くから」

深田が心配そうな声を出した。

「あたしも」

「いつになったら、直子と会えるのかな」

「ケンちゃん、だったらツアーの間じゅう、あたしのうちに電話してよ」

「いつ電話すればいい？」

「明日も、明後日《あさって》も。その次の日もずっと」

「努力するけど、公衆電話に辿《たど》り着くのも難しい夜もあるから、毎晩できるかどうかはわからない」

「どうして？」と、直子は呆《あき》れて叫んだ。

「実は、秀島さんとこのボーヤ、やめるかもしれない。だから流動的って言ったんだ」

深田が暗い声で打ち明けた。

「何が起きたの」

「トリオの中で、人間関係がごたついてるんだ。秀島さんはやたらと酒飲んで暴れるし、今回はさすがにうんざりした」

珍しく愚痴をこぼす。

「秀島さんて、酒乱なの？」

「酒乱なんてもんじゃない。飲み始めたら大変だよ。後始末に駆けずり回らなきゃならない。昨日も居酒屋の店内でおしっこしたんだ。こうやって、出入り禁止の場所が増えていくから、たまんないよ」

「おしっこしたの？」

「そうだ。札幌では、大通公園でクソした。もっとも雪の中だったけどね。しかし、情けねえぞ、大の大人がクソするんだから」

直子は思わず笑った。楽しくて、深田といつまでも話していたい。だが、突然、強い力で腕を引かれた。驚いて振り向くと、母親が怖い形相で立っている。

「長電話はいい加減にして。病院から電話がかかって来るかもしれないでしょう。それに、きゃっきゃ笑ってると癇《かん》に障《さわ》るの」

今の叱責《しっせき》が深田に聞こえたかもしれない。直子は怒りで肩をそびやかした。受話器を手で押さえて文句を言う。

「やめて、聞こえるでしょう」

「もしもし、どうした？」

話が途切れたので、深田の低い声が薄暗い廊下に響いた。

「何でもない。もっと話していたいけど、駄目なの。お母さんに怒られちゃった。だから、また明日、電話ちょうだい」

わざと明るい声で言うと、深田はすぐさま諦《あきら》めたようだ。

「じゃ、また電話する。おやすみ」

電話を切った後、直子は母親と話すのが嫌で、しばらく電話の前から動かなかった。するると、母親の方から切りだした。

「ねえ、『二週間経ったら、行けるかもしれない』って、何のこと？　その頃には和樹が死んで、すべて片付いているってこと？」

「そんなこと言ってないよ。脚色するのやめて」

直子はむかっ腹を立てた。

「あんたは今、彼氏と会う約束してたんでしょう。今は和樹が危篤だから動けないけど、もうじき死んだら動けるって、そう言いたかったんでしょう？」

それは真実に近い。しかし、近いだけで正確ではない。なぜなら、直子は和樹の死を望んでいないのだから。だから、どうにも動けないのに、どうして母は自分を責めるのだろうか。

あまりにも感情的になっている母親を正視できずに、直子は顔を背けた。

「酷《ひど》い妹ね。さんざん心配かけて、やっと帰って来たと思ったら、和樹が死ぬのを待って、また出て行こうとするんだから」

母親が涙をぼろぼろ流して言った。哀れに思いながらも、つい残酷になる自分もいる。

「そんなこと思ってもいないのに、どうして決め付けるの。お母さん、看病で疲れたのなら許してあげるけど、本心から言ってるのなら、絶対に許さないよ」

「でも、直子は今の状態が嫌なんでしょう？　死ぬのか、死なないのか、延命装置付けるのか、付けないのか。どっちつかずの状態が嫌なんでしょう？」

自分で言いながら、母親の顔が蒼白《そうはく》になっていく。

「どっちつかずだなんて思ったことない。和ちゃんが生きていて嬉《うれ》しいよ」

「でも、あんたは深田さんとやらと約束したから困ってる。そうでしょう？」

母親がやけに絡《から》むので、直子も腹立ちが収まらない。

「和ちゃんのことで、みんなが悩んで困っているのは事実じゃないの？　そうでしょう？」

直子は腕組みしながら、自分の口を手で抑えた。このままだと、言ってはいけないことを口走りそうで怖かった。

「悩んで困ってなんかいないわ。あたしは、心の底から心配している。息子が死んだらどうしようって。直子だって、そうじゃないの？　そうでしょう？」

「そうだよ。心配しているよ。だけど、和ちゃんがセクトに入って殺し合いしてきたのは事実じゃない。自業自得だとは言わないよ。本当に可哀相《かわいそう》だし、死んでほしくないよ。でも、覚悟はあったよ。いつか、そんなことが起きるかもしれないって。本人だってそう思っていたと思う。それに、あたしだって、いろんな人間関係があるんだから、『一週間』がどうこうって、電話を盗み聞きした挙げ句に、揚げ足取らないでよ」

直子は自己嫌悪《けんお》に陥りながら叫んだ。

最早《もはや》、この家に留まることに、耐えられなくなっている。それがどうして母親にわからないのか。家族だから、皆で一緒の行動をしなければならないと思っているのか。家族だから、同じ量の悲しみを持たなければならないのか。ぞろぞろと隊列を作って、病院に向かった時のことを思い出す。

「盗み聞きして揚げ足取るですって？　そんな風に人を貶《おとし》めて、あんたは楽しいの」

母も激昂《げっこう》して怒鳴った。

「お母さんは、あたしの揚げ足を取ったよ。あたしだって、和ちゃんに死んでほしくなんかない。だけど、そんな事態になっていることを知らなくて、してしまった約束だってあるんだから、今後の予定を話したっていいでしょう。あたしにとっては、大事な用件なのよ。みんな、それぞれの事情があるんだからさ」

「それぞれの事情って何よ」

母親がくたびれたように呟《つぶや》いた。

「簡単じゃない。お父さんとお母さんはお店があって、三人の子供がいる。良樹兄ちゃんには会社がある。あたしは学生だけど、大事な約束がある。そして、和ちゃんは危篤。これが、それぞれの事情ってもんじゃないの。違う？　何で良樹兄ちゃんの事情は許して、あたしの事情は許せないの？」

母親が急に肩を落とした。

「直子、和樹が一人で遠いところに旅立って行こうとしているんだから、そんな時くらい、ずっと側《そば》にいてあげてよ」

ああ、この人はとうに諦めていたんだ。涙が溢《あふ》れそうになったが、必死に我慢した。

「わかってるよ。だから、こうやって少しでも長く保《も》ってほしいと思いながら、待ってるんじゃない」

「何を待ってるの」

母親の方が顔を背けた。

「傷付けたらごめん。でも、ある種の決着でしょう」

母親が力無く首を横に振った。誰もが、和樹が少しでも安らかに召されるのを待っている。本当は待ちたくないのに、待たざるを得ないから、苦しくて堪《たま》らないのだ。

「ごめん、あたしはもう待てない。あたしが一番弱いんだと思う。お母さん、許してね」

直子はそう言い捨てて、二階への階段を上った。

「何を許してって言うの。待てないって、どういう意味？」

母親が声をかけたが、直子は答えずに、みしみしと音がする階段を上り続けた。階下にいるはずの父親も祖母も、二人の口喧嘩《くちげんか》が聞こえていたはずなのに、どちらも出て来ようとはしなかった。

「ねえ、直子、どういう意味なの？」

もう一度、母親が聞いたので、階段を上りきった直子は振り向いた。

「お母さん、あたしは明日、この家を出て行く。でも、和ちゃんにはさよならを言ってから行くね」

「わかった」

母親は異様なほど静かな表情で頷《うなず》いた。

その夜、直子はまんじりともせずに過ごした。ようやく夜が明けたが、師走《しわす》の早朝は暗く寒い。「待つから、怖いんだ。だったら、自分から行くしかない」と、独り言を言ってみたが、それが強がりだということは百も承知だった。

素早く身支度をして、七時前に家を出た。明け切らない道を駅まで急ぐ。和樹に別れを告げに行くのだ。早朝に家を出たのは、母が病院に到着する午前九時まで、和樹と二人きりで話したかったからだ。

和樹の病室の前に着いたのは、病院内にまだ朝食の味噌汁の匂《にお》いが満ちているような時間だった。ナースステーションでミーティングをしていた看護婦が、驚いたように直子を見た。

「あら、早い。三浦さんの妹さんですよね？　今日はお母さんじゃないの？」

直子はコートを脱ぎながら、頭を下げた。

「妹です。今、いいですか？　これから出掛けるので」

看護婦は「どうぞ」という風に微笑んだので、直子は病室のドアを小さくノックしてから、そっと開けた。

和樹は、同じ姿で横たわっていた。点滴の針が刺さった腕は細くなり、蛍光灯の青白い光の下で、顔色がひどく悪く見えた。口を半開きにしたままで、微動だにしない。

しかし、開いたカーテンから、冬の太陽が斜めに射《さ》し込んで来ている。直子は救いのように感じて冬の陽を見た。

「和ちゃん、おはよう。直子だよ」

直子は話しかけて、骨折していない方の左手の指を握った。血が通いにくくなっているのか、指先は冷たかった。

「こないだみたいに、握り返して。ねえ、和ちゃん」

何度も力を籠《こ》めてみたが、握り返してくる力はまったくと言っていいほど、感じられなかった。がっかりして、無精髭《ひげ》の生えかけた兄の頬をそっと撫《な》でてみた。瘦《や》せこけていて、頬も冷たい。

たったの二日間で、生気が失われてしまったのが悲しかった。しかし、直子が何度か頬を撫でると、少し表情が和らいだような気がする。

「和ちゃんの顔なんか触ったことないのに、触っちゃってる。可哀相だね、包帯でぐるぐる巻きにされて。痛かったでしょう。そうそう、昨日、救対の山本さんて人が来たよ。和ちゃんの恋人だって名乗ってたけど、容態は教えてあげなかった。もし、会いたかったのなら、ごめんね。でも、誰に教えていいのか、いけないのか、わからないの。良樹兄ちゃんが、誰にも喋《しゃべ》るなって言うから。でも、あたしは山本さんには教えてあげたかったと後悔している。それから、お母さんと、ゆうべ大喧嘩しちゃったよ。お互い言い過ぎてるのはわかってるんだけど、どうにもできないの。お母さんとあたし、似てるのかもしれないね。ともかく、みんな、和ちゃんのことで大混乱してるの。何が正しい道なのか、みんなわからなくなっているんだもん」

ふと、閉じられた左目の瞼《まぶた》が少し開いて、半眼になったように見えた。

「今、目を開けた？」

直子はどきどきして、そっと瞼の隙間《すきま》から覗《のぞ》いて見た。だが、目は見えなかった。思い切って開いてしまいたいが、そうはできないので、指でそっと唇に触ってみた。半開きになっているので、白い歯が見えている。健康な若い歯だ。大きな二枚の前歯を見ていると、兄のいろいろな表情が思い出されて涙が溢れた。子供の頃から仲のよかった兄の命は、まもなく終わろうとしているのだろうか。

「和ちゃん、あたし、好きな人ができたんだ。今まで、恋愛ってしてるんだかしてないんだか、全然わからなかったけど、やっとわかった気がする。幸せなんだけど、一番大事で好きな人がいるって怖いことだなと思ったよ。あの人がいなくなったら、あたし、死んでしまうかもしれない。人を好きになるって、怖《おそ》ろしいことなんだね。だからさ、お母さんとお父さんの悲しみが、実はすごくよくわかるようになった。お母さんはね、和ちゃんが死ぬんじゃないかと思って、恐怖に怯《おび》えているの。それなのに、あたしは親を捨てて出て行っちゃうんだよ。たった一人のために、みんなを捨てて行くんだよ。それでもいいのかな？　ねえ、どう思う？　和ちゃん」

もう一度、左手の指を握ってみた。力が籠もっていないので、するりと直子の手から滑り落ちていく。

不意に、和樹の首の角度が、来た時と変わっているような気がした。少し垂れている。まるで夢で見た、穴の中の人型の白い枠とそっくりではないか。直子は死の影を見たような気がして息を呑《の》んだ。

和樹はじきに死ぬだろう。いや、もしかすると今、この瞬間に死にかけているのかもしれない。では、和樹の魂はどこにいる。まだ和樹の体の中か。それとも、部屋の中を彷徨《さまよ》っているのか。直子は天井を見上げた。

死の確信が怖くて、直子はおろおろと立ち上がった。看護婦を呼びに行こうかと、迷いながら動き回る。しかし、吐息が微《かす》かに聞こえたような気がして、掌《てのひら》を口許《くちもと》に当ててみた。

「和ちゃん、苦しいの？　大丈夫？」

返事はない。しかし、目許が和らいだようだ。朝の光の中に横たわっている和樹は、幸せそうに見える。

「死ぬのってどんな気分なんだろうか。あたしはまだわからないけど、結局、早いか遅いかの違いだけで、人は必ず死ぬんだものね。みんな運命は同じなんだと思うと、別れが来るのは仕方がないような気もする。あたし、和ちゃんにお別れに来たんだよ。今日、家を出るんだ。そして、好きな人のところに行くの。大学を辞めて、働くことにした。でもね、その人とも、ずっと仲良くやっていけるかどうかなんて、全然自信がない。不安はすごくあるよ。我《わ》が儘《まま》な人だって、わかっているから。あたしもそうだしさ。だけど、もう決めたから、これでさよならだよ。和ちゃんと暮らしたのは、二十年くらいだったね。兄弟が一緒に暮らせるのも短いんだね。わかっていたら、もっと仲良くしてればよかったね。もう遅いかもしれないけど。でも、みんな和ちゃんのことを忘れないからね」

やはり、和樹は息をしていないようだ。亡《な》くなったのだ。直子はゆっくり病室を出て、ナースステーションに向かった。

報《しら》せを聞いて、両親と祖母がタクシーで駆け付けて来た。直子は病院の廊下で、母親と擦れ違った。

「和ちゃん、死んじゃったよ」

不思議と涙は出なかった。兄の臨終に立ち会った、ということが救いになっているのかもしれないが、そんなことは自己満足に過ぎない、とよくわかっていた。母親も青白い顔をしていたが、泣いてはいない。

「直子がそばにいてくれてよかったわ」

それだけ言って、病室に入って行った。直子は、一人で病院を出た。

家に戻って、和樹の部屋を覗いてみた。本を一冊貰おうかと思ったがやめにして、代わりに、ナイロン製のスポーツバッグに目を留めた。適当なバッグがないから、形見代わりに貰って行こうと思う。

気が変わって、本棚から『ギンズバーグ詩集』を抜いてバッグに突っ込んだ。詩集なんか一度も読んだことがないから、読んでみようと思う。

服や下着を、和樹のスポーツバッグに詰め込んで、コートを羽織り、深田の黒いマフラーを首に巻いた。まだ誰も帰って来ていないので、店に下りてレジを開けてみた。良心の呵責《かしゃく》を感じながら、一万円札を三枚抜いて財布に納める。

裏口から出て行こうとした時、家の電話が鳴った。もしや、深田ではないかと、履いた靴を脱いで、息せき切って電話に出た。

「もしもし、私、宮脇といいますが、直子さん、いらっしゃいますか？」

泉からだった。

「泉、あたしよ。どうしたの？」

まだ十一時過ぎだ。両親の帰りが遅いことに気付く。警察が検視をすると言っていたから、遺体が戻るまで時間がかかっているのかもしれない。

「いや、お兄さん、どうしたかなと思って」

泉はいい勘をしている。直子は大きく息を吸い込んだ。

「今朝、亡くなったの」

「今朝か」と、さすがに驚いた様子で息を呑む気配がした。「そうか。やっぱり駄目だったんだね。お母さんたち、お気の毒ね」

「そうなのよ。あたしがたまたま今朝行ってて、様子が変だと思ったの。だから、和ちゃんを看取《みと》ったのはあたしなのよ」

「そうか、大変だったね。それが、直子にとっていいことなのか悪いことなのか、私にはわからない」

泉に正直に言われて、直子は苦笑する。

「いいことだったよ」

はっきり言うと、泉が嘆息した。

「強いね、直子。あたしなんかびびっちゃうよ」

「そういう意味じゃないの。自分がよくわかるってこと。あたしね、最後にいろんなことを和ちゃんの耳許で喋ったんだ。でも、そういうのって自己満足だなと、逆に嫌な気分になりかかってるの」

「そうかな。お兄さん、最期《さいご》に直子の声を聞けたのは、嬉しかったんじゃないかな。あまりに楽観的かしら」

「ありがとう。今、気持ちが少し楽になったよ」

直子の肩から力が抜けた。すると、急に悲しくなって涙が溢れた。

「あ、今、ちょっと泣いちゃった」

涙声で言うと、泉が遠慮がちに聞いた。

「お葬式はいつなの？」

「さあ」と、直子はしんと静まり返った家を眺め回した。

黒ずんだ天井と、少し傾《かし》いだ古い家。酒と醬油と味噌《みそ》の臭《にお》いの染《し》み付いた、どの町にも一軒はある酒屋だ。

「何も聞いていない。内ゲバで死んだんだから、大袈裟《おおげさ》にはしないと思う。どこか小さな斎場でひっそりとやるんじゃないかな」

「行けたら、行きたいけど」

「いいよ、来なくて。だって、あたしもいないもん。それに、公安が来たり、セクト関係が見張っていたり、結構大変だと思う」

「いないってのは？」

小さな声で聞いた泉に告げる。

「あたしさ、今日これから福島に行こうと思ってるの。ケンちゃんに会いに行く。待ってるとろくなことがないから、自分から行くんだ。だから、お葬式にも出ないし、うちにはもう戻らないつもり」

「学校も辞めるんだね」

「そう、ごめんね。しばらく会えないかもしれないね」

「いいよ、二度と会えないわけじゃないんだから」

「だよね」と、笑い合う。

「ところで、電話したわけはさ」と、泉が話を変えた。「もうひとつあるんだよ」

「うん。朝から珍しいなと思った」

「昨日、丈次が大怪我《おおけが》をしたんだって。今日、英語の授業に行ったら、ゴロちゃんに会ったの。それでゴロちゃんから、直子に伝えてって言われたのよ」

「丈次がどうしたの？」

「昨日の夕方、ゴロちゃんとタカシと三人でパチンコしてたらしいのね。そしたら、隣のチンピラみたいな人と、肘《ひじ》が当たったとか当たってないとか、そんな些細《ささい》なことから喧嘩になったんだって。丈次はそのまま打ち続けていたらしいんだけど、そのチンピラが呼び出しに来たらしい。ゴロちゃんたちは止めたけど、丈次は平気な顔で呼び出しに応じたって。そしたら、マンションの一室で待ってたのはヤクザみたいな男で、木刀で前歯を全部折られたらしいよ」

「ウソ、可哀相に」

「ほんとよ。今、丈次は誰かのアパートで寝てるって」

直子は、丈次の傲慢《ごうまん》に見える振る舞いを思い出した。食べ切れない料理を注文して、ほとんど残し、不満そうな店の人間に高圧的な態度を取る。自分をヤクザのような存在に見せたいとしか思えない、危うい振る舞いを。

「前歯を折られるって怖ろしいね」

和樹が重りを入れた鉄パイプで、頭を狙《ねら》って打ち据えられ、右目を突かれて潰《つぶ》されたことを思わず想像して、身震いがした。まるで、その身震いが見えていたかのように、泉が謝った。

「ごめんね、お兄さんのことがあるのに」

「いいよ。丈次にも会えないけど、会ったら、お大事にって言っておいてくれる？」

「残念だけど、あたしは彼に会うことはないと思うよ」

泉ははっきりしている。

「そうだね。じゃ、桑原さんによろしく言っておいて」

泉が笑った。

「ああ、それなら言えるから、言っておくよ」

「ちょうど泉に連絡しなきゃと思っていた時だったの。電話くれてよかったよ。また会おうね。あたしはちょっくら行って来るから」

「ちょっくら行って、帰って来ないんでしょう？」と、泉が言う。「寂しいな」

「うん、でも生きているから大丈夫だよ。またいつか会えるんじゃない」

そうだね、という声を聞きながら、直子は電話を切った。

和樹のスポーツバッグを持って裏口から表に出た。五日市街道の先の信号に、白い救急車のような車が停まっているのが見えた。助手席に座っているのは、父親だ。家の場所を運転手に告げているらしく、右手を挙げていた。

和樹が家に帰って来たのだ。直子は電信柱の陰から、僅《わず》かの間、その車を眺めていた。信号が変わったのを見届けて、五日市街道と反対の方角に向かって歩きだす。いずれ自分も、和樹のようにこの家に戻って来るのかもしれない。死んではいなくても、傷付いて、失意のどん底で。あるいは、もう二度と戻らないかもしれない。今の自分は、どちらでもよかった。

解説　覚醒《かくせい》する痛み

村田沙耶香

『抱く女』の舞台は、1972年の東京。私が生まれる7年前に20歳の青春を生きる女性の物語だ。

この時代のことは、話を聞いたり、テレビで見たりしたことがある。映像を見て、「激しい時代」という印象を持っていた。人々の魂が激しくぶつかり合っていた特別な時代。いろいろな悪意や不安が匿名《とくめい》化されてしまった現代と違って、それぞれがきちんと生きて、きちんと衝突していた時代。どこかで、そんなイメージを勝手に抱いていた。

けれどこの本を読み終えたとき、直子《なおこ》が感じる「痛み」に、驚くほど共鳴している自分に気が付いた。この物語は、私にとって過ぎ去った時代の話ではなかった。直子が物語の中で抱く違和感や痛みに共鳴して、私が身体《からだ》の中に封印していた悲鳴が蘇《よみがえ》る。忘れていた様々な記憶が、まるで今傷ついたばかりのように血を流し始める。

この本を読み終えた日、私は興奮で眠れなかった。直子の姿に過去の自分が重なり、どんどん解凍されてくる記憶と痛みに驚きながら、涙を流してずっと天井を見つめていた。そのときは、なぜ自分が過去のことで今更これほどの痛みを味わうのかわからなかった。「物語の世界に入り込みすぎてしまったのだろうか」と思った。けれど、今は、20歳のあのころ、またはそれからの人生の様々な場面で、流すべきだった涙を、物語の力でやっと流すことができたのだと思う。それは本当に大切な、私にとっては始まりの時間だった。

物語の冒頭、主人公の三《み》浦《うら》直子は「授業に出る」と嘘《うそ》を吐《つ》いて家を出て、大学をさぼり吉祥寺《きちじょうじ》の小さな雀荘《ジャンそう》「スカラ」へと向かう。

「若い女」である直子は、男たちが叫ぶ性的な冗談から顔を背けて歩く。雀荘にいつも面子《メンツ》はおらず、直子はジャズ喫茶の扉を開ける。そこで直子を待っていた麻雀《マージャン》仲間のタカシは、直子に言う。

「お前は麻雀下手だから、カモにされてんだよ」

「女なんか簡単じゃん」

「売ればいいじゃん」

また別のシーンでは、声をかけてきた見知らぬ男たちが直子にこんな言葉を浴びせる。

「何だ、ブスじゃんか」

「ブスの癖に気取りやがって、返事もしねえって」

歩いているだけで性的に見られ、通りすがりの男性にからかわれる。男友達の何気ない軽口に怒りを覚え、それなのにうまく言い返せずにいる。20歳のころの自分の姿が、直子に重なる。

直子にはジャズ喫茶でアルバイトをしている泉《いずみ》という女友達がいる。直子は泉にタカシの話をし、「その場ですぐに言い返せないんだよね。それが悔しい」と言う。

「わかるよ、それ」

泉は直子に同意する。「でもさ、やはりその場で言って戦わなきゃいけないんだと思うけどね」という泉の言葉に、直子が言う。

「でも、言えないんだよ。だって、違和感とか頭に来ることって、たくさんあるから、いちいち気にしてたら身が保《も》たないじゃない」

直子の言葉にはっとする。なぜ20歳の私は涙を流しそびれたのか。なぜ今になって、直子の物語の力を借りて、やっと泣けたのか。私は、「身が保たない」から、痛みを封印して、気が付かないふりをしていたのではないか。麻痺《まひ》させることで自分の心を守っているのではないか。それがどんどん身体に染《し》みつき、20歳のころの私だけでなく、今の私も、傷つくべきときに傷つかず、そのことに気が付くことすらできないようになっているのではないか。

ページを読み進めると、だんだんと直子に関わる人間たちの世界が明らかになっていく。いろいろな人と出会い、言葉を交わし、時にはショッキングな出来事に遭遇しながら、直子は20歳の青春を進んでいく。

直子はその中で様々な男性と関係を持つ。直子は泉に言う。

「あたしさ、いろんな男と寝ちゃったのよ。どうしてだろう。自分でも理由がわからないのよ」

「男が自分を欲していることで、自分という女が成り立っているような錯覚を起こすんだよね」

直子と泉が交わす言葉には嘘がなく、女同士の率直な言葉のやりとりに、唯一《ゆいいつ》呼吸ができる場所へ来たような安堵《あんど》感を覚える。一方で、同じ「女性」から、直子は、ショッキングな言葉を浴びせられることになる。

「こないだね、『スカラ』であの人たちがあなたの噂《うわさ》してたの。そしたら、誰かがた。


『公衆便所』って言ってた。酷《ひど》いよね」

「抱く女」とは対極にある暴言に、直子だけではなく読者である私も、打ちのめされた。

「自分では、自分の意志で選んでいたつもりでも、男の側は違うというのか。」

男たちの酷い言葉もショックだが、それを告げたのが女性だということにも衝撃を受けた。直子に、そして読者である私に痛みを与えるのは、男性だけではないのだ。

直子は女性たちが集まるリブのコミューン開きの会に参加する。そこで、「公衆便所」と言われた怒りを口にする直子に、幼児を抱いた若い女が言う。

「はっきり言うと、あたし、あなたみたいな人を見るとちょっと苛立《いらだ》つんです。だって、どうして口紅塗ってるの。何で、こんなお洒落《しゃれ》なミニスカート穿《は》いてるの。」

「何かあなたの格好って、男に媚《こ》びているように見えるんだけど違いますか？」

古い時代の古い考え方だと、読み流すことができればいいが、私にはできなかった。これに近い言葉が飲み会で、インターネットで、飛び交っているのを、今も見ているからだ。２０１８年の今も、私たちは呪《のろ》われている。

直子の痛みに呼応して、自分の中に眠っていた違和感が蘇る。それは苦しくもあるが、気が付かないふりをして、蓋《ふた》をして生きていくよりずっとましだと、まっすぐに傷ついている直子を見ると思う。

「生の対語は、思考停止。」

泉の昔の恋人、高橋隆雄は遺書にこんな言葉を残す。自分を言い当てられたようで、ぞっとさせられる。思考停止してしまった自分が、「今」の20歳にどんなバトンを渡してしまったのか、考えると恐ろしい。私がずっと痛みを封印してきたように、今の若い女性たちも、痛みを感じないように麻痺させたまま、本人も知らないうちに傷をたくさん受けているのではないか。そう思うと、怖くてどうしようもなくなるのだ。

「ああ、消耗する」

直子は口癖のように呟《つぶや》く。この呟きは、きっと、時代を超えてすべての女性が心の中で抱えている言葉なのではないか。今、20歳を生きる女性たちも、何かを「消耗」しながら堪えているのではないか。

この本に出会う少し前、私は直子と同じくらいの年齢の若い女性と、大学で話をする機会があった。彼女から何か決意するように、切実に、「あの、作品の主人公のように、村田さんも処女なのですか？」と聞かれて大変驚いた。彼女にとって、それはとても大きな意味を持つ問題のようだった。何かの形で苦しみを抱えているのではないかと思ったが、時間もなく、そのときの私はうまく話すことができなかった。

「性経験がないこと」にコンプレックスを感じ、悩んでいるという人の切実な話を聞くこともある。

好きな服やアクセサリーで着飾って、男と沢山寝れば「公衆便所」。誰からも抱かれなければ「抱いてもらえない」女。作品の時代から46年も経《た》っているのに、女性たちは「抱く女」ではなく「抱かれる女」のままだ。自分の身体の価値を決める鍵《かぎ》を、自分ではない人に手渡してしまっている女性たちの姿に、私は何度もショックを受けた。

今、私は、せめて彼女にこの本を手渡すことができていたら、と思う。直子が直面する「痛み」は、形を変えて現在も存在している。直子の言葉が彼女を救うのではないかと思えてならないのだ。

時が流れて変化しているつもりで、何か一番恐ろしい部分が変わっていないのではないだろうか。もちろん、まったく同じではない。けれど、この本の中で直子を幾度も痛めつける大きな化け物は、形を変えながらずっと存在し続けているのではないだろうか。

むしろ、「思考停止」して痛みに気が付かないふりをしてきた、そして「麻痺した、痛まない痛み」が蔓延《まんえん》しているように思える現代のほうが、ずっと恐ろしいのではないだろうか。その化け物の存在を、この本が気付かせてくれるのではないだろうか。

　この本は、過去の物語ではない。直子の痛みは私たちに引き継がれている。この痛みは大切なバトンなのだ。今を生きる全《すべ》ての人間が、誰かが「あのとき」傷つき戦ったというバトンを受け取っている。生きている時代は違えど、私は直子と一緒に傷つくことができる人になりたいと思う。ちゃんと傷つかないと、戦うどころか、自分の人生の苦しみが一体何なのか気が付くことすらできないまま一生を終えてしまうことになる。麻痺した「痛まない」痛みを抱える人々にとって、この一冊は、とてつもない救いになるのではないかと思うのだ。


　物語は直子がアキという女性と出会ったことで転換を迎える。直子は新しい世界へと飛び込み、激しい恋に落ちる。「違う世界に見える」という直子に、泉が言う。

「人って、何度も違う人になるのかもね」

　私たちは、いつまでも20歳の私たちではない。何度も生まれ変わりながら生きていく。身体の中に封印された傷口から血を流すことで、私たちはやっと生まれ変わるための準備ができるのだと思う。直子の物語は、私たちの痛みを覚醒させてくれる。この物語の未来の世界を私たちは生きている。この本にちりばめられた言葉や思考は、私たちの痛みを繋《つな》げてくれる。この本が与えてくれた痛みは、きっと私だけではなく全ての人にとって、大切な覚醒の瞬間になる。私たちはこの「痛み」から始まることができる。心からそう思うし、そう願わずにはいられないのだ。

（平成三十年七月、小説家）

初出　「小説新潮」
二〇一三年一月号〜二〇一四年六月号

この作品は二〇一五年六月新潮社より刊行された。

桐野夏生著
ジオラマ

あたりまえのように思えた日常は、一瞬で、あっけなく崩壊する。あなたの心も、変わってゆく。ゆれ動く世界に捧げられた短編集。

桐野夏生著
冒険の国

時代の趨勢に取り残され、滅びゆく人びと。同級生の自殺による欠落感を埋められない主人公の痛々しい青春。文庫オリジナル作品！

桐野夏生著
魂萌え！（上・下）
婦人公論文芸賞受賞

夫に先立たれた敏子、五十九歳。「平凡な主婦」が突然、第二の人生を迎える戸惑い。そして新たな体験を通し、魂の昂揚を描く長篇。

桐野夏生著
残虐記
柴田錬三郎賞受賞

自分は二十五年前の少女誘拐監禁事件の被害者だという手記を残し、作家が消えた。折り重なった虚実と強烈な欲望を描き切った傑作。

桐野夏生著
東京島
谷崎潤一郎賞受賞

ここに生きているのは、三十一人の男たち。そして女王の恍惚を味わう、ただひとりの女。孤島を舞台に描かれる、〝キリノ版創世記〟。

桐野夏生著
ナニカアル
島清恋愛文学賞・読売文学賞受賞

「どこにも楽園なんてないんだ」。戦争が愛人との関係を歪めてゆく。林芙美子が熱帯で覗き込んだ恋の闇。桐野夏生の新たな代表作。

抱《だ》く女《おんな》

新潮文庫　き－21－8

平成三十年九月一日発行

著者　桐《きり》野《の》夏《なつ》生《お》

発行者　佐藤隆信

発行所　株式会社 新潮社

郵便番号　一六二―八七一一
東京都新宿区矢来町七一
電話　編集部(〇三)三二六六―五四四〇
　　　読者係(〇三)三二六六―五一一一
http://www.shinchosha.co.jp

価格はカバーに表示してあります。

乱丁・落丁本は、ご面倒ですが小社読者係宛ご送付ください。送料小社負担にてお取替えいたします。

印刷・大日本印刷株式会社　製本・憲専堂製本株式会社

ISBN978-4-10-130638-4　C0193